Die zweite Nacht

Natalie Rabengut

Sie erreichen die Autorin unter rabengut@gmail.com und http://rabengut.blogspot.de

Oh he gave up on arrows
a long, long time ago
Turns out I'm too hard to hit
so he put away his bow
I might just keep on runnin'
from here to Timbuktu
'Cause he gave up on arrows
and I ain't bulletproof

Yeah Cupid's got a shotgun
aiming at my heart
I've been dodging bullets,
I've been hiding in the dark
Shot a double barrel,
trigger happy as could be
Cupid's got a shotgun
and he's pointing it at me

He's sitting in that treestand
and his wings are camouflage
I'm dug down in my foxhole
waiting on his next barrage
Must be open season,
got a target on my back
Think he's throwing love grenades
and I'm under attack

– Carrie Underwood, *Cupid's Got A Shotgun*

1

Als das Taxi hielt, war ich erleichtert. Endlich zuhause! Endlich hatte ich diese beknackte Hochzeit hinter mich gebracht. Es war nicht so, als würde ich mich nicht für meine Schwester freuen. Aber seit sie verkündet hatte, diesen Alptraum in Weiß zu veranstalten, waren Mamas vorwurfsvolle Blicke, weil ich noch Single war, immer schlimmer geworden.

Scheinbar brauchte eine Frau unbedingt einen Penis an ihrer Seite. Jedenfalls befand sich meine Schwester jetzt auf dem Weg in die Flitterwochen und ich hatte wieder meine Ruhe. Nachdem ich den Fahrer bezahlt hatte, stieg ich aus und verzog sofort das Gesicht. Meine Füße brachten mich um. Ich war es ohnehin schon nicht gewohnt, auf hohen Absätzen zu laufen – es den ganzen Tag zu tun, hatte mich fast in den Wahnsinn getrieben.

Die frische Nachtluft erwischte mich wie mit einem Hammer und erinnerte mich daran, dass ich das letzte Glas Champagner lieber unauffällig in eine der Blumen hätte kippen sollen, wie Mo, die Freundin meines Bruders, es getan hatte. Das war aber leichter gesagt als getan, wenn man unablässig von den eigenen Eltern beobachtet wurde, die fleißig nach einem Bräutigam für mich Ausschau hielten.

Mein Bruder Daniel, der alte Verräter, hatte es irgendwie geschafft, Mo um den Finger zu wickeln und jetzt war ich der letzte Single der Familie. Wundervolle Aussichten für die nächsten Familientreffen – schon allein, weil niemand akzeptieren wollte, dass ich einen Mann in meinem Leben ungefähr so dringend brauchte wie eine Blasenentzündung. Für den Moment reichte meine Arbeit mir voll und ganz.

Genau zwei Schritte schaffte ich in Richtung Haustür, bevor ich dachte, vor Schmerzen sterben zu müssen. Kurzerhand schlüpfte ich aus den Schuhen. Als ich mich bückte, um sie aufzuheben, bohrte sich erneut der verdammte Bügel des trägerlosen BHs in meine Rippen. Elena hatte mir dieses blöde Ding aufgenötigt. Bevor ich in meiner Wohnung angekommen wäre, würde das Ding mir den Lungenflügel perforieren. Oh, das war eine gute Idee für einen ungewöhnlichen Mord.

Schnell wühlte ich in meiner Handtasche und zog mein Handy hervor. Ich liebte mein Smartphone heiß und innig – nur nicht, um mit anderen Menschen zu kommunizieren. SMS schreiben? Lieber würde ich mir selbst den kleinen Zeh abnagen. Aber Notizen für Bücher und Recherchen unterwegs? Dafür war das Ding Gold wert.

Meine Finger flogen über die Tasten, bevor ich es zufrieden wieder in meine kleine Tasche quetschte. Ich sehnte mich zutiefst nach meiner Couch, der Jogginghose und konnte es kaum erwarten, mich aus dieser hübschen, aber unbequemen Unterwäsche zu befreien.

Kaum hatte ich die Eingangstür aufgeschlossen und die dunkle Vorhalle betreten, seufzte ich erleichtert. Das Taxi hatte gewendet und ich konnte endlich ungestört diesen verfluchten BH ausziehen.

Das Haus, in dem ich wohnte, sah zwar von außen nicht so aus, war innen aber piekfein und die Miete ganz und gar nicht billig. Der Vorteil daran war, dass hier fast nur Rentner wohnten, die mich in Ruhe ließen. Im Gegenzug hörte man von mir natürlich ebenfalls keinen Ton.

Seit zwanzig Uhr herrschte hier in den meisten Wohnungen strenge Bettruhe und ich konnte mich jetzt – um kurz nach elf – ungestört im Flur ausziehen. Eine Sekunde länger und der BH würde mich tatsächlich aufspießen.

»Scheiße. Scheiße. Scheiße«, verfluchte ich das Ding, während ich in meinem Ausschnitt herumfummelte. Noch immer verstand ich nicht ganz, warum ich mir überhaupt diese Unterwäsche von Elena hatte aufschwatzen lassen.

Erleichterung durchflutete mich, als ich die schwarze Spitze endlich in den Händen hielt. Am liebsten hätte ich die Wäsche direkt in einer feierlichen Zeremonie verbrannt.

Mit einem tiefen Seufzer der Befriedigung streckte ich den Rücken durch und überlegte, ob ich die Post mit nach oben nehmen sollte – oder ob ich mir dieses Highlight lieber bis morgen aufheben wollte. Dann hätte ich wenigstens einen Grund, meine Wohnung zu verlassen.

In diesem Moment trafen unsere Blicke sich. Er stand vor den Briefkästen und starrte mich an, als ob ich ein Alien wäre. Schnell spulte ich die letzten Sekunden vor meinem inneren Auge ab. Wie clever, mich nicht umzusehen, bevor ich mir elegant die Kleidung vom Leib riss!

Er war überaus attraktiv und schien in meinem Alter zu sein; vermutlich der Enkel von einem der älteren Paare, die hier lebten. Mein Puls hatte sich merklich beschleunigt und ich suchte nach einer Floskel in meinem Kopf, die für diese Situation geeignet war. Leider fielen mir nur Schimpfworte ein.

Für mich, nicht ihn – er konnte ja nichts dafür. Gut, er hätte sich vielleicht räuspern können, stattdessen schien er einfach erstarrt zu sein und bemühte sich krampfhaft, weder auf meinen BH noch meinen Busen zu glotzen. Sein Blick hatte sich auf mein Gesicht geheftet und ich bedauerte, dass er so weit im Schatten stand. Ich konnte lediglich erkennen, dass er ein gut geschnittenes Gesicht mit ausgeprägtem Kinn und helle Haare hatte.

Die Sekunden dehnten sich aus und noch immer hatte keiner von uns nur einen Ton gesagt. Weil mir schlicht nichts Besseres einfiel, wedelte ich mit den Armen und flüsterte leise: »Du hast nichts gesehen! Du hast nichts gesehen!«

Dann raffte ich den Saum meines Kleides hoch und ergriff die Flucht. Nie in meinem Leben war ich so froh gewesen, dass ich meinen Hintern jeden zweiten Tag nach draußen schleifte, um laufen zu gehen.

Während ich mehrere Stufen auf einmal nahm, jagte ich die Treppe nach oben. Meine Finger zitterten leicht, als ich den Schlüssel aus meiner Tasche holte und ins

Schloss steckte. Drinnen verriegelte ich die Tür, ließ mich dagegen sinken und schnappte erleichtert nach Luft.

Meine Mundwinkel zuckten bereits und ich musste grinsen. *Du hast nichts gesehen*? Kopfschüttelnd stellte ich die Schuhe an die Garderobe und legte meine Tasche und den BH auf den Wohnzimmertisch. Endlich zuhause.

Die Hände hinter dem Kopf verschränkt lag ich auf der Couch und genoss die Stille. Der 10. September neigte sich dem Ende zu und die Hochzeit war überstanden. Zufrieden schloss ich die Augen. Nach dem Tag in dem für mich unüblichen Kleid und dem quälenden BH fühlte ich mich schon beinahe frei. Den winzigen String, passend zum BH – also hübsch anzusehen und unbequem – war ich auch losgeworden, bevor ich mich auf die Couch gelegt hatte. Morgen würde ich meine übliche Routine aufnehmen und meinen Seelenfrieden zurückerobern.

Sollte mein Bruder Mo dazu breitschlagen, ihn zu heiraten, würde ich die beiden verschwinden lassen. Mein Hochzeitsbedarf war für das gesamte nächste Jahr gedeckt – vermutlich eher länger.

Nachdem ich eine Weile vor mich hin geträumt hatte, tastete ich auf dem Wohnzimmertisch nach meinem Handy. Ich hatte mir angewöhnt, meine To-Do-Liste ebenfalls dort zu speichern.

Mal sehen, was ich mir vorgenommen hatte; ein neues Buch schreiben oder vielleicht doch ein neues Buch schreiben? Manchmal wusste ich selbst nicht, wozu ich die Liste eigentlich hatte. Viel Abwechslung gab es in meinem Leben ohnehin nicht.

Träge blätterte ich durch das Dokument: Schreiben, Emails beantworten – nichts Besonderes. Dann fluchte ich. Die verdammte Umsatzsteuervoranmeldung war fällig. Schon wieder. Genervt sah ich auf den Kalender, am zehnten musste ich sie spätestens einreichen. Ich erstarrte. Vor lauter Hochzeitsstress hatte ich es vergessen und heute war der zehnte! Mein Blick flog zur Uhr, kurz nach elf. Es war Freitag, Karl würde wohl noch wach sein.

Mein durch und durch sympathischer Nachbar Karl, mit dem ich mir das Stockwerk teilte, ließ mich jeden Monat seine alte Möhre benutzen, die er als Computer bezeichnete, um die blöde Voranmeldung einzureichen. Ich arbeitete auf einem Mac und bekam immer nur die absolut überflüssige Fehlermeldung, dass ich nicht das nötige Plug-in besaß und dringend ein Update durchführen sollte. Dass ich genau das regelmäßig machte, war vollkommen irrelevant; ich hatte zwar die richtige Software in der richtigen Version und trotzdem reagierte die Seite des Finanzamtes nicht, wenn ich den verzweifelten Versuch unternahm, mich anzumelden.

Ich versuchte, mich aufzuraffen. Für einen kurzen Moment überlegte ich, ob ich mich noch einmal in den BH zwängen sollte. Aber das konnte ich mir sparen. Karl war ein charmanter Zeitgenosse, der stets einen Zweiteiler aus Ballonseide trug und eine ausgewachsene Vorliebe für Thailänderinnen hatte. Er bevorzugte sie aufgrund ihrer zierlichen Statur und der kleinen Brüste – seine Worte, nicht meine. Bei unserer ersten Begegnung hatte er mir hemmungslos auf den Busen gestarrt und dann verächtlich den Kopf geschüttelt.

Warum auch immer; daraufhin hatte ich ihn ins Herz geschlossen, weil er partout nicht mit mir ins Bett wollte. Das erleichterte mein Leben ungemein. Karl verschlief in der Regel den Tag und war nachts wach. Es sollte kein Problem sein, wenn ich ihn jetzt belästigte – es sei denn, ich würde ihn beim chatten auf scharfethaigirls.org stören, das hatte er nicht so gern.

Aber das musste ich wohl riskieren, wenn ich meine Steuern noch erledigen wollte. Eines Tages würde ich mit einem wütenden Pulk von Menschen, allesamt bewaffnet mit Mistgabeln und Fackeln, das Büro der Programmierer ausfindig machen, die diesen Scheiß für das Finanzamt verzapft hatten, und es anzünden. Ich musste mich an diese Vorstellung klammern, jeden Monat aufs Neue.

Ich schwang die Beine von der Couch und rappelte mich auf. Barfuß und nur mit diesem Kleidchen bekleidet machte ich mich auf den Weg zu Karl.

Leise zog ich meine Wohnungstür zu und stand mit dem Schlüssel in der Hand auf dem Flur. Karls Tür lag meiner direkt gegenüber und ich klopfte nachdrücklich gegen das Holz. Er erkannte mich schon an der Art, wie ich klopfte. Forsch sagte er immer dazu; ein forsches Fräulein nannte er mich am liebsten.

Nachdem ich Schritte hörte, war ich erleichtert. Es war zwar noch nie vorgekommen, aber gerade heute wäre es extrem ungünstig, wenn Karl nicht da gewesen wäre. Die Tür schwang auf und statt in Karls wässrige Wieselaugen sah ich vor eine breite Männerbrust. Irritiert trat ich einen Schritt zurück, Karl war eigentlich genauso groß wie ich.

Unzählige, furchtbar lästerliche Worte schossen durch meinen Kopf, während ich den Mann aus der Eingangshalle betrachtete. Hatte Karl etwa derart attraktive Verwandte?

Er schien genauso verblüfft zu sein wie ich und blickte auf mich herunter. Offenbar war er mittlerweile auf dem Weg ins Bett, denn er trug eine tief auf den Hüften sitzende Pyjamahose und ein verwaschenes, enges T-Shirt. Irgendetwas an ihm sorgte für ein Prickeln in meinem Unterleib und ich überlegte flüchtig, ob ich mein Genre wechseln sollte – Erotikromane zu schreiben erschien mir plötzlich recht verlockend.

Mein Aufzug fiel mir wieder ein und ich hoffte, dass seine Freundin nicht gleich mit einem Küchenmesser bewaffnet neben ihm aus dem Boden wachsen würde.

Schließlich erinnerte ich mich daran, warum ich überhaupt geklopft hatte. »Wo ist Karl?«

»Wer?« Er runzelte die Stirn.

Seine Stimme sorgte dafür, dass meine Zehen sich krümmten. Dunkel und samtig bescherte sie mir eine Gänsehaut auf dem Rücken, die langsam meinen Nacken empor kroch.

»Karl, der Bewohner dieser Wohnung?«, fragte ich nach und versuchte, nicht allzu sehr so zu klingen, als würde ich ihn für schwachsinnig halten. Er musste doch wissen, wo er sich gerade befand.

»Hässliche, schlecht sitzende Trainingsanzüge aus den 80ern und furchtbar unhöflich, irgendwie unsympathisch?« Der Blonde musterte mich eindringlich, als könne er sich nicht vorstellen, dass ich freiwillig mit Karl reden würde. Wenn man ihn so beschrieb, konnte ich mir es allerdings auch nicht vorstellen.

»Genau«, erwiderte ich knapp. Ich hatte schließlich nicht den ganzen Abend Zeit.

»Thailand. Ist wohl ausgewandert, wenn ich das richtig verstanden habe.«

Meine Augen wurden groß und ich war bereit, Gift und Galle zu spucken. Ich mochte es nicht sonderlich, wenn die Dinge nicht liefen, wie ich mir das vorstellte. Genervt rieb ich mir über die Stirn und überlegte, was ich jetzt tun sollte.

Ohne noch etwas zu sagen, drehte ich mich auf dem Absatz um. Es war doch noch gar nicht so lange her, dass ich Karl gesehen hatte. Zwei oder drei Wochen vielleicht? Da hatte er nichts davon erwähnt, dass er auswandern wollte. War es denn zu viel verlangt, dass er mich vorher wenigstens fragte?

Die Stimme des Mannes riss mich aus meinen Gedanken. »Das war es schon? Was wolltest du denn von ihm?«

Genau genommen ging ihn das nichts an, doch da ich ihn gestört hatte, wollte ich mal nicht so sein. »Karl war so freundlich, meine sexuellen Gelüste zu befriedigen, wenn mir danach war.« Dazu warf ich ihm einen übertrieben süßlichen Blick zu.

Ich dachte, dass ihn meine Antwort irritieren und verschrecken würde, doch stattdessen wurde mir jetzt erst der interessierte Ausdruck in seinen Augen bewusst. »Trete ich also mit dieser Wohnung dieses schwerwiegende Erbe an? Ich glaube, eine solche Form der Nachbarschaftshilfe kann ich guten Gewissens anbieten.«

Für einen Moment blieb mir die Luft weg. Schüchtern war er schon mal nicht, um eine mögliche wütende Freundin brauchte ich mir dann wohl keine Sorgen machen. Und er sah verdammt gut aus. Dann fielen mir leider die Steuern wieder ein.

»Klingt nicht übel, aber ich muss jetzt leider meine Steuern erledigen«, erwiderte ich ruhig und schob den Schlüssel in mein Türschloss.

Er lachte leise. »Für einen Feigling hätte ich dich jetzt wirklich nicht gehalten. Aber das war mit Abstand die schlechteste Ausrede aller Zeiten.«

Meine Schultern sanken nach unten und ich drehte mich um. »Nein, ist es nicht. Ich muss wirklich meine Steuern machen und Karl hat mich seinen Computer benutzen lassen, weil meiner sich weigert.«

Seine Mundwinkel zuckten. »Also brauchst du Hilfe?« Er schien diesen Moment zu genießen. Mir war irgendwie nicht so richtig klar, warum. Aber ich wurde nicht gerne darauf hingewiesen, dass ich nicht alles alleine machen konnte.

»Hm.«

»Okay.« Er griff neben den Türrahmen und zauberte seinen Schlüssel hervor. »Nach ihnen, Mylady.«

»Was?« Wieder starrte ich ihn an und blinzelte langsam.

»Ich will dir helfen.« Seine blauen Augen funkelten und er kam immer näher.

Atemlos stand ich in meiner Wohnungstür und überlegte, wie ich ihn schleunigst wieder los wurde. Karl war eine Geschichte für sich gewesen – aber einen Mann in meine Wohnung lassen? Ich war doch nicht irre.

»Nicht nötig.«

Er bedachte mich mit einem seltsamen Blick. »Du bist wirklich merkwürdig.«

Dann tat er etwas, was sich noch nie jemand in meiner Gegenwart getraut hatte: Er ignorierte schlicht meinen Protest, legte die Hand auf meinen Rücken und schob mich in meine Wohnung. Das Flattern in meinem Bauch, als seine Finger meine nackte Haut berührten, versuchte ich auszublenden.

Schnell trat ich einen Schritt nach vorne und unterbrach somit den Kontakt. Ich schaltete das Licht im Wohnzimmer ein und betätigte den kleinen Knopf auf der Rückseite des Computers. Mein offensichtlich neuer Nachbar sah sich interessiert um. »Ich bin Frederik.«

Stumm blinzelte ich ihn an und verfluchte meinen Computer, der einfach nicht schnell genug hochfuhr. Obwohl er nur ein paar Sekunden brauchte, war es in diesem Moment viel zu lange.

Frederik kam in seiner sündigen Pyjamahose näher geschlendert und fragte: »Hast du auch einen Namen?«

»Nein.« Ich setzte mich in meinen Schreibtischstuhl und hoffte, dass er von alleine wieder gehen würde, wenn ich nur unfreundlich genug war. Durfte man meiner Familie glauben, war das ohnehin meine Spezialität. Gut, die Nachbarn, mein Verleger, meine Lektorin und jeder andere, dem ich bisher begegnet bin, sah das sicher genauso. Frederik wäre gleich schneller verschwunden, als ich gucken konnte.

»Bist du immer so charmant?«, wollte er nun wissen und ich stöhnte genervt auf, weil er nicht lockerließ. Ungeduldig öffnete ich das Browserfenster und startete den Anmeldevorgang.

»Nein. Ich war auf einer Hochzeit, bin angetrunken und daher übermäßig gesprächig.« Dazu verschränkte ich trotzig die Arme und wartete darauf, dass er wütend wurde.

Stattdessen legte er den Kopf in den Nacken und lachte, laut und ehrlich. Ich war schockiert, so hatte ich mir das nicht vorgestellt.

Mein Handy klingelte, als ich bereits nach der nächsten Unfreundlichkeit suchte. Ich zuckte zusammen. Elena war im Urlaub, sonst würde mich niemand um diese Zeit anrufen – es konnte also gar nichts Gutes bedeuten.

Ein Blick auf das Display bestätigte meinen Verdacht. Es war schon wieder Mos Bruder Don, der unbedingt mit mir ausgehen wollte. »Scheiße. Scheiße. Scheiße.«

»Du fluchst ziemlich viel.« Frederiks dunkle Stimme war von Belustigung durchzogen.

Ich wirbelte herum. »Würdest du mir einen Gefallen tun und hier drangehen?«

»Warum?« Lässig lehnte er sich mit den Hüften gegen meinen Schreibtisch und grinste frech.

Das Schrillen des Handys raubte mir den letzten Nerv. »Bitte, das ist ein Typ mit dem ich nicht ausgehen will.«

Er streckte die Hand aus und sagte: »Ich warne dich, dann schuldest du mir etwas.«

Hastig nickte ich und dachte vor Erleichterung nicht einmal daran, ihn zu fragen, was er damit meinte.

Frederik hielt das Handy an sein Ohr und sagte ruhig: »Hallo, Helens Handy.«

Verblüfft starrte ich ihn an, doch er tippte nur lässig auf einen Stapel Papiere auf meinem Schreibtisch. Natürlich stand auf einem der Briefe mein Name, Helen Strobel. Verdammter Mist.

Unverschämt zwinkerte Frederik mir zu. »Nein, als ich sie das letzte Mal gesehen habe, hat sie gerade ihren BH ausgezogen.«

Ich blinzelte langsam und versuchte, mir nicht anmerken zu lassen, wie erschüttert ich war. Frederik hielt mir das Handy hin. »Er hat aufgelegt. Dabei habe ich ja nicht einmal gelogen.«

Mir fehlten die Worte und ich legte das Handy auf den Schreibtisch. Endlich war der Softwarecheck durchgelaufen und ich deutete auf den Bildschirm.

»Das ist mein Problem.«

Frederik kam näher und schnell stand ich aus dem Stuhl auf. Offenbar verstand er das als Aufforderung und ließ sich hineinfallen. »Warum führst du nicht einfach das Update durch?«

Am liebsten hätte ich ihn in diesem Moment erwürgt. »Ja, warum bin ich nur nicht auf die Idee gekommen und schlage mich lieber mit Männern herum?«

Er ließ sich davon gar nicht beeindrucken und öffnete die Systemeinstellungen. Nach einer Weile murmelte er fassungslos: »Du hast ja die richtige Version installiert.«

»Sag an! So weit war ich auch schon. Und das ist der Grund, weshalb ich Karls Computer brauchte. Jeden Monat der gleiche Scheiß!«, ereiferte ich mich.

Frederik fummelte noch eine Weile herum, dann fluchte er auch leise und sagte: »Okay, warte hier.«

Fluchtartig verließ er die Wohnung und eilte in seine. Mein Handy piepte und eine SMS von Don tauchte auf.

Du hättest auch einfach sagen können, dass du einen Macker hast. Botschaft angekommen.

Begeistert las ich die Nachricht zum zweiten Mal. So einfach war das? Erst nervte er mich wochenlang und dann reichte ein anderer Mann, um ihn loszuwerden? Das musste ich mir merken. Frederik kehrte zurück und hielt triumphierend einen USB-Stick hoch.

Wieder setzte er sich auf meinen heiligen Platz und schob den Stick hinten in eine der Buchsen.

»Danke«, sagte ich aus einem unbestimmten Impuls heraus.

»Wofür? Bisher habe ich es noch nicht geschafft.« Er konzentrierte sich auf den Bildschirm vor ihm und auf seiner Stirn erschien eine kleine Falte, die ihn noch süßer aussehen ließ.

»Ich bin meinen Verehrer los.« Wie zur Bestätigung hielt ich mein Handy hoch.

»Gut.« Mehr sagte er dazu nicht, sondern öffnete einen Order, der auf meinem Desktop aufgetaucht war.

Gut? Warum war das gut? Wollte er mir damit irgendetwas sagen oder hatte er mir einfach nicht zugehört?

In diesem Moment öffnete sich ein Pop-up-Fenster, das rot blinkend das Wort *Warnung* enthielt. Schnell klickte Frederik daneben und tippte Befehle auf meiner Tastatur. Mich machte das nervös, das war immerhin mein Computer und obwohl ich Sicherheitskopien von allem besaß, was ich schrieb, konnte ich die leise Panik in meiner Stimme nicht unterdrücken: »Du weißt, was du da tust?«

»Klar. Hier, bitte.« Ich starrte über seine Schulter. *Anmeldung erfolgreich.*

Zufrieden zog er den USB-Stick aus meinem iMac und machte meinen Stuhl frei. Ich musste – wie jeden Monat – nur zwei Zahlen eintippen, dann konnte ich mich schon wieder abmelden.

»Fertig«, verkündete ich stolz.

Er reagierte nicht auf mich, sondern starrte auf den Wohnzimmertisch. Ich folgte seinem Blick und zuckte leicht zusammen. Mein BH lag deutlich sichtbar darauf.

Endlich riss Frederik sich davon los. »Das war es schon? Da lohnt sich die Arbeit ja bald gar nicht.«

»Wem sagst du das?« Ich zerbrach mir bereits den Kopf darüber, wie ich ihn am besten aus meiner Wohnung bekam. Seine Nähe behagte mir irgendwie nicht und machte mich nervös.

»Was machst du eigentlich beruflich, dass du eine Umsatzsteuervoranmeldung machen musst?« Er betonte das Wort, als würde es sich dabei um etwas höchst Unanständiges handeln.

So viel zum Thema: Schnell loswerden. Innerlich rollte ich bereits mit den Augen. »Ich bin Schriftstellerin und ich hasse es, darüber zu reden.« Präventiv verschränkte ich abwehrend die Arme, um meine Worte zu verstärken, denn ich wollte wirklich nicht darüber reden.

Lässig zuckte Frederik mit den Schultern. »Okay.« Er sah mich einfach nur an.

Hatte er akzeptiert, was ich gesagt hatte? Das wäre das erste Mal, dass jemand seine Neugier tatsächlich im Griff hatte.

»Wunderbar, danke für deine Hilfe.« Ich ging Richtung Wohnungstür und hoffte, dass er mir einfach folgen würde. Davor blieb ich wohl etwas zu abrupt stehen, denn er stolperte förmlich in mich hinein. Damit, dass er so nah hinter mir gehen würde, hatte ich nicht gerechnet. Ich strauchelte kurz, doch er umfasste meine Schulter und hielt mich fest.

Erschrocken blieb ich stehen und wollte mich umdrehen, dabei streifte ich aus Versehen seine Hüften. Ich wusste nicht, wie es mir vorher hatte entgehen können, doch unter seiner dünnen Pyjamahose konnte ich deutlich seine Erektion spüren.

Obwohl mein Gehirn heftig dagegen protestierte, blieb ich stehen – meinen Po gegen seine Latte gepresst. Nur eine Erkenntnis durchzuckte mich in diesem Moment und schockierte mich zutiefst, weil es schon lange nicht mehr vorgekommen war: Ich wollte mit ihm schlafen.

Rechts von mir lag die Schlafzimmertür und unter meinem Kleid war ich ohnehin nackt – ich hatte schon immer eine ausgeprägte praktische Ader gehabt.

Frederik keuchte leise und schien nicht ganz zu wissen, was er von der Situation halten sollte, in der wir uns befanden. Schließlich fing er sich wieder und packte meine Schultern fester. Zuerst brachte er uns auf Abstand, dann drehte er mich um. »Tut mir leid. Normalerweise tue ich so etwas nicht«, entschuldigte er sich. Er wollte mich umrunden und meine Wohnung verlassen.

Ich trat ihm in den Weg, sah ihn von unten an und legte meine Hand auf die verlockende Wölbung in seinem Schritt. »Kein Grund sich zu entschuldigen. Ich finde das ein sehr bezauberndes Kompliment.«

Zwar musste ich mich auf die Zehenspitzen stellen, doch er erwiderte meinen Kuss sofort. Zuerst zögerlich, dann warf er mich fast von den Beinen. Der Mann konnte umwerfend küssen, so viel stand fest. Das bestätigte mich in meinem Vorhaben.

Während ich mich hungrig gegen ihn lehnte und mit seiner Zunge spielte, bugsierte ich ihn langsam auf die Schlafzimmertür zu. Er machte einen Schritt nach hinten und unterbrach den Kuss. Seine Stimme klang verführerisch rau, als er murmelte: »Hältst du das für eine gute Idee?«

Ehrlich gesagt hielt ich das für eine fantastische Idee – was war schon dabei? Ich konnte mich kaum daran erinnern, wann ich das letzte Mal einen Mann so anziehend gefunden hatte, dass ich meine sonstigen Bedenken, was diese Spezies anbelangte, einfach über den Haufen warf. Wir waren beide erwachsen und Single, ein bisschen Sex würde schon niemandem weh tun.

Statt einer Antwort legte ich eine Hand auf seine Brust und ließ die andere unter den Stoff seiner Hose gleiten. Er holte zischend Luft, als sich meine Finger um seinen Schwanz schlossen. Seinen offenbar gut gewachsenen Schwanz, wie ich erfreut feststellte.

»Das werte ich dann mal als Ja«, raunte er mir zu, umfasste mein Gesicht und küsste mich wieder. Verzückt schloss ich die Augen, ich hatte eine Schwäche für diese Geste und konnte kaum an mich halten, wenn ein Mann mich auf diese Art berührte. Deswegen ließ ich in der Regel niemanden nah genug an mich heran, um mich so anzufassen. Nicht, seit- Egal, ich wischte den Gedanken energisch beiseite.

Ich schob ihn auf meine Schlafzimmertür zu und knipste nur die kleine Nachttischlampe an. Kondome hatte ich noch in der Schublade, ich hoffte nur inständig, dass sie noch haltbar waren. In meinem jetzigen Zustand traute ich mir nicht mehr allzu viel gesunden Menschenverstand zu.

Vor dem Bettrahmen blieb ich stehen und streifte die dünnen Träger des Kleides von meinen Schultern. Mit einem leisen Rascheln fiel es zu Boden und Frederiks Augen weiteten sich leicht.

»Hast du etwa die ganze Zeit gar nichts drunter gehabt?« Fassungslos strich er sich mit der Hand über das Gesicht.

Der Mann hörte einfach nicht auf, zu reden und Fragen zu stellen. Statt zu antworten zog ich sein T-Shirt hoch und beugte mich vor, um seinen Bauch zu küssen. Atemlos hielt ich inne, mit so vielen Muskeln hatte ich gar nicht gerechnet. Mit der ausgestreckten Zunge zeichnete ich die Mitte seines Sixpacks bis hinunter zu dem Bund seiner Pyjamahose nach.

Sein leises Stöhnen, das irgendwie verzweifelt klang, gefiel mir wirklich gut. Ich wollte dafür verantwortlich sein, dass er den Verstand verlor.

Plötzlich umfasste er meine Oberarme und drückte mich auf das Bett. Im Bruchteil einer Sekunde lag er über mir und küsste mich gierig. Während er meinen Mund erforschte, spreizte ich die Beine und rieb mein Becken an ihm.

Langsam arbeitete er sich nach unten vor und saugte an meinen harten Nippeln. Dabei strichen seine Finger über meine Oberschenkel, ich erschauerte und hob mich ihm flehend entgegen. Sein Gewicht fühlte sich ungewohnt auf mir an, aber gleichzeitig ganz wunderbar.

Ich konnte unmöglich noch länger warten. Mit leicht zittrigen Fingern zog ich meine Schublade auf und wühlte darin herum. Endlich spürte ich das vertraute Material der Kondomverpackung und zog sie mit einem triumphierenden Brummen hervor.

Nun zog sich Frederik auch vollkommen aus und ich konnte ihn ausgiebig bewundern. Wenn er nicht ein Wunder der Natur war, machte er auf jeden Fall eine Menge Sport und wusste dabei anscheinend, was er tat. Alles an ihm war vollkommen ausmodelliert und sorgte für juckende Fingerspitzen bei mir. Ich wollte ihn anfassen und jeden Muskel einzeln nachzeichnen. Seine Brust war leicht behaart, nach unten verlor die Spur sich zu einem schmalen Streifen, der mir den Weg zu weisen schien.

Mit angehaltenem Atem wartete ich darauf, dass er seine Hose los wurde und meine Neugier befriedigte. Ich wurde nicht enttäuscht. Sein Penis war perfekt – ich konnte es kaum erwarten, ihn in mir zu spüren. Die Feuchtigkeit perlte bereits aus mir heraus und ich war tatsächlich ein wenig erschrocken über die immense Lust, die ich verspürte.

Mit funkelnden Augen sah er zu, wie ich das Kondom auspackte und es langsam über seine Latte rollte. Wenigstens hatte ich das in all der Zeit nicht verlernt. Er ließ sich zwischen meine Schenkel sinken und ich verbarg das Gesicht an seinem Hals. Himmel, er roch unfassbar gut, nach Holz und Herbst und frischer Luft. Verblüfft sah ich ihn an.

Er verharrte über mir. »Alles in Ordnung?« Sein Blick glitt über mein Gesicht und seine Augenbrauen waren besorgt zusammengezogen. Würde er jemals aufhören zu reden?

»Hm.« Ich schlang die Beine um seine Hüften und zog ihn zu mir. Als ich seinen Penis an meiner Pussy spürte, hielt ich gespannt die Luft an.

Als er endlich in mich eindrang und mich weitete, wimmerte ich leise. Das Gefühl war noch besser, als ich es in Erinnerung hatte. Sofort stemmte ich meine Fersen in die Matratze und spürte, wie er ganz in mich glitt.

Hungrig zog ich seinen Kopf zu mir herunter und saugte an seiner Zungenspitze, während er immer wieder in mich stieß. Was war nur los mit mir, dass ich so lange enthaltsam gewesen war? Ich zitterte am ganzen Körper und konnte keinen klaren Gedanken mehr fassen. Frederik schien ausnahmsweise genauso sprachlos zu sein wie ich und hielt mich fest. Seine Hand lag um meinen Nacken und irgendwie fühlte ich mich in diesem Moment herrlich zerbrechlich und klein. Als wäre ich sein kostbarer Schatz.

Was für ein Quatsch! Wir hatten einfach nur Sex und ich war alles andere als zerbrechlich, ich war stark! Um das merkwürdige Gefühl abzuschütteln, legte ich die Hände auf seine Brust und drückte ihn von mir weg. Wir harmonierten scheinbar perfekt, denn dieses Mal fragte er nicht, sondern legte sich unaufgefordert auf den Rücken.

Ich hockte mich über seinen Schwanz und ließ mich ganz genüsslich sinken, die Hände auf seinem Oberkörper abgestützt. Meine Möse zog sich verlangend zusammen und ich strich mit den Fingerspitzen über seine kleinen Brustwarzen; sah zu, wie sie sich aufrichteten.

Während ich ihn ritt, streichelte er meinen ganzen Körper. Als er schließlich mit der Hand zwischen meine Schenkel glitt, konnte ich mein Stöhnen nicht länger unterdrücken. Mit geschickten Fingern reizte er meine Klit und brachte mich schnell an den Rand eines Höhepunkts.

Fassungslos sah ich auf ihn herab, sonst war ich nicht so leicht zu befriedigen. Das einsetzende Zittern vernebelte meine Gedanken und ich legte den Kopf in den Nacken. Meine Lippen waren leicht geöffnet und ein sehr kehliges Ächzen entwich mir, das ich nur sehr schwer als mein eigenes erkannte.

Frederik kam mir jetzt mit seinen Stößen entgegen und rieb noch immer meine kleine Perle. Bunte Funken explodierten hinter meinen Lidern und ich atmete schwer. Mein gesamter Unterleib schien in Flammen zu stehen und das süße Brennen breitete sich immer weiter aus. Das Blut rauschte in meinen Ohren und der Höhepunkt schien nicht enden zu wollen.

Das lag auch daran, dass er nicht aufhörte, mich weiter zu reizen, obwohl ich schon längst unter seiner

Berührung bebte. Dann richtete er seinen Oberkörper auf und saugte an meiner harten Brustwarze. Die Empfindungen bündelten sich und liefen gleichzeitig zusammen, entsetzt schluchzte ich auf und presste mich gegen ihn. Er hielt mich fest, die Arme um mich geschlungen. Ich merkte deutlich, wie sein Körper sich versteifte und spürte das wohl bekannte Zucken in mir.

Mein Liebhaber ließ sich nach hinten sinken und zog mich mit sich, sodass ich vollkommen erschöpft auf seiner Brust lag. Vielleicht hätte ich mich gewehrt, aber in diesem Moment war ich so erledigt, dass ich nicht einmal den kleinen Finger heben konnte.

In der Nacht wachte ich auf und stellte zuerst mit Entsetzen fest, dass ich tatsächlich eingeschlafen war. Verwirrt richtete ich mich auf und blinzelte in das Licht der kleinen Leselampe. Frederik saß auf der Bettkante und streifte gerade sein T-Shirt über. Er wollte gehen – das fand ich sehr rücksichtsvoll und lächelte ihn an.

Verlegen kratzte er sich über den Hinterkopf. »Habe ich dich geweckt?« Er sprach gedämpft und ich schüttelte den Kopf. Offenbar war er jetzt unschlüssig, was er tun sollte, denn er blieb sitzen.

»Ist schon okay, du musst nicht bleiben. Gute Nacht.« Ich lächelte noch immer und war mir sicher, dass er den Weg bis zur Wohnungstür gewiss alleine finden würde. Stattdessen bedachte er mich kurz mit einem überraschten Blick, bevor er nickte.

»Gute Nacht.« Er stand auf, drehte sich noch einmal um und küsste mich auf die Stirn. Die Geste berührte mich irgendwie und ich sah verlegen nach unten, um seinen Augen auszuweichen.

Ich wartete noch, bis ich hörte, wie meine Tür ins Schloss fiel, dann löschte ich das Licht und fiel in einen tiefen Schlaf.

2

Am nächsten Morgen fühlte ich mich wie neugeboren. Ich schlug die Augen auf, war sofort wach, voller Tatendrang und hatte enorm gute Laune. Nachdem ich die Kaffeemaschine programmiert hatte, tänzelte ich ins Bad und genoss die Dusche in vollen Zügen.

Unter dem heißen, prasselnden Wasserstrahl ließ ich den Kopf hängen und ein leichtes Ziehen in den Oberschenkeln erinnerte mich an die sportliche Betätigung der letzten Nacht. Ein Grinsen schlich sich auf meine Lippen und ich überlegte, ob ich Frederik ein regelmäßiges Arrangement anbieten sollte.

Frederik – eigentlich ein schöner Name. Vielleicht sollte ich meinen nächsten Protagonisten so nennen. Oder noch besser: Meinen nächsten Mörder. Während ich mir die Haare ausspülte, ließ ich mir die Idee durch den Kopf gehen.

Plötzlich traf mich die Inspiration mit voller Wucht und ich beendete die Dusche. Ich warf mich in meinen Bademantel und wickelte das Handtuch um meine Haare, dann eilte ich in die Küche und griff nach meiner Kaffeetasse.

Kaum hatte ich sie unter dem Auslauf positioniert, ging ich zum Schreibtisch im Wohnzimmer und betätigte den Start-Knopf an der Rückseite des Bildschirms. Bis der Kaffee durch gelaufen war, konnte ich ja schon einmal die Vorbereitungen erledigen.

Mein Computer war sofort startklar und ich öffnete gierig wie ein Süchtiger ein leeres Textdokument.

Die Klingel riss mich aus meiner Konzentration. Wie üblich wollte ich sie ignorieren. Doch wer immer mich da besuchte, schien es ernst zu meinen, denn er klopfte zusätzlich gegen meine Tür.

Überrascht hob ich den Blick vom Bildschirm und nahm meine verspannten Schultern zur Kenntnis.

Verdammt, ich musste wirklich mehr auf meine Körperhaltung beim Schreiben achten – aber wenn mich die Muse küsste, vergaß ich alles um mich herum.

Wieder klopfte es und ich erhob mich mürrisch aus meinem Schreibtischstuhl. Genervt schlurfte ich zur Tür. Hoffentlich war es nicht diese Schnepfe aus dem dritten Stock, die schon wieder eine Mieterversammlung einberufen wollte, weil der Briefträger ihrer Meinung nach die Post zu lieblos in den Briefkasten stopfte. Das Leben musste herrlich sein, wenn man so viel Zeit hatte. Das Klopfen wollte einfach nicht aufhören und mit schmalen Augen riss ich die Tür auf.

Frederik sah auf mich herunter und fragte: »Sollten wir darüber reden?«

»Hm.« Ich dachte über seine Frage nach, als mein Magen auf einmal lautstark knurrte. So laut, dass es mir ehrlich gesagt peinlich war.

Verblüfft starrte Frederik mich an und sagte: »Vielleicht solltest du was essen.«

Zum Dank für seinen hilfreichen Rat bedachte ich ihn mit einem finsteren Blick. Dann bemerkte ich, dass ich noch immer im Bademantel war und das Handtuch auf meinem Kopf thronte – es fühlte sich merkwürdig klamm und kalt an.

»Moment, wie spät ist es?«, wollte ich wissen.

Grinsend sagte er: »Fast fünf Uhr, du solltest also eigentlich ausgeschlafen sein.«

»Blödmann.« Ich rieb mir mit der Hand über das Gesicht und hatte mit einem Mal eine Erklärung für meinen knurrenden Magen gefunden. Wie hatte ich es nur geschafft, den ganzen Tag vor dem Computer zu hocken? Mit einer knappen Bewegung beugte ich mich nach hinten und schielte zur Kaffeemaschine. Meine Tasse stand noch darunter und ich hatte die sichere Vermutung, dass der Kaffee kalt war.

Wieder grummelte es hörbar aus meinem Bauch heraus und Frederik musterte mich eingehend. »Hast du heute schon was gegessen?«

»Nein, Mama«, erwiderte ich genervt. »Aber ob du es glaubst oder nicht, das war keine Absicht.«

»Okay, zieh dir was an«, wies er mich knapp an und sah sich suchend um. Schließlich fand er mein Telefon, das er offenbar gesucht hatte und wählte eine Nummer.

»Was wird das, wenn es fertig wird?«, wollte ich von ihm wissen, die Arme vor der Brust verschränkt.

»Ich bestelle Pizza, ist Margherita okay?« Seelenruhig sah er mich an.

Ich biss mir auf die Unterlippe und dachte nach. »Wenn wir jetzt zusammen Pizza essen, fällt das unter Vorspiel?«

Sein fassungsloses Mienenspiel zu beobachten, machte mir richtiggehend Spaß. Leider hatte er sich schnell wieder im Griff. »Wir werden sehen«, lautete seine rätselhafte Antwort.

Bevor ich mir die Mühe machte, in normale Kleidung zu schlüpfen, ging ich zu meinem Computer. 38 Seiten? Du meine Güte, demnächst würde ich mir einen Wecker stellen, bevor ich noch am Schreibtisch zusammenbrach. Nicht zum ersten Mal erinnerte mich das leise Stimmchen in meinem Hinterkopf daran, dass meine Familienmitglieder vielleicht recht haben könnten, wenn sie sagten, dass ich zu viel arbeitete.

Aber mein Job lenkte mich so wunderbar von allem anderen ab. Vorsichtig schielte ich über meinen Bildschirm. Zum Beispiel von diesem attraktiven Mann, der gerade in meiner Küche stand. Was ich davon halten sollte, wusste ich noch nicht genau. Moment – fehlte da ein Leerzeichen? Ich beugte mich näher zu dem Computer und kniff konzentriert die Lider zusammen.

Das Räuspern ließ mich aufblicken. »Arbeitest du immer so viel?« Seine blauen Augen lagen forschend auf mir. Verlegen richtete ich mich auf und bemerkte dabei, dass der Gürtel meines Bademantels gerade seinen Job aufgab und der Stoff langsam auseinander glitt. Schnell raffte ich ihn zusammen und bewegte mich rückwärts auf die Schlafzimmertür zu. »Meistens.«

Dann drehte ich mich um und warf die Tür hinter mir zu. Was sollte ich jetzt eigentlich anziehen? Mir war nach Jogginghose und einem viel zu großen T-Shirt, andererseits wollte ich noch Sex, also vielleicht lieber etwas weniger Entspanntes.

Unschlüssig stand ich vor dem Schrank. Ich konnte mich ja nicht wieder in dieses kleine Kleid von gestern werfen und ein BH würde vermutlich auch nicht schaden. Ich ärgerte mich über meine Unentschlossenheit, so war ich doch sonst nicht. Eigentlich wollte ich nur eine lockere Affäre mit meinem sexy Nachbarn und keine pompöse Hochzeit. Nachdem ich mir dieses Ziel gesteckt hatte, ging es mir viel besser.

Überhaupt war ich wesentlich gelassener, wenn ich genau wusste, was ich wollte. Wenn ich morgens an die Arbeit ging, legte ich vorher die Wortzahl fest, die ich schaffen wollte. Bei einer Laufrunde wusste ich vorher, wie viele Kilometer ich zurücklegen wollte – ich würde nie auf die Idee kommen, einfach so loszulaufen. Mein Bruder nannte das »verkrampft«, ich hingegen bevorzugte das Wort »organisiert«.

Letztendlich entschloss ich mich für mein Standardoutfit aus schwarzem Shirt und schwarzer Jeans. Im Sommer tauschte ich Shirt gegen Tanktop und im Winter trug ich eine Strickjacke darüber, stets das perfekte Outfit – egal, wie viele Witze meine Mutter über Trauerkleidung machte.

Erleichtert trat ich aus dem Schlafzimmer und beobachtete irritiert, dass Frederik munter in meinen Küchenschränken herumwühlte. Er hatte tatsächlich den Tisch gedeckt – natürlich für zwei, was auch sonst?

Um mich zu sammeln blieb ich im Türrahmen stehen und lehnte mich dagegen. Ich konnte mich des Eindrucks nicht erwehren, dass Frederik unseren Sex anders interpretiert hatte als ich. Also räusperte ich mich. »Du wolltest reden?«

Er setzte sich auf den Küchenstuhl, den eigentlich ich bevorzugte. Ob er das absichtlich machte?

»Ja, ich bin mir nicht sicher, was das gestern war. Ich bin gerade erst hier eingezogen und will nicht direkt irgendein Drama provozieren.«

Leise lachte ich. »Das hättest du dir vielleicht vorher überlegen sollen.« Widerwillig setzte ich mich auf den freien Stuhl. Aus dieser Perspektive sah meine Küche ganz anders aus.

»Zu meiner Verteidigung: Ich habe sehr wohl Einspruch erhoben.« Er fuhr sich durch die dichten Haare und löste damit in mir das Verlangen aus, das Gleiche zu tun.

»Stimmt, daran kann ich mich erinnern. Dein Protest war so eindringlich, mir klingeln noch immer die Ohren.« Ich sah ihn direkt an und bemerkte, dass sein Blick sich verdüsterte.

»Ich habe protestiert. Aber ich habe nie behauptet, ein Heiliger zu sein.«

Das stimmte und ich musste grinsen. »Also mir geht's gut und ich habe auch noch kein Aufgebot bestellt, da kann ich dich vollkommen beruhigen.«

Für einen Moment schwieg ich und schob das Besteck auf der Tischdecke hin und her. »Von mir aus können wir das gern von Zeit zu Zeit wiederholen.«

Sein Mund klappte auf, doch ich kam ihm zuvor und hob abwehrend die Hand. »Aber nur, wenn das nicht beinhaltet, dass du jedes Mal danach den Seelenklempner spielst. Ich bin ein großes Mädchen.« Der Blick, den ich ihm zuwarf, war nur auf eine einzige – sehr sexuelle – Weise zu deuten. Er holte tief Luft und schien mit sich zu ringen.

Die Türklingel erlöste ihn davon, mir antworten zu müssen und ich stellte direkt klar: »Du machst dem Pizzaboten auf. Ich rede nicht mit anderen Menschen.«

Sein Lachen kribbelte auf meiner Haut und mit einem Seufzen stand er auf. »Wer hätte damit gerechnet?«

Zufrieden betrachtete ich seinen Hintern, als er aus meiner Wohnung ging. Ich hatte meine Karten offen auf den Tisch gelegt – jetzt war es an ihm, darauf einzugehen oder sich gefälligst aus dem Staub zu machen.

Als er mit den beiden Kartons zurückkehrte und mir der verlockende Duft in die Nase stieg, lief mir bereits das Wasser im Mund zusammen. Ausnahmsweise lag das nicht an Frederik, sondern daran, dass ich heute noch nichts gegessen hatte.

Kaum saß er, beschloss ich, dass es an der Zeit war, mehr über ihn herauszufinden. »Wie kommt es, dass

Karl unbemerkt verschwunden ist und du stattdessen ebenso unbemerkt eingezogen bist?«

Er schenkte mir ein schelmisches Lächeln. »Ein Freund von mir ist Makler und er wusste, dass ich auf der Suche war.« Dann zuckte er mit den Schultern und sah mich an. Mit hochgezogener Augenbraue beobachtete er, wie ich gierig die Pizza herunterschlang. Prompt färbten meine Wangen sich rot und ich bemühte mich, etwas langsamer zu essen.

Noch immer ein wenig verwundert fragte ich mich, wie er das geschafft hatte. Frederik saß neben mir. Auf meiner Couch!

Nach dem Essen hatte es sich irgendwie natürlich ergeben, dass wir die Küche verlassen hatten. In der Theorie hatte ich ihn hinauswerfen wollen, in der Praxis hatte er mich überrumpelt, mir ein Bier gereicht und den Fernseher angemacht. Ein Bier aus meinem eigenen Kühlschrank wohlgemerkt!

Außerdem hatte er sich noch nicht zu meinem überaus großzügigen Angebot geäußert, regelmäßig mit ihm zu schlafen.

»Willst du mich noch lange böse von der Seite anstarren?«

»Hm.« Verärgert drehte ich den Kopf zum Fernseher und nahm einen Schluck von meinem Bier. »Was war das gestern eigentlich auf dem USB-Stick? Ich habe vergessen, danach zu fragen.«

Seine Augen blitzten auf, denn er wusste genauso gut wie ich, warum ich nicht daran gedacht hatte. »Ein kleines, nicht unbedingt legales Programm.«

»Wie komme ich daran?«, wollte ich von ihm wissen.

Jetzt drehte er mir den Kopf zu und lächelte selbstgerecht. »Du kannst mich einmal im Monat lieb darum bitten.«

Blödmann. Fest presste ich die Lippen aufeinander.

»Was denn? Keine bissige Entgegnung?«, neckte er mich und rutschte ein Stück näher.

Kritisch beäugte ich den winzigen Raum, der noch auf der Couch zwischen uns geblieben war. »Du hast doch gestern schon angemerkt, dass ich viel fluche.«

Gelassen erwiderte er, während er noch näher rückte: »Ich habe es lediglich festgestellt – mich stört das nicht.«

Er beugte sich vor und ich rechnete fest damit, dass er mich küssen würde. Doch er schnupperte lediglich an meinem Hals und betrachtete mich danach fasziniert. Als ich ihm entgegen kam, mit der festen Absicht meine Lippen auf seine zu pressen, wich er mir aus. Seine Hand legte sich um meine Schulter und hielt mich auf Abstand. Meine Augenbrauen zogen sich zusammen. Eingeschnappt wischte ich seine Hand weg – schon allein, weil sie heiß genug zu sein schien, um meine Haut zu verbrennen.

War ich gestern Nacht etwa süchtig geworden? Die Erinnerung an den grandiosen Orgasmus stieg in mir auf.

»Ich beurteile gerade noch dein Angebot«, stellte er ruhig fest.

»Was gibt es da groß zu beurteilen?« Betont langsam ließ ich mich in das Polster der Couch sinken.

»Du redest so gut wie gar nicht – zumindest im Verhältnis gesehen zu den Frauen, die ich kenne. Also muss ich mir erst ein Bild machen, ob du vielleicht nicht doch komplett irre bist und mir demnächst blutige Blumensträuße vor die Tür legst.«

Ich lachte – nicht nur, weil die Vorstellung absolut absurd war, sondern auch weil er gerade eine Szene aus einem meiner Bücher beschrieben hatte. Aber das konnte er sicherlich nicht wissen. Für einen kurzen Moment erwog ich, es ihm zu erzählen. Doch ich entschied mich dagegen. Ich wollte ihn in meinem Bett haben, nicht in meinem Leben. Gut, auf dem Küchentisch und unter der Dusche würde ich ihn auch noch akzeptieren.

»Nichts liegt mir ferner, das kannst du mir glauben. In erster Linie möchte ich meine Ruhe haben. Ich will weder über meine Gefühle diskutieren noch eine Beziehung führen, geschweige denn irgendetwas, das im Ansatz darüber hinausgeht.« Meine Worte unterstrich ich mit einer energischen Handbewegung.

Sein Gesicht verriet in keiner Weise, was er dachte, doch seine Mundwinkel zuckten leicht. Und natürlich waren da noch seine blauen Augen, die gleichzeitig so kühl und lodernd heiß aussahen. Allein über diesen Blick hätte ich mühelos ein ganzes Kapitel schreiben können. Spöttisch ruhte besagter Blick auf mir. »Das waren mit Abstand die meisten Wörter, bis ich bisher zusammenhängend von dir gehört habe. Es scheint dir also ernst zu sein.«

Nachdrücklich nickte ich und er stand auf. Verwundert erhob ich mich ebenfalls. Nach einem flüchtigen Kuss auf meine Wange drehte er sich um und marschierte auf die Küche zu.

»Wohin gehst du?« Sofort ärgerte ich mich, dass ich viel aufgebrachter klang, als ich hatte preisgeben wollen.

Er drehte sich um und deutete eine kleine Verbeugung an. »Ich habe doch gesagt, dass ich darüber nachdenken muss. Dafür, dass du so wenig redest, hörst du scheinbar nicht sonderlich gut zu.«

Empört griff ich nach einem Sofakissen und noch bevor mir klar war, was ich da tat, warf ich es nach ihm. Frederik grinste nur und sagte: »Gute Nacht, Helen.«

Die Tür war längst zugefallen, als ich mich aus meiner Erstarrung löste und murmelte: »Gute Nacht, Frederik.«

Den Rest des Wochenendes und der darauf folgenden Woche vergrub ich mich – wie üblich – in Arbeit. Zwischendurch schielte ich wütend zu meiner Wohnungstür, doch Frederik ließ sich nicht blicken.

Am Freitag war ich so angespannt, dass ich meine übliche Laufrunde ausdehnte, bis meine Beine mich kaum mehr trugen. Völlig erschöpft schlurfte ich nach Hause und behielt dabei den Boden fest im Blick. Durch meine verlängerte Runde war es bereits dunkel und ich wollte mir nicht die Knochen brechen, weil ich kurz vor der Haustür ein Schlagloch übersah, nachdem ich erfolgreich 12 Kilometer wie eine Geisteskranke durch den Stadtpark gehetzt war. So ging das nicht weiter – die Arbeit war mir auch schon leichter gefallen.

Wenn mein neuer Liebhaber sich bis morgen nicht gemeldet hatte, würde ich mich in Schale werfen und an seiner Tür kratzen. Ich musste mir eingestehen, dass der Sex so umwerfend gewesen war, dass ich das tatsächlich tun würde.

Als ich in den Vorhof meines Wohnhauses bog, parkte Frederik gerade seinen Wagen auf einem der gekiesten Plätze. Unwillkürlich beschleunigte sich mein Herzschlag. Aufregung – wie grauenvoll. Er stieg aus und sah mich an.

Ich wäre ja schneller auf ihn zugegangen, aber meine Beine trugen mich ohnehin nur noch mit Widerwillen. Vor ihm blieb ich stehen, allerdings mit gebührendem Abstand, denn die Wahrscheinlichkeit, dass ich wie ein Wildschwein müffelte, war ziemlich hoch.

Skeptisch betrachtete er mich. »So kannst du doch nicht laufen gehen.« Auf seiner Stirn erschien eine steile Falte. Empört sah ich an mir herunter.

»Was genau spricht denn gegen mein Outfit?«, verlangte ich zu wissen.

»Das ist viel zu unsicher, du kannst nicht nach Einbruch der Dunkelheit ganz in Schwarz draußen herum rennen. Das ist gefährlich«, sagte er nachdrücklich.

Das Einzige, was mir gerade gefährlich erschien, war die totale Abwesenheit meiner Selbstbeherrschung. Ich war kurz davor, meinen Nachbarn anzuspringen. Gleichzeitig brachte er mich allerdings mit seiner Bevormundung auf die Palme.

»Danke, Daddy«, ätzte ich und ließ ihn stehen. Dieser Blödmann. Ich würde mir einfach einen vernünftigen Vibrator besorgen. Der redete wenigstens nicht andauernd.

Seelenruhig folgte Frederik mir, machte sich aber nicht die Mühe, mich einzuholen. Auf der Treppe nach oben – meine Oberschenkel zitterten vor Erschöpfung – ging ich in meinem Kopf den nahezu unerschöpflichen Vorrat an Schimpfwörtern durch, die ich kannte. Es waren eine ganze Menge. Und doch reichten sie nicht im Ansatz, um meinem Zorn und meiner Frustration Ausdruck zu verleihen.

Unter der Dusche seifte ich mir energisch die Haare ein und schäumte dabei beinahe selbst vor Wut. Wer brauchte schon Männer? Pah, so ein doofer Idiot!

Nachdem ich mich in meinen Pyjama geworfen hatte, der aus einer langen Stoffhose und einem Trägeroberteil bestand, stand ich unschlüssig im Wohnzimmer. Couch oder Computer? Das Klopfen an der Tür riss mich aus dem Grübeln.

Obwohl ich die ganze Woche darauf gewartet hatte, zuckte ich zusammen. Es konnte nur Frederik sein und ich musste meine ganze Konzentration aufbringen, um ihm mit einer neutralen Miene zu öffnen.

Er ließ seine Augen über mich gleiten und sagte: »Sehr gut, du hast nichts mehr vor. Salat?«

Damit schob er sich an mir vorbei und stellte eine große Schüssel auf den Küchentisch. Ich stand noch immer vor der offenen Tür, unfähig, mit so viel Unverfrorenheit umzugehen. Er war ja schlimmer als ich. Es schien ihn überhaupt nicht zu interessieren, ob ich zustimmte oder nicht, wenn er etwas vorschlug. Hatte ich eine Einladung auf meiner Stirn gedruckt?

»Ich dachte, nach dem Lauf könntest du ein paar Kohlenhydrate gebrauchen und ich nehme dein Angebot an.«

Mein Gehirn wusste nicht, welche Information es zuerst verarbeiten sollte. Spontan beglückwünschte ich mich als erstes zu der Entscheidung, mir die Beine und alle anderen relevanten Körperteile rasiert zu haben. Erst dann war ich in der Lage, die Tür zu schließen.

Mit einem Seufzen ließ ich mich auf den Küchenstuhl sinken. »Ich nehme an, du willst vorher bestimmt darüber reden.« Dabei warf ich einen Blick in die Schüssel. Nudelsalat, interessant. »Hattest du Besuch von deiner Mutter?«

»Ich kann alleine für mein Essen sorgen. Hier für dich.« Er hielt mir eine Plastiktüte hin.

Zögernd ergriff ich sie. Der Inhalt war flach und nicht warm, also vermutlich kein totes Tier. Vorsichtig sah ich hinein. »Was ist das?« Ich drehte mich verwirrt um, denn er war schon wieder an meinem Küchenschrank zugange.

»Das sind Reflektoren, du kannst sie einfach um deine Arme wickeln, bevor du das nächste Mal laufen gehst.«

Mit spitzen Fingern zog ich die neongelben Streifen hervor und fühlte mich schrecklich bevormundet dabei. »Wieso sollte ich das tun?«

»Weil ich dich darum bitte.« Die schlichten Worte machten mich sprachlos.

»Hm.«

»Wirst du sie tragen?« Sein eindringlicher Blick lag auf meinem Gesicht.

Ich zog eine Grimasse, als hätte ich Zahnschmerzen. »Von mir aus.«

Zufrieden nickte er und stellte die Teller auf den Tisch. Mit einem großen Löffel – ich hatte gar nicht gewusst, dass ich einen solchen besaß – verteilte er den Nudelsalat. Kaum hatte er mir eine Portion hingeschoben, meldete sich mein Magen lautstark.

»Hast du niemanden, der auf dich aufpasst? Scheinbar bist du ja nicht einmal in der Lage, regelmäßig zu essen. Das Abbild der zerstreuten Schriftstellerin.«

Meine Fingerknöchel traten weiß hervor, so fest umklammerte ich die Gabel. »Zu deiner Information: Ich bin hochgradig organisiert. Abgesehen davon lassen sich alle anderen meistens von meinem unfassbaren Charme in die Flucht schlagen.«

»Soso.« Er schob sich Nudelsalat in den Mund und wieder funkelten seine Augen merkwürdig.

Mehr hatte er dazu nicht zu sagen? Entnervt schob ich den Salat auf meinem Teller zusammen und probierte ihn endlich. Erstaunt riss ich die Augen auf. Das war köstlich.

»Der ist gut«, rang ich mir ab und versuchte dabei, höflich zu lächeln.

»Ich weiß, ich habe viele Talente.« Seine Worte drangen ohne Umschweife in meinen Unterleib. Und ob er die hatte! Ich war sofort bereit, das notfalls vor Gericht zu bezeugen.

»Ich kann mir die Antwort zwar denken, aber ich frage sicherheitshalber nach: Du hast nicht irgendwo einen wütenden Freund oder Ehemann versteckt, der mir eines Tages auflauern wird?«, erkundigte er sich beiläufig.

Nachdrücklich schüttelte ich den Kopf. »Nein, Single seit-« Ich musste nachdenken und bemerkte, dass ich Gefahr lief, zu viel von mir preiszugeben. »Lange jedenfalls.«

Nachdem ich mir eifrig noch zwei Gabeln mit Salat zu Gemüte geführt hatte, sah ich ihn an. »Und du?«

»Single, seit anderthalb Jahren.« Er war nicht einmal halb so zurückhaltend wie ich. Die nächste Frage drängte sich in meinen Kopf: Warum ist so ein Mann Single? Stimmte mit ihm vielleicht irgendetwas nicht?

Offenbar zeichnete sich die Frage auf meiner Nasenspitze ab, denn er grinste und zeigte mit der Gabel auf mich. »Keine Chance. Wenn du nicht sagst, warum du nicht einmal mehr weißt, wie lange du Single bist, dann sage ich dir auch nicht, warum ich Single bin.«

»Du hältst dich wohl für sehr gerissen, was?«

Sein Grinsen vertiefte sich und kleine Fältchen um seine Augen wurden sichtbar. Hinreißende Fältchen. »Ziemlich, ja. Immerhin bin ich schon dabei, dich angemessen zu erziehen.«

Ich erdolchte ihn fast mit meinem Blick, da klingelte mein Handy. Leider lag es näher bei ihm als mir und bevor ich den Arm ausgestreckt hatte, war es schon in seiner Hand.

»Daniel«, las er vom Display ab und zog eine Augenbraue hoch.

Mein Herz stockte, er konnte unmöglich drangehen, wenn mein Bruder anrief. Daniel würde das sofort brühwarm meiner Mutter erzählen.

»Nicht drangehen«, flehte ich und hielt fordernd meine Hand auf.

»Irgendwie finde ich es verdächtig, dass andauernd Männer anrufen, wenn ich hier bin.«

»Bitte gib mir das Handy.« Ich beugte mich über den Tisch.

»Was bekomme ich?«

»Heißen Sex«, war das Erste, das mir einfiel.

Wortlos legte er das Telefon in meine Hand und ich atmete erleichtert aus. Nicht, dass es ihn etwas anging, aber ich sagte: »Das ist mein Bruder – er würde ausflippen, wenn ein Mann an mein Telefon geht.«

»Der große Beschützer?«, erkundigte Frederik sich gelassen. Er musterte mich eindringlich und grinste schließlich. »Bist du dafür nicht etwas zu alt?«

Schon bei der Vorstellung zuckten meine Mundwinkel. Ich konnte mir nicht vorstellen, dass mein Bruder überhaupt dazu in der Lage war, zu irgendwem gemein zu sein.

»Nein, es ist nur noch nie vorgekommen. Deswegen würde ihn das vermutlich sehr aus der Bahn werfen.« Endlich verstummte das Handy und ich fragte mich flüchtig, ob ich Daniel überhaupt zurückrufen würde. Eher nicht. Bestimmt wollte er nur wieder, dass ich an irgendeinem gesellschaftlichen Event teilnahm, eine grauenvolle Vorstellung.

Frederik schob den Teller von sich und verschränkte die Arme vor der Brust. Fasziniert beobachte ich das Spiel seiner Brustmuskeln und wie der Bizeps sich spannte. »Wenn du jetzt nicht das dringende Bedürfnis verspürst, weiter über dich zu reden, würde ich vorschlagen, dass du deine Schuld einlöst.«

Mehr als bereitwillig stand ich auf und ging langsam mit wiegenden Hüften auf seinen Stuhl zu. Kaum, dass ich nah genug war, streckte er die Hände aus und zog mich auf seinen Schoß.

»Du bist unmöglich«, raunte ich dicht vor seinen Lippen, und doch schlang ich die Arme um seinen Nacken.

»Unwiderstehlich ist das Wort, das du suchst«, belehrte er mich und küsste mich gleich darauf so hungrig, dass ich erschauerte. Offensichtlich war die Woche Enthaltsamkeit nicht nur mir schwergefallen.

Kurz darauf war die Küche nur von unserem schweren Atem erfüllt. Ich spürte, wie seine Erektion an meiner Haut pulsierte, aber ich konnte mich einfach nicht von seinen weichen Lippen lösen. Meine Nippel hatten sich aufgerichtet und pressten sich gegen ihn, sein Arm lag um meine Taille. Ich spreizte meine Schenkel noch weiter auseinander, getrieben von dem Verlangen, mich an ihm zu reiben. Fast befürchtete ich, den Verstand zu verlieren. Was machte dieser Mann nur mit mir? In mir stieg die absolute Gewissheit auf, dass ich niemals genug davon bekommen würde. Ein Gedanke, der mich zutiefst beunruhigte – und einfach nicht stimmen durfte.

Energisch machte ich mich von ihm los. Warum beschäftigte ich mich nur mit solchen Aussagen? Seine Finger tasteten sich über meine Oberschenkel nach oben und lenkten mich glücklicherweise ab.

Ich knabberte sanft an seiner Unterlippe und ließ auch meine Hände auf Wanderschaft gehen. Die Haut seines Rückens fühlte sich warm unter meinen Fingerspitzen an und er erschauerte leicht unter meiner Liebkosung.

Dann schob er mich von seinen Beine und öffnete den Knopf an meiner Hose, während ich zwischen seinen Schenkeln stand. Ich kam ihm zur Hilfe und zog das T-Shirt aus. Der BH folgte sofort und ich bekam eine leichte Gänsehaut, als ich mit einem Mal nackt in der Küche stand.

Frederik befand sich mir gegenüber deutlich im Vorteil, er saß noch immer vollständig bekleidet auf dem Stuhl. Kurzerhand beugte ich mich vor und streifte ihm das Shirt ab, durch seine dichten Wimpern sah er zu mir hoch. Geschockt bemerkte ich, dass ich mich an diesen Anblick glatt gewöhnen konnte – er, halb nackt auf einem Stuhl in meiner Küche.

Mit einer schnellen, routinierten Bewegung zog er seine Hose aus. Er wollte nach mir greifen, doch ich lächelte ihn schelmisch an. Seine Augen wurden merklich dunkler, als er bemerkte, was ich vorhatte. Ich ließ mich auf die Knie sinken, meine Hände lagen auf seinen Oberschenkeln und ich war mir sicher, dass er meinen heißen Atem sicherlich schon auf seinem Schwanz spüren konnte.

Mit der Zunge leckte ich über die samtige Spitze, bevor ich ihn ganz in den Mund nahm. Frederik stöhnte leise und aus dem Augenwinkel sah ich, dass er sich mit einer Hand an der Tischkante festhielt. Seine Knöchel traten weiß hervor, was ich als gutes Zeichen wertete.

Immer tiefer ließ ich seinen Penis in meine Kehle gleiten und saugte sanft.

Ganz langsam steigerte ich in kleinen Etappen mein Tempo und lauschte dabei auf die erotischen Geräusche, die meine Affäre von sich gab. Schließlich schnappte er hörbar nach Luft und zog mich nach oben. Für einen Moment starrte er mich nur wortlos an, dann neigte er den Kopf und seine Lippen strichen über meinen Hals. Zufrieden schloss ich die Augen und lehnte mich ihm entgegen.

Dann durchzuckte mich der Gedanke an Verhütung und ich fluchte lautlos in meinem Kopf. Scheiße. Scheiße. Scheiße. Sollte ich mich schnell ins Schlafzimmer stehlen? In diesem Moment zauberte Frederik aus der Jeans, die er vom Boden gefischt hatte, ein Kondom hervor. Wieder einmal kam mir der drängende Verdacht, dass er möglicherweise doch Gedanken lesen konnte.

Während ich zusah, wie er seinen Schwanz verpackte, biss ich mir auf die Unterlippe. Frederik streckte die Hände nach mir aus und ich kam ihm freudig entgegen. Mit gespreizten Beinen rutschte ich seine Schenkel hoch, bis ich das heiße Pulsieren seiner Latte an meiner Feuchtigkeit spüren konnte. Zufrieden seufzte ich leise.

Ich erschauerte, als Frederik mit den Fingern zwischen meine Schenkel fuhr und dabei meine empfindliche Klit streifte. Auffordernd schob ich mich ihm entgegen und seine Finger glitten mühelos in mich. Ich presste die Augen zusammen und lehnte meine Stirn auf seine Schulter. Sein Daumen massierte meine Lustperle und ich wimmerte gequält, drängte ihn stumm, noch tiefer in mich zu dringen.

Mit der freien Hand umfasste Frederik mein Kinn und zog mein Gesicht zu seinem, küsste mich innig. Meine Lust wuchs immer weiter und ich fragte mich, ob er spürte, wie ich bereits jetzt in seinen Armen bebte. Die Erregung bündelte sich und ich schien nur noch aus dem heftigen Pochen meiner Klit zu bestehen. Meine Nägel bohrten sich in seine Haut. Die einzige Folge war, dass er seine Finger schneller bewegte und mich zur gleichen Zeit noch gieriger küsste.

Ich stöhnte an seinen Lippen und explodierte im gleichen Moment. Selten war ich so dankbar gewesen, mich irgendwo festhalten zu können.

Nicht einmal aufgehört zu zittern hatte ich, als Frederik sich kurz von mir löste und seine Finger aus mir zog. Er umfasste meine Taille und hob mich hoch. Genau in dem Moment, als er in mich eindrang und mich mit einem einzigen Stoß ausfüllte, schob seine Zunge sich tief in meinen Mund. Weiße Punkte flackerten vor meinen Augen und ich rang erstaunt nach Luft.

Seine Hände lagen auf meinem Rücken und er hielt mich fest, während ich das köstliche Gefühl genoss, wie sein Schwanz in mich eindrang. Sein Atem streichelte meine Haut und ich bog mich ihm entgegen. Immer wieder trieb er seinen Schaft in mich, sein Griff wurde fester, seine Bewegungen schneller.

Der zweite Orgasmus traf mich völlig unvorbereitet und mein kehliges Stöhnen erfüllte die Küche. Mir war heiß und schwindelig, ich wusste kaum noch, wie mein Name lautete und Frederik stieß hart in mich. Er schien kurz vor dem Höhepunkt zu stehen und hielt mich fest in seinen Armen. Ich legte den Kopf in den Nacken und genoss den Schauer, der durch meinen Körper rann und mein Inneres zu verflüssigen schien, während auch Frederik erlöst aufstöhnte.

Es dauerte eine Weile, bis mein Puls nicht mehr raste und meine Atmung sich normalisiert hatte. Völlig selbstvergessen streichelte Frederik meinen Rücken und ich ließ ihn gewähren. Meine Wange lag an seiner Brust und ich genoss seinen unverwechselbaren Duft.

Selbst als seine Hand durch meine Haare glitt und mit den Locken spielte, wehrte ich mich nicht.

»Ist dein Bruder nicht beunruhigt, wenn du nicht ans Telefon gehst oder zurückrufst?«

»Ist er gewohnt.« Mit einem unhörbaren Seufzer schmiegte ich mich an ihn. Ob ich ihn zu einer zweiten Runde animieren konnte? Dann fiel mir ein, dass wir das letzte Kondom benutzt hatten. Hatte er vielleicht noch welche?

»Wow. Dann sollte ich mich geehrt fühlen, dass ich überhaupt so viel von dir zu Gesicht bekomme, was?«

»Hm.« Wohlige Wärme umfing mich und ich war angenehm müde. Sollte ich vorschlagen, ins Schlafzimmer zu wechseln?

»Ich schätze, dass ich jetzt besser gehe, bevor du mich mit deinem unverwechselbaren Charme hinauswirfst.«

Äußerst widerwillig hob ich den Kopf. Aber er hatte recht, es war vermutlich besser, wenn er ging. Nur irgendwie wollte ich das gar nicht. Meine Grundsätze blendete ich bequemerweise aus.

»Wieso hinauswerfen?«, irritiert suchte ich in seinem attraktiven Gesicht nach einem Hinweis.

Frederik lachte. »Am Freitag, beziehungsweise Samstag hast du mir doch auch nahegelegt, zu gehen«, klärte er mich auf.

Kurz wühlte ich in meiner Erinnerung. Er hatte auf der Bettkante gesessen, was ich offensichtlich falsch interpretiert hatte. »Ich wollte nur keine Peinlichkeiten provozieren, du hast mich doch direkt zu Anfang wissen lassen, dass du normalerweise nicht der Typ dafür bist.«

Er hauchte einen leichten Kuss auf meinen Mundwinkel. »Genau – und du willst mir jetzt sicherlich weismachen, dass es bei dir genau andersherum ist und die Männer hier reihenweise ein und aus gehen.«

Widerstrebend löste ich mich aus seiner Umarmung und versuchte, meine Haare glatt zu streichen. Ein nutzloses Unterfangen, nachdem Frederik sich gerade leidenschaftlich hindurch gewühlt hatte. »Das habe ich nicht behauptet. Ich hab’s generell nicht so mit Männern.«

Die Stimme, die mich an meine letzte Erfahrung mit besagter Spezies erinnerte, war sehr beharrlich und ich ließ ihn aufstehen.

An der Tür gab ich ihm einen Kuss auf die Wange. »Gute Nacht, Frederik.«

Zu meinem Erstaunen legte er den Arm um mich und zog mich an sich. Der Kuss sorgte für weiche Knie, seine Zunge teilte meine Lippen, bevor sie meinen Mund erkundete.

Er ließ mich mit klopfendem Herzen stehen. »Gute Nacht, Helen.«

3

Neuerdings schien ich nach dem Sex mit Frederik auf einem regelrechten Hoch zu schweben und knackte in der folgenden Woche mehrfach meinen Tagesrekord für geschriebene Wörter. Außerdem war ich mit der Handlung zufrieden – ich konnte mich schon gar nicht mehr daran erinnern, wann ich das letzte Mal so entspannt und ausgelastet zugleich gewesen war.

Irgendwie hätte mir das zu denken geben sollen! Um sonst in diesen Zustand zu gelangen, musste ich in der Regel mehrere Stunden schreiben und anschließend etliche Kilometer laufen gehen. Wenn ich dann unter der Dusche stand, fühlte mein Kopf sich wunderbar leer und leicht an.

Energisch schob ich die Gedanken zur Seite und beschäftigte mich mit angenehmeren Aussichten. Wenn ich in diesem Tempo weiter schrieb, wäre ich sicherlich lange vor dem eigentlichen Abgabetermin fertig. Das Wort »Urlaub« flatterte durch meinen Kopf und sorgte für ein wohliges Gefühl in meinem Bauch.

Bevor ich mich allerdings in Fantasien von einer einsamen Blockhütte, einem gewissen Nachbarn und leidenschaftlichem Sex ergehen konnte, ermahnte ich mich selbst zur Ruhe. Ich sollte gar nicht erst anfangen, mir das kleine Abkommen mit Frederik zu Kopf steigen zu lassen. Er hatte in meinem Leben nichts zu suchen.

Schließlich überlegte ich, ihn zu fragen, ob wir nicht feste Termine für unsere Begegnungen vereinbaren sollten. Ich musste grinsen – das klang ja wirklich enorm sexy. Dienstags und donnerstags pünktlich um 18.30 Uhr in meiner Wohnung, ich konnte die kleine Karte an einem Blumenstrauß befestigt förmlich vor mir sehen.

Unser letzter Sex lag noch nicht lang zurück, aber ich hatte schon wieder Lust, über Frederik herzufallen. Wenn ich ihm nur abgewöhnen könnte, ständig zu reden – unwillig schüttelte ich den Kopf. Vielleicht sollte ich morgen bei ihm klopfen und ihn verführen. Je länger ich darüber nachdachte, desto besser gefiel mir die Idee.

Als es draußen langsam dunkler wurde, beschloss ich, dass es an der Zeit war, Feierabend zu machen. Ich wollte den Abend in der Badewanne ausklingen lassen und freute mich schon auf mein Bett. Der Herbst kündigte sich unaufhaltsam an und ich liebte diese Jahreszeit. Heute Morgen hatte ich endlich wieder die Decke aus der Sommerpause geholt, anstatt nur mit einem dünnen Laken zu schlafen, für das es mittlerweile zu kalt war. Jedes Jahr beging ich den ersten Abend mit der dicken, flauschigen Decke fast schon zeremoniell.

Irgendwie war es nicht erstaunlich, dass ich mitten in der Nacht aufwachte und die Decke von mir gestrampelt hatte. Ich war verschwitzt und mein Körper glühte. Außerdem war ich ziemlich feucht – ich konnte mich sehr lebhaft an den erotischen Traum erinnern, in dem Frederik die Hauptrolle gespielt hatte.

Einen kurzen Moment hasste ich ihn dafür, dass er mir die erste kühlere Nacht ruiniert hatte. Wäre es nicht drei Uhr morgens gewesen, hätte ich vermutlich drüben geklingelt und ihm die Meinung gesagt. Andererseits hätte ich dann gestehen müssen, dass ich mittlerweile sogar von ihm träumte – und das kam unter gar keinen Umständen in Frage.

Unwillig stand ich auf und zog die dicke Decke aus dem Bettbezug. So heiß, wie mir gerade war, würde ich sonst ohnehin nicht schlafen können. Offensichtlich brauchte ich regelmäßigeren Sex – das würde ich gleich morgen klären.

Es erschien mir unendlich lang, bis Frederik endlich von der Arbeit nach Hause kam. Meine Selbstbeherrschung reichte noch für eine weitere Viertelstunde, dann marschierte ich über den Flur und hämmerte energisch an der Tür.

Ich hatte Herzklopfen, setzte aber dennoch mein bestes Lächeln auf. Frederik öffnete mir und war sofort auf der Hut, was mich irgendwie ärgerte.

»Helen, wie kann ich dir behilflich sein?« Er musste förmlich sein Lachen unterdrücken und ich rümpfte die Nase. Als ob wir nicht beide wussten, was ich wollte.

»Ich will Sex, du bekommst auch eine Pizza.« Mit einer möglichst einladenden Geste wies ich auf meine Wohnung.

Frederik legte den Kopf schräg. »Du musst mich nicht mit Essen bezahlen. Weißt du, eigentlich würde ich Ja sagen, aber ich wollte heute Fernsehen gucken. Frauentausch und so.«

Ich starrte ihn entgeistert an und obwohl mir bewusst war, dass mein Unterkiefer herab geklappt war, konnte ich meinen Mund einfach nicht dazu bringen, sich wieder zu schließen.

Der Mann brach in lautes Gelächter aus. »War nur ein Scherz. Gib mir zehn Minuten.« Damit schloss er die Tür vor meiner Nase.

Ich stand noch mindestens zwei Minuten völlig verdattert vor der Tür, bevor ich mich aus der Erstarrung lösen konnte. Was für ein unglaublicher Witzbold. Das Schlimmste daran war allerdings, dass ich wirklich auf ihn hereingefallen war.

Als er tatsächlich exakt zehn Minuten später bei mir klopfte, war ich noch immer so beleidigt, dass ich versucht war, ihm nicht zu öffnen. Doch meine Gier war stärker leider um ein Vielfaches stärker als ich.

Er brauchte nur einen Blick in mein Gesicht, da lachte er schon wieder. »Meine Güte, du bist wirklich beleidigt?«

»Hm.« Ich drehte mich um und überließ es ihm, mir zu folgen. Er hatte mich so aus dem Konzept gebracht, dass mein schöner Plan, erst zu essen und dann zu vögeln, nicht mehr aufzugehen schien. Nicht einmal bis in die Küche schaffte ich es, da griff Frederik nach mir und umfasste meinen Oberarm direkt über dem Ellenbogen.

Er zog mich an sich und küsste mich – schon war ich versöhnt und schmiegte mich an ihn. In seiner Nähe verlor ich einfach den Boden unter den Füßen. Seine Zunge spielte mit meiner und mein Unterleib reagierte auf eine sehr unmissverständliche Weise.

Ich spürte seine Hand in meinem Nacken, die sich langsam nach oben vor arbeitete und schließlich meinen Hinterkopf festhielt. Die Hitze seines Körpers übertrug sich auf mich und ich konnte bereits seinen harten Schwanz fühlen, der ungeduldig gegen mich drängte. Mein Inneres schien sich komplett verflüssigt zu haben, anders konnte ich mir die Nässe zwischen meinen Schenkeln wirklich nicht erklären.

Obwohl es mir schwer fiel, löste ich mich von ihm, seinem Mund, seinen Armen und trat einen Schritt zurück. Mein Atem ging schneller und Frederik sah auf mich hinunter, seine Lider waren halb gesenkt und ein eindeutiges Lächeln umspielte seine Lippen. Ich folgte seinem Blick und sah, dass meine Nippel sich bereits durch den Stoff meines Shirts bohrten. Genau wie ich gierten sie nach Frederik.

Bevor ich mich gar nicht mehr unter Kontrolle hatte, ergriff ich seine Hand und zerrte ihn zum Schlafzimmer. Ich wollte unbedingt in der Nähe einer Matratze sein, wenn meine Knie nachgaben, denn das würden sie bald tun. Schon unterwegs riss ich mir die Kleidung vom Leib und nahm zufrieden zur Kenntnis, dass Frederik es mir gleich tat.

Entspannt ließ ich mich auf die Bettkante sinken und schloss meine Finger um seinen heißen Schaft. Ich liebte das samtige Gefühl seiner Haut und konnte nicht widerstehen: Schnell züngelte ich einmal die gesamte Länge hinab und war mir dabei deutlich bewusst, dass Frederik mir zusah.

Die Lust spiegelte sich in seinen Augen wider und ich sank nach hinten. Auf die Ellenbogen gestützt sah ich zu ihm auf. Das Verlangen, ihm ein Kompliment zu machen, erfüllte mich. »Ich schlafe wirklich sehr gern mit dir. Wir sollten das öfter tun.«

Mit einem Grinsen schüttelte er den Kopf, dann kam er zu mir aufs Bett. »Du bist wirklich merkwürdig, Helen Strobel.«

Zufrieden nickte ich und wollte schon in der Nachttischschublade nach einem Kondom suchen, da umfasste Frederik meine Taille und hielt mich an Ort und Stelle. Während er begann, an meinen Nippeln zu saugen, glitt seine Hand zwischen meine Schenkel. Ich spreizte erwartungsvoll die Beine und bäumte mich auf, dabei wühlte ich durch seine dichten Haare.

Als mir klar wurde, was er vorhatte, stöhnte ich kehlig und schloss die Augen. Langsam zeichnete er mit seinem Mund eine Spur von meinen Brüsten hinunter über meinen Bauch, bis er an der Innenseite der Oberschenkel angekommen war. Allein sein Atem sorgte für einen angenehmen Schauer und meine Pussy verkrampfte sich voll gieriger Vorfreude.

Seine Zunge strich sanft über meine Klit und ich wimmerte unwillkürlich. Im selben Moment schob Frederik die Hände unter meinen Po und hob mich seinem Mund entgegen. In einem sehr sinnlichen Rhythmus leckte er mich und ich glaubte schon bald, vollends die Beherrschung zu verlieren. Als er zusätzlich mit dem Daumen in mich eindrang und seine Zunge immer herausfordernder über meine Perle wanderte, konnte ich mich nicht länger beherrschen und presste mich ihm entgegen.

»Frederik«, stöhnte ich, nicht im Mindesten erstaunt, dass meine Stimme sehr heiser klang. »Oh bitte!«, forderte ich und stemmte meine Fersen in die Matratze.

Er hielt mich noch ein wenig hin, bevor er meinem atemlosen Flehen nachgab und mich fester liebkoste; härter, schneller und intensiver. Mir wurde schwindelig und ich keuchte auf. Meine Oberschenkel verkrampften sich, das vertraute Zittern setzte ein. Ich hielt mich an Frederiks Schultern fest und spürte, wie meine Finger sich in seine Haut gruben, als ich kam.

Und wie ich kam! Entsetzt schnappte ich nach Luft und sah nur noch ein heftiges Flackern vor meinen Augen. Mein Blut schien zu kochen, es rauschte laut in meinen Ohren und außer meinem eigenen Wimmern hörte ich nichts mehr.

Frederik ließ den Kontakt zu mir nicht abbrechen und bewegte zusätzlich den Daumen in mir, bis ich endlich zusammensackte und nicht mehr zitterte. Zärtlich tätschelte er meinen Bauch und bat mich: »Knie dich hin.«

Seine Augen waren dunkel und ich fragte mich, wie ich ihm in diesem Moment überhaupt irgendetwas hätte ausschlagen können. Während ich mich auf meine weichen Knie sinken ließ, hörte ich, wie Frederik die Kondomverpackung aufriss und bebte unwillkürlich.

»Ich mag es, wie du meinen Namen sagst«, raunte Frederik und drückte mir einen Kuss auf den Rücken.

Ich spürte seinen Schwanz an meiner Haut und dachte darüber nach, dass ich mir nicht vorstellen konnte, die Nacht zu überleben. Es war alles zu gut, zu unwirklich – zu gefühlvoll.

Sein harter Schaft war plötzlich in mir, erlangte leichten Zugang und vertrieb jeden Gedanken. Er füllte mich ganz aus und es war unglaublich, ihn so zu spüren. Weil meine Arme sich schwach anfühlten, ließ ich den Oberkörper sinken und schmiegte meine Wange in das Laken.

Sämtliche Muskeln in meiner Pussy schienen zu pulsieren und hießen Frederiks Penis willkommen. Er ließ sich Zeit und drang immer wieder in mich ein, ruhig und genüsslich. Dabei streichelte er mich; erweckte die Illusion, dass seine Hände überall gleichzeitig waren.

Unruhig bewegte ich mich unter ihm und spürte überdeutlich, wie feucht ich durch den vorherigen Höhepunkt war. Endlich steigerte er sein Tempo ein wenig und ich riss erstaunt die Augen auf, verwirrt durch das brennende Prickeln, das sich rasend schnell in meinem Unterleib ausbreitete und auf den nächsten Orgasmus hindeutete.

Frederiks Hand wanderte um meinen Körper herum, zupfte zuerst an meinem steil aufgerichteten Nippel und glitt dann zu meinem Schoß. Als er meine Klit erreichte, stöhnte ich auf. Geschickt reizte er die kleine Perle, trieb mich ohne Umschweife zu ungeahnten Höhen.

Im gleichen Moment wurden seine Stößen härter, eindringlicher und er brachte mich ohne Mühe ein zweites Mal zum Kommen. Ich erschauerte und zitterte unkontrolliert unter ihm, bis er sich mir anschloss. Die letzten zwei, drei Stöße waren so hemmungslos, dass sie fast schmerzhaft waren und Frederiks Stöhnen klang unnachahmlich sexy in meinen Ohren. Er versteifte sich hinter mir, presste sich tief in mich hinein und verharrte dort eine Weile.

Schließlich lagen wir auf dem Rücken nebeneinander und ich war froh, dass es so unkompliziert zwischen uns war. Gebannt lauschte ich unseren Atemzügen und stellte verschämt fest, dass Frederik viel schneller als ich wieder gleichmäßig und ruhig atmete. Offensichtlich war seine Kondition besser als meine – oder ich war einfach aus der Übung.

Er drehte sich auf die Seite, stützte den Kopf auf die Hand und fragte: »Wie oft ist ›öfter‹ für dich?«

Einen kurzen Moment dachte ich nach, dann schlug ich vor: »Ich weiß nicht. Jeden zweiten Tag vielleicht?«

Frederik lachte und schüttelte erneut den Kopf. »Wenn ich ein Callboy wäre – und so fühle ich mich mit dir manchmal wirklich – würde das ganz schön ins Geld gehen.«

Ich zuckte mit den Schultern und schloss zufrieden die Augen. »Aber wenigstens wärest du das Geld wert. Schlag etwas anderes vor, wenn dir das zu oft ist.«

Nachdem ich einige Zeit gewartet hatte, aber keine Antwort kam, hob ich ein Lid und stellte erstaunt fest, dass Frederik gegangen war. Obwohl es genau das war, was ich wollte – nämlich ein unverbindliches Arrangement – war ich irritiert davon, dass er dieses Mal einfach so wortlos gegangen war.

Unschlüssig betrachtete ich die unzähligen Packungen und fragte mich, wann es eine solche Wissenschaft geworden war, Kondome zu kaufen. Außerdem sollte es mir stark zu denken geben, dass meine bevorzugte Marke offensichtlich schon nicht mehr erhältlich war. Kein Wunder, dass ich so heftig auf Frederik reagiert hatte und immer noch reagierte – ich hatte wirklich viel zu lange nicht mehr gevögelt.

Jetzt, da wir eine kleine, prickelnde Affäre begonnen hatten, schien es mir sinnvoll, mich mit Kondomen einzudecken. Ich fand es irgendwie zu früh, um mir die Pille zu besorgen und außerdem erforderte das ein Gespräch mit ihm, wo er sich vorher so herumgetrieben hatte. Auf das konnte ich wirklich gut verzichten.

Befeuchtet? Extra dünn? Genoppt? Ratlos drehte ich die Kartons in meinen Händen – wenn das so weiter ging, würde ich einfach nach der Farbe der Verpackung entscheiden. Mit exakt vier verschiedenen Packungen Kondomen in der Hand stand ich vor dem Regal, als ich meinen Namen hörte.

»Helen? Draußen in der freien Natur? Wahnsinn.« Mo, die Freundin meines Bruders, neckte mich liebevoll und ich drehte mich um. Erstaunlicherweise mochte ich Mo irgendwie – was auch immer sie an meinem durchschnittlichen Bruder fand. Ihr Blick fiel auf meine Hände und ich wurde rot. Verdammt. Natürlich musste mir das passieren.

Mos Augen weiteten sich und sie murmelte leise: »Heilige Scheiße. Don hatte also recht?«

Ich stöhnte gequält. »Bitte erzähl Daniel nichts davon.«

»Wovon soll sie mir nichts erzählen?« Mein Bruder kam aus dem nächsten Gang geschlendert und grinste mich an. Allerdings gefror das Grinsen auf halber Strecke, als er ebenfalls die Kondome entdeckte. Wirklich hervorragend – wo blieb das sprichwörtliche Loch im Boden, jetzt, da ich es dringend brauchte?

Skeptisch betrachtete Daniel mich. »Ist das etwa der Grund, weshalb du nicht ans Telefon gegangen bist?«

Ich atmete tief durch. »Ich weiß nicht, was du meinst.«

Daniel verdrehte die Augen und tippte dann auf die blaue Packung in meiner Hand ohne irgendetwas dazu zu sagen.

»Danke«, murmelte ich erleichtert und legte die anderen in das Regal zurück. Dann drehte ich mich einfach auf dem Absatz um und betete inständig, dass ich einfach so davon kommen würde. Doch schon vor der Kasse holte Mo mich ein und warf einen Blick über die Schulter. »Ist das der gleiche Mann, den Don am Telefon hatte?«

Stumm nickte ich und Mo tätschelte meinen Rücken, bevor sie auf meinen Bruder zu eilte und ihn offensichtlich davon abhielt, mir deswegen auf die Pelle zu rücken. Irgendwie war das eine merkwürdig tröstende Geste.

Kaum, dass ich gezahlt hatte, verließ ich den Laden und flüchtete nach Hause.

Ich konnte selbst nicht glauben, dass ich mir abends freiwillig diese bekloppten Klebestreifen um meine Arme wickelte und damit die Treppe nach unten lief. Das Treffen mit Daniel hatte mich gestresst und eine Runde zu laufen, bevor ich ins Bett kroch, schien mir die passende Lösung zu sein.

Kaum war ich in der Halle angekommen, sah ich Frederik, der an den Briefkästen stand. »Guten Abend«, sagte ich so gelassen wie möglich. Er musste ja nicht gleich wissen, dass ich mich freute, ihn zu sehen.

Er drehte sich um und lächelte, als er die Leuchtstreifen an meinen Armen bemerkte. »Hi. Freut mich, dass du die Reflektoren trägst.«

Unsicher sah ich zu ihnen herunter. »Wie kommt es eigentlich, dass du die bei dir herumliegen hattest?«

»Geschenk von der Firma«, entgegnete er mit einem Achselzucken. Als er meinen neugierigen Gesichtsausdruck bemerkte, fuhr er fort: »Ich arbeite bei einer Firma, die Sportartikel vertreibt.«

»Als was?«

Langsam kam er auf mich zu geschlendert. »Ich beantworte deine Fragen, wenn du meine beantwortest.«

Meine Mundwinkel sanken nach unten. Plötzlich vibrierte die kleine Gürteltasche, die ich trug. Ich hatte mein Handy dabei, weil ich darüber beim Laufen Musik hörte und es die Distanz maß, die ich zurücklegte. Dann und wann konnte es allerdings auch vorkommen, dass ich anhielt und mir Notizen machte.

Gequält verzog ich das Gesicht. »Ich schwöre, dass es an dir liegt. Sonst klingelt mein Handy nie.«

Seine hochgezogenen Augenbrauen bezeugten seinen Unglauben, während ich das Telefon aus der engen Tasche fummelte. Elena, meine Zwillingsschwester. Sie sollte doch eigentlich noch in ihren Flitterwochen sein.

»Hi.«

Elena verlor keine Zeit und fuhr mich an: »Klar, ein einziges Mal bin ich so weit weg und dann hast du einen Mann?« Sie rief den letzten Teil so laut, dass ich Angst hatte, Frederik könnte sie hören. Er hatte sich bereits lässig gegen die Wand gelehnt und beobachtete mich interessiert.

»Krieg dich wieder ein«, zischte ich in den Hörer.

»Oh mein Gott, ist er etwa bei dir? Ich dachte, Daniel lügt.« Elena war außer sich und ich fürchtete, dass sie jederzeit zu hyperventilieren beginnen könnte.

»Nein! Nein! Und ich will nicht darüber reden.« Dieser Kommentar bescherte mir ein trockenes Lachen von Frederik. Böse drehte ich mich um und versuchte, ihn mit einem eisigen Blick verstummen zu lassen.

»Das war er! Du hast wirklich einen Mann an deiner Seite und mir nichts davon erzählt.« Jetzt wechselte Elena zu gekränkt und ich knirschte mit den Zähnen. »Ich will ihn kennenlernen«, verlangte sie.

»Auf keinen Fall!«, stieß ich hervor.

»Oh doch. Nächste Woche veranstalten Daniel und Mo ihre Einweihungsparty, bis dahin sind wir zurück. Entweder du bringst ihn mit oder ich erzähle Mama davon. Und dann hetze ich dir jeden Single-Mann auf den Hals, den ich kenne!«

Mit einem Knurren legte ich auf und rief laut: »Scheiße. Scheiße. Scheiße!« Dazu stampfte ich mit dem Fuß auf – für einen Moment hatte ich Frederiks Anwesenheit vergessen.

Hätte er nicht sein Lachen unterdrücken müssen, als er mich fragte, hätte ich ihm die Frage vielleicht sogar abgenommen. »Alles in Ordnung?«

Die Lust, laufen zu gehen, war mir gründlich vergangen und ich stiefelte schwer atmend die Treppe hinauf. Ich würde meinen Bruder einfach umbringen, so sah es aus.

»Wo gehst du hin?«

Obwohl ich in meiner Wut fast die Treppe hoch rannte, hielt Frederik mühelos mit mir Schritt. »Ein Messer holen.«

Er gluckste vergnügt. »Und dann?«

»Meinen Bruder erstechen.«

Vor meiner Wohnungstür packte er mein Handgelenk. »Jetzt warte doch! Was ist denn los?«

Ich ließ mich mit dem Rücken gegen die Wand sinken und starrte auf den Teppich. »Ich war heute Kondome kaufen, dabei habe ich leider meinen Bruder getroffen und jetzt ist meine ganze Familie aus dem Häuschen, weil da ein Mann ist.« Müde rieb ich mir über das Gesicht. »Ich muss ich mir schleunigst etwas einfallen lassen, damit ich für eine beknackte Party nächste Woche ein beknacktes Date habe.«

Mit einem seltsamen Lächeln beugte Frederik sich vor und stützte die Hände neben meinem Kopf ab. »Ich bin mir gerade nicht sicher, ob ich beleidigt sein sollte oder nicht.«

Verwirrt sah ich ihn an. »Wieso?«

»Du könntest mich doch einfach fragen, ob ich dich begleite. Machen Callboys so etwas nicht sowieso?«

Sein breites Grinsen ging mir gehörig auf die Nerven. »Hör auf, dich andauernd als Callboy zu bezeichnen«, stieß ich gereizt hervor und ignorierte mit einem unguten Gefühl, dass sein beknacktes, selbstgerechtes Grinsen noch breiter wurde. Was zum Henker hatte das zu bedeuten?

Statt einer Antwort knabberte er an meiner Unterlippe. »Weißt du eigentlich, was für einen bezaubernden Hintern du in dieser Hose hast?«

Sein Ablenkungsmanöver verunsicherte mich – es war mir aber lieber, als weiterhin über das Dilemma mit meiner Familie nachzudenken. »Nackt sieht mein Hintern noch besser aus.«

»Ich weiß«, antwortete er schlicht und verschloss meinen Mund mit seinem. Meine Hände machten sich selbstständig und glitten über seinen Körper. Wenigstens hatte ich Kondome gekauft, das einzig Tröstende in meiner momentanen Situation.

In Sekundenschnelle wurde ich zu Wachs in seinen Händen und wimmerte an seinen Lippen. Da löste er sich von mir und raunte: »Frag mich.«

Ich wusste sofort, dass er auf das Date anspielte und schluckte schwer. »Das geht nicht. Dann bekommt das hier zu viel Bedeutung.«

Seine Augenbrauen wanderten nach oben. »Ist das so?«

Atemlos nickte ich, streichelte seine Brust. Meine Augen hingen an seiner vollen Unterlippe, ich wollte ihn viel lieber küssen statt weiter zu reden. »Ja. Es wird alles kompliziert und dann-« Ich brach ab und versuchte, den dumpfen Schmerz in meiner Brust zu ignorieren.

»Quatsch. Du brauchst ein Date und ich bin frei verfügbar. Bei Gelegenheit kannst du dich revanchieren, wenn ich mal eine Begleitung brauche.«

Traurig schüttelte ich den Kopf und schob ihn von mir weg. »Nein.« Dann schlüpfte ich blitzschnell in meine Wohnung und verriegelte die Tür hinter mir.

Doch ich fand keine Ruhe. Zuerst zog ich mich um, um meine Nerven zu beruhigen, dann lief ich nervöse Kreise im Wohnzimmer. Frederik war nett, aber ich konnte und wollte meiner Familie keinen Mann vorstellen. Beziehungen brachten nichts als Ärger und Schmerz.

Entschlossen setzte ich mich an den Schreibtisch und zog die unterste Schublade meines Rollcontainers auf. Der Bilderrahmen lag mit der Rückseite nach oben. Obwohl meine Finger leicht zitterten, nahm ich den Rahmen heraus und drehte ihn um. Sofort lag ein bitterer Geschmack auf meiner Zunge, der mich eindringlich daran erinnerte, warum ich keine Beziehung wollte. Bevor ich wusste, was geschah, tropfte eine Träne auf das Glas. Sentimentalität war nun wirklich nicht mein Ding. Schnell wischte ich sie weg und ließ das Foto wieder in der Schublade verschwinden.

Ich brauchte keinen Mann und meiner Familie würde ich das schon klarmachen.

Ganze zwei Tage hielt ich meinen Vorsatz durch. Leider behinderte mich mein kleiner, innerer Konflikt beim Schreiben und nachdem ich in dieser Zeit insgesamt dreiundsechzig Wörter zu Papier gebracht hatte, war dieser Zustand nicht mehr annehmbar.

Außerdem konnte selbst ich nicht noch mehr Frustkäufe im Internet vor mir selbst rechtfertigen.

Krampfhaft versuchte ich, mir einzureden, dass mir die Meinung meiner Schwester egal war und Frederik mir sowieso nur einen Gefallen tun wollte. Auf keinen Fall wollte er außerhalb des Bettes etwas mit mir zu tun haben.

Aber vielleicht sollte ich sichergehen und ihn fragen, bevor ich nie wieder ein anständiges Buch schreiben konnte, weil seine verdammten Augen mich verfolgten. Mit einem schweren Seufzen erhob ich mich aus dem Schreibtischstuhl und starrte die Wohnungstür finster an. Jetzt würde ich doch nachgeben und mit ihm reden. Wohl war mir bei dem Gedanken, ihn mit zu meiner Familie zu nehmen, allerdings überhaupt nicht. Davor mussten wir erst ganz klare Richtlinien abstecken. Obwohl ich schon ahnte, dass auch Regeln nichts bringen würden, versuchte ich mir einzureden, dass es mir dann besser gehen würde.

Ich zog die Tür auf und starrte erschrocken in Frederiks verblüfftes Gesicht, er hatte klopfen wollen; seine Hand schwebte noch in der Luft.

Vor einer Sekunde war ich noch aufgewühlt gewesen, jetzt stahl sich ein Lächeln auf meine Lippen. »Hallo. Ich wollte gerade zu dir.«

Frederik lehnte sich mit einer Hand gegen den Türrahmen. »Was für ein Zufall. Ich wollte gerade zu dir.« Dann kam er herein und blieb unschlüssig stehen.

Ich schloss die Tür und drehte mich um. »Vielleicht sollten wir über das Date reden. Ich-«

»Wenn du jeden zweiten Tag Sex willst, hast du gestern-«

Aus Versehen fielen wir uns ins Wort und verstummten hastig. Um mir Halt zu verschaffen – den ich gerade dringend benötigte – lehnte ich mich gegen die Tür und überlegte, was ich eigentlich zu ihm hatte sagen wollen. Sein unerwartetes Auftauchen hatte mich völlig aus dem Konzept gebracht und plötzlich wusste ich scheinbar nicht einmal mehr, wie man einen ganzen Satz bildete. Aber das hatte ich ja schon beim Schreiben gemerkt.

Ich hatte keine Ahnung, was der Auslöser war, aber im nächsten Moment fiel ich in Frederiks Arme, während er mich gegen die Tür drängte. Sein Kuss war heiß und hungrig. Mit der Hand umfasste er meinen Nacken und drang mit seiner Zunge zwischen meine Lippen. Ich strich derweil mit den Fingern über seinen nackten Rücken. In Rekordzeit hatte ich mich unter sein T-Shirt gestohlen und spürte die Muskeln unter meinen Fingerspitzen. Meine Hände glitten nach vorne und ich konnte nicht widerstehen, ließ sie über seine kleinen, harten Brustwarzen kreisen.

Er öffnete bereits meine Jeans und knetete meinen Po, als die Hose zu Boden gefallen war. Atemlos drängte ich mich ihm entgegen und massierte die beträchtliche Beule zwischen seinen Beinen. Alles, was ich hatte sagen wollen, war vergessen.

Er zog den Reißverschluss seiner Hose hinunter und das Geräusch verursachte ein Kribbeln, das sich rasend schnell in mir ausbreitete. Von meinem Magen strahlte es in Klit und Nippel aus; sorgte dafür, dass meine Pussy sich zusammenzog und schon fast schmerzhaft nach seinem Schwanz gierte.

Als Frederik das Kondom aus seiner Tasche zauberte, war ich mir mit einem Mal sehr sicher, dass er den Sex von vornherein geplant hatte und gar nicht zum Reden gekommen war. Tatsächlich war es mir aber egal. Ich konnte mich nicht erinnern, wann ich das letzte Mal so schnell und vollkommen von meiner Lust überwältigt worden war und wollte, dass er mich jetzt, sofort und auf der Stelle vögelte – und ich war überzeugt, dass er es auch wollte.

Er legte die Hände auf meine Hüften und ich schlang die Arme um seinen Nacken, hob ihm mein Gesicht entgegen. Während er an meiner Unterlippe knabberte, erforschten seine Hände mich mit sicheren und festen Berührungen. Ich ächzte leise, als er mit einem Finger in mich glitt. Sein Daumen legte sich auf meine Klit und ich schob ihm auffordernd mein Becken entgegen.

Flüchtig dachte ich darüber nach, für wie verdorben er mich halten musste, weil ich nach so kurzer Zeit schon so feucht war. Ich verbarg mein gerötetes Gesicht an seiner Brust und gab mich seiner Hand hin. Viel zu schnell nahm er sie wieder weg und umfasste stattdessen meine Oberschenkel. Schockiert klammerte ich mich an ihm fest, als er mich hochhob und gegen die Tür presste.

Er drang in mich ein und suchte meine Lippen mit seinem Mund. Meine Finger krallten sich in seine Schultern und bei jedem Stoß hätte ich am liebsten laut aufgestöhnt. Mein Körper war von Verlangen erfüllt und die Erregung lief wellenartig durch mich hindurch. Ich erschauerte und hob meinen Blick. Frederiks Augen trafen mich unvermittelt und ich schnappte nach Luft. Sie waren dunkel vor Lust und ich konnte den Ausdruck in ihnen absolut nicht deuten. Anstatt darüber nachzudenken, schmiegte ich mich noch näher an ihn und leckte kurz über seinen Hals. Er antwortete mit einem heiseren Keuchen, das mich bis ins Mark erschütterte.

Ich ahnte, dass weder sein noch mein Orgasmus weit entfernt waren und versuchte, mir jedes Details dieser heftigen, leidenschaftlichen Begegnung einzuprägen. Wie schwer unser Atem ging, wie seine Finger sich auf meiner Haut anfühlten, sein Schwanz in mir, die Tür an meinem Rücken, mein jagender Puls und das verlangende Ziehen in meinem Unterleib.

Auf eine höchst betörende Art stieß er in mich. Immer wieder.

Das Brennen setzte ein und für den Bruchteil einer Sekunde war mir, als würde ich tatsächlich fliegen. Meine Finger verkrampften sich und meine Pussy zog sich eng zusammen. Als Antwort beschleunigte Frederik noch einmal das Tempo und fickte mich hart, presste meinen Körper gegen das Holz. Er pulsierte in mir, schob sich tief in mich hinein und ich genoss das Gefühl aus tiefstem Herzen. Zu spüren, wie er kam und ich noch empfindlich von meinem Höhepunkt war – es schien gerade nichts Besseres auf der Welt zu geben.

Frederiks Atem strich über mein Ohr und ich konnte an seiner Brust spüren, wie schnell sein Herz raste. Aber mein eigener Herzschlag stand seinem in Nichts nach. Meine Finger zitterten leicht und ich fragte mich, ob er das auf seiner Haut fühlte.

Schließlich richtete er sich auf und grinste mich an. »Das war unerwartet.«

Da mir immer noch nichts Kluges einfiel, was ich dazu hätte sagen können, schwieg ich lieber und senkte den Blick. Stirnrunzelnd überlegte ich, wie ich ihn fragen sollte, ob er mich zu der Party begleitete, ohne dass er danach glaubte, eine Beziehung zu führen.

Er legte den Finger unter mein Kinn und zwang meinen Kopf nach oben. Seine blauen Augen bohrten sich in meine und er seufzte: »Okay, okay. Ich bin schon weg. Kein Grund, mich so finster anzustarren.«

Ich wollte protestieren, denn ich wollte doch gar nicht, dass er jetzt schon ging. Das Pulsieren zwischen meinen Schenkeln verebbte gerade erst und ich erwischte mich dabei, mich nach seiner Umarmung zu sehnen. Dabei stand er nur einen Schritt vor mir und schloss gerade seine Hose.

»Nein, sorry. Ich habe gerade nur etwas überlegt«, murmelte ich schwach und fühlte mich gefangen. Gefangen zwischen dem Wunsch, Frederik aus der Wohnung zu werfen und nie wieder zu sehen und dem unbändigen Verlangen, ihn an mein Bett zu ketten und nie wieder gehen zu lassen – obwohl diese Alternative selbst mir etwas zu radikal zu sein schien. Wann war mein Leben so verdammt kompliziert geworden? Scheiße. Scheiße. Scheiße.

Mein Liebhaber grinste schief. »Ich nehme nicht an, dass du mir mitteilen wirst, worüber du dir gerade deinen hübschen Kopf zerbrichst?«

Nervös rieb ich mit der Handfläche über meinen Oberschenkel. Sorgfältig wählte ich meine Worte, nur um gleich darauf etwas ganz anderes zu sagen: »Was tust du eigentlich hier?«

Frederik lachte und verschränkte die Arme, während er belustigt auf mich hinuntersah. »Sex haben. Ist das nicht offensichtlich?«

Mit einem resignierenden Ächzen wischte ich mir über die Augen. Was war nur los mit mir? Scheiße. Scheiße. Scheiße. In Frederiks Gegenwart schien mein sonst so ausgeprägter Selbsterhaltungstrieb einfach nicht zu funktionieren.

»Ich meine vom Sex abgesehen«, stellte ich richtig.

»Ach so. Abgesehen davon manipuliere ich dich.« Er sagte das vollkommen ruhig und sah mich weiter eindringlich an.

Meine Augen weiteten sich, während ich versuchte, mir einen Reim auf das zu machen, was er da gerade gesagt hatte. Doch egal, wie sehr ich mein Gehirn bemühte, es ergab keinen Sinn. »Wie und warum willst du mich denn bitte manipulieren? Ich schlafe doch sowieso schon mit dir.«

Frederik umfasste meine Schultern und schob mich sanft zur Seite, sodass die Tür frei war. »Ich wäre ja schön blöd, wenn ich dir meine Strategie offenlegen würde.«

Erbost starrte ich ihn an. »Was für eine Strategie?« Ich mochte vielleicht ruhig wirken, doch innerlich bekam ich einen erstklassigen Wutanfall.

Er antwortete nicht, sondern grinste nur. Seine Hand lag bereits auf der Klinke und er öffnete die Tür.

»Du bist so ein Blödmann! Es ist einfach unfassbar, dass ich mich überhaupt mit dir abgebe!«, stieß ich aufgebracht hervor.

»Eines Tages werde ich sagen: ›Siehst du?‹ – Und dann wird es dir wie Schuppen von den Augen fallen.«

Er besaß einfach die bodenlose Frechheit, mir zuzuzwinkern, dann fiel die Tür hinter ihm ins Schloss. Allerdings dauerte es eine Weile, bis ich das verarbeitet hatte. Ich blinzelte langsam und versuchte, das Chaos in meinem Kopf zu beherrschen. Was hatte er damit gemeint? Allmählich gingen sogar mir die Flüche aus und das war wirklich schon lange nicht mehr vorgekommen.

4

Ich brauchte sage und schreibe zwei Tage, bis mir auffiel, dass ich zwar Sex mit Frederik gehabt, aber nicht über die Einweihungsparty gesprochen hatte. Er hatte mich schlicht überrumpelt und war danach schnell verschwunden, während ich noch von dem Hormonrausch gezehrt hatte. Zähneknirschend machte ich mich auf den Weg zu seiner Wohnung.

Als ich an seiner Tür klopfte, suchte ich nach den richtigen Worten. Er öffnete und war offensichtlich überrascht, mich zu sehen. Ich biss mir auf die Unterlippe.

»Lass das«, wies er mich rau an.

Verwirrt trat ich einen Schritt zurück, dann erinnerte ich mich wieder, was ich von ihm wollte und straffte die Schultern. »Kannst du mir ernsthaft versprechen, dass das hier unbedeutend bleibt und durch ein vorgetäuschtes Date nicht kompliziert wird?«

»Nein.« Er schüttelte den Kopf und verschränkte die Arme. Das war der Moment, in dem ich hätte gehen sollen, doch seine Ehrlichkeit war entwaffnend. »Ich weiß, dass du dir die größte Mühe gibst, mich auf Abstand zu halten und das ist okay – irgendwie – aber ein solches Versprechen werde ich dir bestimmt nicht geben.«

Nervös befeuchtete ich meine Lippen und dachte nach. Ich schätzte es, dass er ehrlich war, dennoch barg seine Antwort natürlich ein Risiko.

»Herrgott, Helen. Hör auf damit, sonst ist dieses Gespräch beendet.«

Nervös hob ich den Kopf und sah in seine blauen Augen, die dunkler wirkten als sonst. »Was meinst du?«

»Es ist verdammt sexy, wenn du dir auf die Lippe beißt und ich kann mich gleich nicht mehr konzentrieren.«

»Kann ich reinkommen?« Spontan sprudelte die Frage aus mir heraus.

Er machte einen Schritt zur Seite und bedeutete mir mit einer einladenden Geste, einzutreten. Obwohl ich gefragt hatte, zuckte ich dennoch zusammen, als die Tür hinter mir ins Schloss fiel. Plötzlich sah ich einen Schatten im Augenwinkel und fuhr herum.

Die Katze war mit einem eleganten Satz auf das Bücherregal an der Wand gesprungen und betrachtete mich eingehend. Überrascht trat ich einen Schritt nach hinten. »Du hast eine Katze?« Der Unglaube sprang aus jedem meiner Worte.

»Eigentlich ist Schröder ein Kater.« Frederiks Lippen verzogen sich zu einem Grinsen.

Schröder? Stumm betrachtete ich weiter das Fellmonster, das still meinen Blick erwiderte und mich nicht aus den Augen lassen wollte. Ich wusste nicht so genau, was ich von Schröders Anwesenheit halten sollte.

Schließlich riss ich mich davon los und drehte mich entschlossen um. »Es wäre kein richtiges Date.«

Frederik sagte nichts, aber sein Blick erschien mir irgendwie lauernd.

»Ich meine es ernst«, fuhr ich fort. »Wenn du dir auch nur den Ansatz von Hoffnungen machst, dass zwischen uns mehr als Sex passieren wird, kannst du dir das gleich aus dem Kopf schlagen und ich verschwinde in meine Wohnung. Du begleitest mich netterweise, lächelst höflich und hältst die Klappe.«

Bis jetzt war mir nicht einmal aufgefallen, dass ich aufgebracht durch sein Wohnzimmer stiefelte. Vor dem Bücherregal, auf dem noch immer Schröder hockte, blieb ich stehen. Ich war froh, dass Frederik mein Gesicht in diesem Moment nicht sehen konnte. In seinem akkurat sortierten Bücherregal standen ausnahmslos alle Bücher, die ich jemals geschrieben hatte, ordentlich aufgereiht zwischen Nele Neuhaus und Sebastian Fitzek.

Schon kam mir die Idee mit der Verabredung noch idiotischer vor, als sie ohnehin schon war. Frederik wusste nichts über mich, weil ich nichts preisgab. Langsam drehte ich mich um und wollte diesen Gedanken formulieren, als ich Schritte auf dem Flur hörte. Da nur Frederik und ich in diesem Stockwerk wohnten, musste es sich um einen Besucher handeln.

»Ich darf nicht reden, wenn ich mit dir unterwegs bin? Aber du sprichst doch auch nicht – wie soll das denn funktionieren?« Frederik schien an seinem Humor festzuhalten und ich zog die Stirn kraus. Wenn er es laut aussprach, wirkten meine Worte noch herzloser.

»Du hast Recht. Die ganze Idee ist Blödsinn und wir sollten einfach bei unserem Arrangement bleiben.« Mit den Fingern strich ich über die Buchrücken und fragte mich mit einer merkwürdigen Rührung, ob ich es nicht vielleicht doch riskieren sollte, ihn näher an mich heran zu lassen.

Elenas wütende Stimme riss mich aus den Gedanken. Schröder sprang sofort vom Schrank und verschwand hinter der nächsten Ecke – ich war versucht, mich ihm anzuschließen.

»Helen! Mach sofort die Tür auf! Du brauchst gar nicht so zu tun, als ob du nicht zuhause wärest!« Obwohl sie draußen auf dem Flur stand, war sie laut und deutlich zu hören.

Schuldbewusst zog ich die Schultern hoch. Frederik grinste nur und ehe ich ihn hindern konnte, war er mit zwei schnellen Schritten an der Tür und öffnete sie.

Selbst von der Seite konnte ich sehen, wie seine Miene gefror – ich hatte ihm nicht einmal erzählt, dass ich ein Zwilling war. Verblüfft sah er mich an, dann wieder in den Flur.

Bestimmt hatte Elena sich längst umgedreht und starrte Frederik ebenfalls an, aber vermutlich nicht aus dem gleichen Grund wie er sie.

»Oh Entschuldigung, ich wollte nicht so laut sein. Ich suche meine Schwester«, hörte ich sie sagen. Sicherlich schenkte sie ihm dazu ihr bestes Lächeln.

Frederik besaß ein erstaunliches Talent, schnell zu reagieren. »Ich denke, da kann ich dir behilflich sein.«

Bevor ich mich wehren konnte, lehnte er sich in meine Richtung, packte meinen Oberarm und zog mich mit einem Ruck zu sich. Mein Herz schlug ganz hinten in meiner Kehle und ich konnte Elenas Blick kaum standhalten.

Frederiks Körper dicht hinter mir strahlte eine enorme Hitze aus und er hielt meine Schultern umfasst, was sicherlich nicht verkehrt war – eine übereilte Flucht schien gerade genau das Richtige für mich zu sein. Zu dumm nur, dass ich zwischen meiner Affäre und meiner Schwester eingekeilt war.

»Wie waren die Flitterwochen?«, fing ich unbeholfen an.

Elena schüttelte unwillig den Kopf, dann verschränkte sie die Arme. »Als ob dich das überhaupt interessiert. Willst du mich nicht vorstellen?«

»Wozu? Ich glaube, es ist offensichtlich, dass wir Schwestern sind«, erwiderte ich störrisch.

Mahnend drückte Frederik meine Schultern, dann sagte er: »Ich glaube, sie wollte eigentlich sagen, dass mein Name Frederik ist und Helen mich großzügigerweise ab und zu ihre Gesellschaft genießen lässt. Ich würde charmante Gesellschaft sagen, aber vermutlich muss ich dich nicht anlügen.«

Mir blieb die Luft weg, aber auf Elenas Gesicht breitete sich ein Ausdruck aus, den ich noch nie gesehen hatte – und er gefiel mir ganz und gar nicht.

»Nein, das musst du nicht. Nun, Frederik, dann werde ich dich und Helen ja morgen Abend sehen, nicht wahr?«

Mein Mund öffnete sich schon, um zu protestieren, doch Frederik drückte meine Schultern tatsächlich noch fester.

»Das weiß ich nicht so genau. Um ehrlich zu sein, war Helen gerade damit beschäftigt, mir mitzuteilen, warum das keine gute Idee wäre.«

Selbstzufrieden tauschten die beiden einen Blick und Elena sagte: »Na, dann habe ich wohl das perfekte Timing. Betrachte dich als eingeladen – und wenn du Helen an den Haaren hin schleifen musst: Tu dir keinen Zwang an.«

»Seid ihr eigentlich beide bescheuert?«, fuhr ich dazwischen. Ich hätte mich nur zu gern aus Frederiks Händen befreit, doch ich hatte nicht annähernd genug Kraft dafür.

»Ganz im Gegenteil, würde ich sagen«, antwortete Elena. »Frederik, ich kann gar nicht sagen, wie froh ich bin, dich kennengelernt zu haben. Kaum zu glauben, dass jemand meine Schwester im Griff hat.«

Ich blitzte Elena wütend an, doch das prallte an ihr ab. Ungerührt sah sie mich an. »20 Uhr bei Daniel. Muss ich Frederik die Adresse geben oder bekommst du das selbst hin?«

Mir war nicht genau klar, wieso meine Schwester bei meinem wütenden Blick nicht einfach tot umfiel. »Hm«, war das Einzige, was ich mir abringen konnte.

Elena nickte zufrieden, zwinkerte Frederik zu und ging davon. Verzweifelt sah ich ihr hinterher und konnte nicht glauben, was gerade passiert war.

Als ich mich umdrehte, nachdem er mich endlich losgelassen und die Tür geschlossen hatte, wich ich erschrocken einen Schritt zurück. Er war sauer, auf seiner Wange zuckte unübersehbar ein Muskel und ein erstaunlich finsterer Ausdruck lag in seinen Augen.

»Nenn mir nur einen guten Grund, warum ich dich begleiten sollte«, murmelte er und umrundete sein Sofa, auf das er sich dann setzte.

Verwirrt betrachtete ich seinen Hinterkopf und rekapitulierte noch einmal, was gerade passiert war. Er hatte doch mit meiner Schwester zusammen Witze auf meine Kosten gemacht. Warum war er jetzt so aufgebracht?

»Ich warte, Helen.« Selbst seine Stimme klang dunkel und gefährlich.

»Das verstehe ich nicht. Du warst doch ganz scharf darauf, mich zu begleiten.«

Frederik seufzte schwer und schüttelte den Kopf. »Ja, und dann wurde mir sehr lebhaft vor Augen geführt, dass ich nichts über dich weiß. Du enthältst mir alles vor und handelst um jedes noch so winzige bisschen Information. Ich komme mir vor wie der letzte Dummkopf, weil ich nicht einmal wusste, dass du eine Schwester hast, von deren Hochzeit du offensichtlich gekommen bist, als wir uns das erste Mal gesehen haben – geschweige denn, dass es sich bei besagter Schwester um deinen Zwilling handelt.«

Schweigend hörte ich zu und fragte mich zur gleichen Zeit, was er von mir wollte. »Ich habe von Anfang an klargemacht, dass es mir nur um Sex geht.« Zögerlich ging ich auch um die Couch herum und ließ mich neben ihn sinken; absolut unschlüssig, wie ich vorgehen sollte.

»Das habe ich sehr gut verstanden«, sagte Frederik scharf. »Aber ob du es glaubst oder nicht, nur weil du mir deinen Namen und die Tatsache verrätst, dass du Geschwister hast, löst das nicht direkt das Bedürfnis in mir aus, dich zu heiraten. Du könntest lediglich etwas netter sein.«

Genervt stöhnte ich auf. Die Leier schon wieder. Von ihm war sie zwar neu, aber gehört hatte ich sie in meinem Leben schon oft genug. Ich hatte es gründlich satt, mich dafür zu rechtfertigen. Das letzte Mal, als ich nett gewesen war, hatte mich das mächtig in den Arsch gebissen – so sehr, dass ich mich kaum davon erholt hatte. Seitdem war das Wort »nett« aus meinem Vokabular gestrichen.

»Sag mir einfach, was du willst«, forderte ich, denn ich verspürte nicht das geringste Bedürfnis, eine Fortbildung zur Gedankenleserin zu machen.

»Wie wäre es, wenn du mir ausnahmsweise irgendwie entgegenkommen würdest? Immerhin bist du jetzt im Zugzwang.«

»Wieso denn das?« Ich verschränkte die Arme und ließ ihn durch meine hochgezogene Augenbraue wissen, dass er nur Unsinn erzählte.

»Deine Schwester hat mich gesehen und eingeladen. Aber ich könnte mich jetzt einfach weigern, dich zu begleiten – was erzählst du ihr dann?« Herausfordernd sah er mich an und ich war mir fast sicher, einen zufriedenen Zug um seinen Mund zu sehen.

Ich wusste ganz genau, was Elena dann machen würde. Ihre Drohung bezüglich der Single-Männer, die sie auf mich hetzen wollte, klang noch deutlich in meinen Ohren. Mit einem unterdrückten Fluch sprang ich auf, die Fäuste geballt und stieß hervor: »Du willst mich erpressen?«

»Erpressen ist so ein hässliches Wort. Wie wäre es mit ›überzeugen‹?«

»Entweder ich bin nett zu dir oder du lässt mich morgen im Regen stehen?« Nur mit Mühe hielt ich meine Stimme auf Zimmerlautstärke.

Er nickte langsam und voller Genugtuung.

»Ich nehme an, dass Sex genau jetzt natürlich nicht unter ›nett‹ fällt?« Aufgebracht begleitete ich meine Worte mit einer Menge Ironie und Anführungszeichen in der Luft.

Genüsslich schüttelte er den Kopf und ich presste meine Lippen fest aufeinander. Was zum Henker stellte er sich denn vor, was ich tun sollte? Ihm aus meinem Tagebuch vorlesen? Genervt massierte ich mir die Nasenwurzel, vielleicht konnte ich auf diese Weise besser denken. Mein Blick fiel auf sein Bücherregal.

»Okay, du willst etwas Geheimes über mich wissen?«

Interessiert drehte er sich zu mir. »Wenn es sich lohnt«, sagte er schlicht und klang nicht einmal sonderlich begeistert.

»Fein. Komm mit!« Ich wartete gar nicht erst, ob er mir folgen würde. So kompliziert war der Weg zu meiner Wohnung nicht.

Mir lagen unzählige Flüche auf der Zunge, als ich die Tür aufschloss. Steif ging ich ins Wohnzimmer voraus und kniete mich vor den großen Wandschrank. Als ich die Schiebetür aufschob, hatte Frederik die Wohnungstür geschlossen und kam langsam näher. Über die Schulter sagte ich zu ihm: »Wehe, du erzählst irgendwem davon oder machst einen Aufstand darum, okay? Das hier ist nur-« Ich brach ab, weil mir das richtige Wort fehlte.

Dann hievte ich den Karton auf die Tischplatte und klappte ihn auf. Schweren Herzens nahm ich das gebundene Buch heraus und warf Frederik einen warnenden Blick zu. »Ich mache so etwas sonst nicht. Sieh es als das gewünschte Entgegenkommen.« Ich knipste sicherheitshalber die Schreibtischlampe an und reichte ihm das Buch.

Er strich ehrfürchtig über das Cover. »Wow. ›Verlorene Knochen‹ von Kat Sander.« Plötzlich hob er kritisch den Blick. »Wo hast du das her? ›Kommissar Anderssons achter Fall‹ erscheint doch erst nächsten

Monat.« Er senkte den Blick und murmelte den Untertitel vor sich hin.

Die Reihe um Kommissar Andersson gehörte zu meinen erfolgreichsten Büchern und ich verspürte Genugtuung, dass ich Frederik wenigstens ab und zu beeindrucken konnte.

Das zufriedene Grinsen konnte ich nicht länger unterdrücken und bedeutete ihm, in den Karton zu sehen. Sauber aufgeschichtet lagen dort 20 Exemplare von Kommissar Anderssons achtem Fall. Verblüfft starrte er mich an, dann wanderte sein Blick zu meinem Computer, zu den Büchern und wieder zu meinem Gesicht.

Seine Stimme klang belegt, als er fragte: »Warum hast du so viele Exemplare von einem Buch, das noch nicht erschienen ist?«

»Das sind meine Belegexemplare.« Ich ließ den Satz einfach so stehen und gab ihm Zeit, das Bild zusammenzusetzen.

Erstickt wisperte mein Nachbar: »Ich glaube, ich muss mich setzen.«

Völlig selbstlos bot ich ihm meinen Schreibtischstuhl an und war froh, dass ich offensichtlich wieder die Oberhand hatte.

Doch Frederik erholte sich viel zu schnell. Er strich zwar gebannt über das Cover, fragte dabei aber gelassen: »So, und wie stellst du dir das nun morgen vor?«

»Was?« Entgeistert sah ich ihn an. Für meinen Geschmack war das zu wenig Bewunderung für meine Person gewesen.

»Du willst, dass ich dich begleite und ich sitze am längeren Hebel. Was wird Elena wohl mit dir machen, wenn du morgen ohne mich auftauchst? Außerdem hat sie mich gesehen, du kannst also nicht einfach irgendeinen Mann von der Straße auflesen, becircen und als deine Begleitung ausgeben.«

Zugegebenermaßen war ich geschmeichelt, dass er mir zutraute, einen wildfremden Mann so um den Finger zu wickeln, gleichzeitig ärgerten seine Worte mich – denn offensichtlich war ich nicht einmal in der Lage, ihn unter Kontrolle zu halten.

Er blätterte bereits in dem Buch und las konzentriert die erste Seite.

»Hey, ich rede mit dir«, rief ich aufgebracht und schnipste mit den Fingern. In meiner Vorstellung war er ehrfürchtig auf die Knie gesunken, nachdem ich ihm mein Buch überreicht hatte, mit dem Schwur auf den Lippen, ab sofort alles zu tun, was ich wollte.

»Ach ja, richtig. Wie gesagt, du bist in der schwächeren Verhandlungsposition«, verkündete er fast schon gelangweilt.

Das durfte einfach nicht sein, von Dankbarkeit war sein Verhalten ja wohl meilenweit entfernt. »Wenn du mich nicht begleitest, verrate ich dir, wer der Mörder ist!«

Frederik lachte. »Du solltest im Wörterbuch nachschlagen, was man unter einem guten Angebot versteht.«

»Was willst du?«, fragte ich verzweifelt und warf die Hände in die Luft.

»Was machst du morgen?«, wollte er jetzt wissen und ich war komplett verwirrt.

»Arbeiten, wie immer. Bücher schreiben sich nicht von alleine«, schnappte ich zurück.

»Falsche Antwort.« Mit einem zufriedenen Grinsen und meinem Buch in der Hand stand Frederik auf.

Eine merkwürdige Nervosität breitete sich in mir aus. »Wo willst du hin?« Sofort fragte ich mich, ob ich nur halb so hysterisch klang, wie ich mich fühlte.

»In meine Wohnung und lesen.«

»Aber was ist mit morgen?« Ich folgte ihm und stellte mich kurzentschlossen vor die Wohnungstür. Er konnte sich abschminken, hier raus zu kommen, ohne mir geantwortet zu haben.

»Ach ja, morgen. Ich weiß nicht, Partys sind nicht so mein Ding.«

Für einen Moment glaubte ich, dass mein Kopf platzen würde. »Schön. Ich kapituliere. Was willst du? Ich werde alles tun.« In diesem Augenblick fing ich inständig an, zu beten, dass er keinen merkwürdigen Fußfetisch hatte; meine Formulierung war doch sehr offen gewesen.

Das Lächeln, das sich langsam und bedrohlich auf seinem Gesicht ausbreitete, gefiel mir ganz und gar nicht. Es wirkte so bedeutungsvoll. Sicherlich war ich längst kreidebleich, so lange spannte er mich auf die Folter.

»Entweder du verbringst den morgigen Tag mit mir oder ich komme nicht mit zu der Party.« Er verschränkte die Arme vor der Brust und sah auf mich hinunter.

»Was?« Hätte ich nicht bereits mit dem Rücken zur Tür gestanden, wäre ich vor ihm zurückgewichen. »Das kannst du nicht ernst meinen. Ich muss arbeiten.«

Seine hochgezogene Augenbraue versicherte mir, dass er mir kein Wort meiner billigen Ausrede abnahm. »Du solltest lieber nett zu mir sein.« Er betonte »nett« besonders und schenkte mir einen gewichtigen Blick.

»Das ist Erpressung«, stieß ich aufgebracht hervor.

»Das Thema hatten wir gerade schon. Nenn es, wie du willst – du wirst es überleben. Ich hole dich um zehn Uhr ab.« Er beugte sich vor, presste mir einen Kuss auf die Lippen und schob mich einfach zur Seite. Fassungslos beobachtete ich, wie er durch die geöffnete Tür schlüpfte und in seiner Wohnung verschwand.

Empört warf ich die Tür zu. Da enthüllte ich ihm schon, dass ich eine berühmte Autorin war und er war nicht einmal beeindruckt. Sollte sein doofer Kater ihm doch das Bett wärmen!

Erschöpft wälzte ich mich auf die andere Seite. Egal, wie fest ich die Augen zusammenpresste, der Schlaf wollte einfach nicht kommen. Diese unfassbare Nervensäge! Ich war mir nicht einmal sicher, wen ich überhaupt damit meinte. Zuallererst wollte ich Daniel ganz langsam und genüsslich erwürgen, dann würde ich Elena in einem flachen Grab im Wald verscharren und mich selbst würde ich vermutlich vierteilen – immerhin war das ganze Schlamassel meine Schuld.

Wenn ich nicht auf die glorreiche Idee gekommen wäre, mit Frederik eine Affäre zu beginnen, gäbe es jetzt gar keinen Mann in meinem Leben, den meine Familie kennenlernen wollte. Sicherlich wäre ich auch nicht wie eine Schülerin beim Kondome kaufen erwischt worden.

Am meisten nervte mich, dass ich trotz allem danach lechzte, mit ihm zu schlafen. Das war unter anderem einer der Gründe gewesen, warum ich überhaupt zu ihm hinüber gegangen war – die Hoffnung, dass unsere Auseinandersetzung in seinem Bett enden würde.

Vielleicht konnte ich durch Sex wieder die Oberhand gewinnen? Ich warf einen Blick auf meinen Wecker. Es war zwei Uhr morgens. Auf keinen Fall die richtige Zeit für einen Besuch. Trotzdem erhob ich mich und zog meine Unterwäscheschublade auf.

In einem Anflug von Wahnsinn hatte ich doch irgendwann einmal dieses sündige Negligé gekauft, das musste hier irgendwo sein. War es selbstgerecht, zu hoffen, dass Frederik mir nicht würde widerstehen können, wenn ich in einem Nichts aus hellgrauer Spitze an seiner Tür klopfte?

Ich würde es wohl herausfinden müssen. Endlich hatte ich das völlig überteuerte Stück Stoff in den Fingern und hielt es hoch. Genauso gut hätte ich nackt gehen können, aber das wäre dann doch zu offensichtlich gewesen.

Es dauerte nicht annähernd so lange, wie ich gedacht hatte, bis Frederik mir die Tür öffnete. Verblüfft starrte er mich an, schluckte nur schwer. Ich zuckte gelassen mit den Schultern. »Du hast doch gesagt, dass ich netter zu dir sein soll.«

Eilig trat er zur Seite. »Komm rein, bevor dich noch jemand sieht.«

Lächelnd spazierte ich in seine Wohnung und blieb unschlüssig stehen. Schröder saß auf der Rückenlehne der Couch und bedachte mich mit seinem aufmerksamen Blick.

»Du glaubst doch nicht etwa, dass du auf diese Weise darum herum kommst, morgen den Tag mit mir zu verbringen, oder?« Frederik betrachtete mich kritisch, eine Augenbraue hochgezogen.

Langsam schüttelte ich den Kopf. »Ich konnte nicht schlafen, ich hatte den Fetzen hier noch nie an und mir war nach Sex. Das waren für mich gleich drei gute Gründe, dir einen Besuch abzustatten«, erläuterte ich ihm. Die Tür rechts von mir stand einen Spalt weit auf und wenn ich mich nicht täuschte, war es sein Schlafzimmer. Licht brannte darin.

»Das ist in der Tat ein hübscher Fetzen, den du da trägst.«

Ohne mich umzudrehen, spürte ich, dass Frederik näher kam. Ich spähte noch immer in sein Schlafzimmer und wog zwischen der Couch und seinem Bett ab. »Ich hoffe, Schröder hat nicht vor, uns zu beobachten.«

Frederik lachte, streichelte meine Oberarme und küsste meinen Nacken. Sofort überlief mich ein wohliger Schauer.

»Nein, Schröder ist gut erzogen und weiß, dass er nicht ins Schlafzimmer darf.«

»Hm.« Damit hatte das Bett wohl die Couch übertrumpft. Frederik schob mich vorwärts und ich nahm erstaunt zur Kenntnis, dass mein Buch aufgeschlagen auf dem Bett lag.

»Du hast direkt angefangen zu lesen?«, fragte ich und fühlte mich seltsam geschmeichelt.

»Nicht direkt. Zuerst habe ich meine Vorbestellung storniert und den Schock darüber, dass ich mit meiner Lieblingsautorin geschlafen habe, bei einer Tasse Kaffee verdaut«, erwiderte er trocken.

Okay, ich würde definitiv meinen nächsten Mörder nach Frederik benennen. Vielleicht würde er sogar eine Widmung bekommen – aber nur vielleicht.

Ich drehte mich um und legte die Hände auf seine Brust. Während ich zu ihm aufsah, fragte ich: »Klär mich auf: Bist du dann jetzt mein Groupie?«

Er lachte und beugte sich hinunter. Statt einer Antwort bekam ich einen leidenschaftlichen Kuss.

»Das werte ich als Zustimmung«, verkündete ich gut gelaunt und strich mit meiner Hand über seinen festen Oberschenkel. Schnell hatte ich den Stoff des Shirts zusammengerafft und hochgeschoben. Mit den Lippen streifte ich seine Haut, hauchte unzählige Küsse auf die Fläche zwischen Brust und seinem Hosenbund.

»Schlafe ich jetzt mit meiner Lieblingsautorin oder lese ich lieber ihr Buch zu Ende?«, neckte Frederik mich und kniete sich neben mich auf die Matratze.

»Wenn du willst, dass ich weiter Bücher schreibe, solltest du lieber dem Sex den Vorzug geben…«, murmelte ich bedeutungsvoll.

Seine Hand griff in meine Haare und er zwang meinen Kopf in den Nacken. Ich ließ meinen Oberkörper nach hinten sinken und entblößte meinen Hals, auf den Frederik es offensichtlich abgesehen hatte. Seine Lippen suchten die Stelle, an der mein Puls aufgeregt pochte und ich schloss selig die Augen.

Mit den Fingern der anderen Hand zupfte er zeitgleich an meinem Nippel und ich wand mich unter seinen Berührungen. Allerdings behinderte sein fester Griff mich dabei, ihm auszuweichen. Mein Wimmern wurde immer ungeduldiger.

Ich spreizte meine Beine, hoffte, dass er diesem unverhohlenen Wink mit dem Zaunpfahl folgen würde. Stattdessen dirigierte er mich mit der Hand in meinen Haaren herum, bis ich schließlich ausgestreckt auf dem Bauch lag.

»Das ist wirklich ein sehr hübscher Fetzen«, versicherte er mir erneut und ich machte mir eine mentale Notiz, mehr heiße Unterwäsche zu besorgen. Bisher hatte ich darauf keinen großen Wert gelegt – wozu auch?

»Stehst du etwa auf sexy Dessous?« Mit Mühe und Not brachte ich die Frage hervor, seine Finger zwischen meinen Beinen lenkten mich doch enorm ab.

»Eher auf sexy Frauen im Allgemeinen«, erwiderte er ruhig und mein Herzschlag beschleunigte sich deutlich, als er meine Schenkel mit dem Knie weiter auseinander schob.

Im Allgemeinen? Bedeutete das, dass er sich noch mit anderen Frauen traf? Ein hässliches Gefühl wogte kurz durch meinen Kopf. Entfernt erinnerte es mich an Eifersucht – ein lächerlicher Gedanke.

Ich war so mit Grübeln beschäftigt, dass ich überrascht nach Luft schnappte, als Frederik mit einem Stoß von hinten in mich glitt. Sofort existierte nichts anderes mehr um mich herum. Er knabberte sanft an meiner Schulter und ich seufzte wohlig.

Endlich ließ er auch meine Haare los und legte seine Hände stattdessen auf meine. Obwohl mein erster Impuls war, meine Hände wegzuziehen, verschränkte ich meine Finger mit seinen. Ich gab mich ganz dem Genuss hin.

Meine Nervenbahnen schienen sich nicht entscheiden zu können, ob sie nur prickeln oder schon brennen sollten. Frederiks langsame, sinnliche Bewegungen raubten mir den Verstand – zu sanft, um mich zum Kommen zu bringen und zu intensiv, um mich unberührt zu lassen. Unruhig bewegte ich mich unter ihm. Auffordernd drückte ich seine Hand und schob ihm mein Becken entgegen.

Doch er wollte es offenbar auskosten, dass ich in seinem Bett lag und ließ sich Zeit. Erst als ich einen unterdrückten Fluch in das Laken murmelte, glitt seine Hand unter meinen Körper. Zielsicher fand er meinen Lustpunkt und rieb darüber. Mein Keuchen war Ermunterung genug.

Immer schneller bewegte er sich, streichelte und liebkoste mich dabei so lange, bis das Brennen einsetzte und ich unter ihm bebte. Meine Pussy pochte und zog sich immer wieder krampfend zusammen. Ich krümmte die Zehen und presste meine Wange auf das Bett.

Noch einmal stieß Frederik zu, bevor er mit einem unterdrückten Seufzer kam und in mir erzitterte.

Bevor ich protestieren konnte, erhob Frederik sich von meinem Rücken, legte sich neben mich und zog mich in seine Arme. Berauscht und zufrieden lauschte ich seinem Herzschlag.

Irgendwann wurde sein Atem tiefer und schwerer. Als ich mich vorsichtig aufrichtete, bemerkte ich, dass er tatsächlich eingeschlafen war. Seine Wimpern warfen lange Schatten auf seine Wangen und er sah sehr entspannt aus. Damit er nicht fror, zog ich die Bettdecke unter ihm hervor und breitete sie über seinem Körper aus.

Ich stand auf und das Negligé raschelte, ich hatte es nicht einmal ausgezogen, bevor Frederik mich gevögelt hatte. Leise zog ich die Schlafzimmertür hinter mir zu. Sofort strich Schröder neugierig um meine Beine und ich zuckte zusammen. Ich warf dem dunklen Kater einen vorwurfsvollen Blick zu.

Völlig unbeeindruckt hielt Schröder mir stand. Mit einem Seufzen beugte ich mich nach unten und streichelte sein weiches Fell. Ich war vermutlich genauso überrascht wie er, dass er sich das überhaupt gefallen ließ. Irgendwie gewann ich den Eindruck, dass ich mit Schröder sprechen sollte – aber ich hatte nicht die geringste Ahnung, was man einem Kater so erzählte. Abgesehen von der Tatsache, dass sein Herrchen ein hervorragender Liebhaber war. Sagte man bei Katzen überhaupt Herrchen oder war das nur Hunden vorbehalten?

Mein Rücken begann von der gebückten Haltung zu schmerzen und ich gähnte unterdrückt. »Okay, Schröder. Ich werde jetzt gehen.«

Schröder blieb stoisch sitzen und sah zu, wie ich meinen Schlüssel vom Wohnzimmertisch nahm. Er schien nicht einmal zu blinzeln, als ich die Wohnung verließ.

Zufrieden schlüpfte ich in meinem Bett unter die kuschlige Decke und vergrub mich darunter. Meine Augen brannten vor Müdigkeit und das leicht wunde Gefühl zwischen meinen Beinen sorgte dafür, dass ich ein zufriedenes Lächeln auf den Lippen hatte, als ich einschlief.

5

Als ich Frederik die Tür öffnete, blickte er irgendwie sauertöpfisch drein. Schnell überlegte ich, ob ich dafür verantwortlich sein könnte. Er bedachte mich lediglich mit einem knappen Nicken und fragte dann: »Kommst du?«

Panik stieg in mir hoch. »Wohin?«

Er war bereits losgelaufen und drehte sich nun langsam um – fast schon bedrohlich langsam. Dabei wirkte er, als müsste er sich arg zusammennehmen, um mich nicht anzuschreien. »Frühstücken. Du musst den heutigen Tag mit mir verbringen, schon vergessen?«

Sein Tonfall ließ meine Kopfhaut prickeln. Okay, ich war definitiv an seiner schlechten Laune schuld, aber ich hatte keine Ahnung, was ich getan hatte. Allerdings war ich mir nicht sicher, ob ich das überhaupt wissen wollte.

An meiner Miene konnte er offensichtlich ablesen, dass aus dem Haus gehen nicht ganz das war, was ich mir darunter vorgestellt hatte, den Tag miteinander zu verbringen. Resignierend seufzte er und sagte: »Du hast doch nicht gedacht, dass ich mich den ganzen Tag hier einschließen und Sex haben würde?«

»Warum nicht?« Pikiert verschränkte ich die Arme. »Als ob das so eine schlimme Vorstellung wäre.«

Er schmunzelte, schüttelte den Kopf und fuhr sich dann mit der Hand durch die Haare. »Du treibst mich in den Wahnsinn. Ich brauche einen neuen Anzug und du darfst mich beraten, im Gegenzug bekommst du ein Frühstück und ich begleite dich zu der Party. Kein versteckter Haken, keine heimliche Hochzeit gegen deinen Willen und wir können unterwegs gern so tun, als ob wir uns gar nicht kennen würden. Ich möchte ja nicht, dass noch irgendjemand denkt, dass du dich mit Typen wie mir abgibst.« Nachdem er seinen Vortrag beendet hatte, lehnte er sich gegen den Türrahmen.

Ich verdrehte die Augen. »Als ob es mir peinlich wäre, mit dir gesehen zu werden. Ich wusste nur nicht, dass ich heute den ganzen Tag unter Menschen verbringen muss.« Schon bei der Vorstellung schüttelte ich mich.

»Ich bin ja bei dir.« Frederik grinste mich an.

»Hm.« Langsam sah ich an mir runter. »Ich muss eben etwas anderes anziehen. Gib mir eine Minute.« Bevor er die Möglichkeit hatte, zu antworten, drehte ich ihm den Rücken zu und verschwand im Schlafzimmer. Vor dem Kleiderschrank blieb ich stehen und suchte nach einem passenden Oberteil.

»Wow«, erklang Frederiks Stimme hinter mir. »Ich nehme an, du hast eine gewisse Vorliebe für schwarze Kleidung.«

Ich zuckte mit den Schultern und fischte ein Oberteil mit V-Ausschnitt aus dem untersten Fach. Darin befanden sich fast ausschließlich Sachen, die ich auf Shoppingtouren mit Elena erstanden hatte. Sie nötigte mich regelmäßig dazu, mit ihr einkaufen zu gehen. Dabei kam ich eigentlich ganz gut allein zurecht. Während ich über meine Schwester nachdachte, musste ich mir wenigstens nicht den Kopf darüber zerbrechen, dass mein attraktiver Nachbar mir ins Schlafzimmer gefolgt war.

»Wir kommen aber vor der Party noch mal hierhin, oder?«, wandte ich mich zu ihm, nachdem ich das Top übergestreift hatte und nach einer Strickjacke griff.

Er nickte und grinste dabei so selbstzufrieden, dass ich mir sicher war, dass er tatsächlich den ganzen Tag durchgeplant hatte.

»Okay, ich bin bereit. Zumindest hoffe ich das.« Ich bedeutete ihm, vorzugehen.

Im Flur schloss ich meine Tür ab und fragte mich, was mich wohl erwarten würde. Ich konnte mich nicht daran erinnern, irgendwann einmal mit einem Mann einkaufen gewesen zu sein – von meinem Bruder abgesehen.

Ich hatte meinen Sicherheitsgurt gerade geschlossen, da traf seine Frage mich aus dem Nichts. »Warum hast du dich gestern Nacht davongeschlichen?«

Abwehrend zog ich die Schultern hoch und versuchte, mich so tief in den Beifahrersitz zu pressen, dass ich unsichtbar wurde. »Ich wollte schlafen.«

Das war nicht die Antwort, die er hatte hören wollen. Sein verkniffener Gesichtsausdruck versicherte mir das eindringlich. Er holte tief Luft, bevor er sagte: »Du hättest auch bei mir schlafen können. Das Bett ist groß genug und ich hätte mich nicht erschreckt, als ich aufgewacht bin.«

»Warum hast du dich erschreckt?«, fragte ich unbekümmert und er verdrehte die Augen.

»Vergiss es.« Er klang frustriert und wechselte dann einfach das Thema, bevor ich genauer nachfragen konnte. »Da du ja die Autorin unter uns bist, hast du dir doch sicher schon eine Geschichte überlegt, wie wir uns kennengelernt haben.«

»Wieso?« Langsam, aber sicher fühlte ich mich in seiner Gegenwart sehr begriffsstutzig.

»Im Ernst?« Er klang belustigt. »Okay, dann lass es mich erzählen: Also, Helen hat bei mir geklingelt, weil sie Probleme mit dem Computer hatte und eine knappe halbe Stunde später lag ich schon in ihrem Bett. Wie hätte ich mich wehren sollen?« Erneut schüttelte er den Kopf und fügte noch hinzu: »Das ist eine Geschichte, die unter Garantie für gute Laune bei deinem Bruder sorgt. Wird dein Vater auch da sein?«

Ich musste lachen und sah ihn von der Seite an. »Okay, ich verstehe, dass diese Version für keinen von uns beiden sonderlich schmeichelhaft ist.«

»Stimmt wohl. Du warst immerhin nicht gerade sittlich bekleidet.«

Tatsächlich färbten sich bei der Erinnerung daran meine Wangen rot. »Ich überlege mir etwas. Wobei das sicherlich nicht einfach wird, immerhin kennt meine Familie mich ziemlich genau.«

Während ich aus dem Fenster sah, sinnierte ich über die Möglichkeiten, die halbwegs glaubwürdig klangen. »Es ist natürlich von Vorteil, dass du mein Nachbar bist. Das ist das Fünkchen Wahrheit, dass die Geschichte glaubwürdig werden lässt.«

Frederik nickte und bog in die Straße, die direkt zu dem riesigen Einkaufszentrum führte. Ich ahnte, dass mir ein langer Tag bevorstand. Gleichzeitig war ich dankbar, dass ich mich wenigstens in seiner Gegenwart wohl fühlte und keine Krise bei dem Gedanken daran bekam, Zeit mit ihm zu verbringen – obwohl es außerhalb des Bettes war.

Schnell konzentrierte ich mich auf seine Fahrweise. Ich hasste es, mit anderen Leuten zu fahren, wenn ich nicht selbst am Steuer saß. Besonders bei meinen Geschwistern flippte ich regelmäßig aus. Elena versuchte alles, um uns im Straßenverkehr umzubringen, während mein Bruder langsamer als jeder Rentner fuhr – grauenvoll. Deswegen fuhr ich in der Regel selbst. Gut, Elenas Ehemann war in meinen Augen ein passabler Fahrer, er durfte mich auch kutschieren.

Erst jetzt fiel mir auf, dass ich mir bereits viel zu viele Gedanken über Frederiks Vorzüge machte. Unwirsch schüttelte ich den Kopf, doch bevor er darauf eingehen konnte, sagte ich schnell: »Okay, wie wäre es damit, dass Günther ein Paket für mich bei dir abgegeben hat?«

Frederik warf mir einen fragenden Blick zu. »Wer ist denn bitte Günther?«

»Na, der DHL-Bote«, sagte ich völlig selbstverständlich.

»Du zwingst mich in die Knie, Frau. Du bist zu jedem unfreundlich, aber den Paketboten kennst du mit Vornamen?« Frederik klang, als müsste er sich stark zusammenreißen, um nicht loszulachen.

»Hm.« Ich ignorierte ihn und beobachtete gespannt die Kreuzung vor uns. Nicht ohne Grund hieß diese Ecke »Bahn des Grauens«. Wer auch immer die Straßen hier geplant hatte, hatte auf ganzer Länge versagt. Die Spuren waren unübersichtlich, direkt drei Straßen und die Autobahnauf- und abfahrt liefen an dieser Stelle zusammen. Jetzt würde sich herausstellen, wie gut Frederik wirklich fahren konnte.

Zwei Minuten später war ich enttäuscht. Ohne mit der Wimper zu zucken war Frederik einem hupenden LKW ausgewichen, der wiederum auf der Flucht vor einem holländischen Volvo mit Wohnwagen als Anhang zu sein schien. Es war unmöglich, Frederik nicht beeindruckend zu finden.

»Außerdem schwächelt deine Geschichte«, erläuterte er mir. Dann stockte er und murmelte: »Wow, ist das Frevel, dass ich das zu dir gesagt habe, der Bestseller-Autorin?«

»Keine Sorge, deinen Tod habe ich sorgfältiger geplant«, entgegnete ich zuckersüß. »Wo steckt denn der Fehler?«

»Okay, erstens gehe ich arbeiten und du schreibst zuhause – es wäre also wenn überhaupt realistischer, dass das Paket bei dir abgegeben wurde. Aber jeder, der dich kennt, weiß, dass du die Tür nicht aufgemacht hättest.«

Verdammt. Mein Kiefer tat schon weh, so fest presste ich die Lippen aufeinander. Er war gut im Bett, attraktiv, konnte Auto fahren und war auch noch clever! Was für ein Mist.

»Gut, da hast du Recht. Aber Günther hatte ein Paket für mich dabei und ich konnte es ihm einfach nicht abschlagen, deins anzunehmen. Als ich es dir gebracht habe, hast du mich als Dank zum Essen eingeladen.« Zufrieden nickte ich.

»Ist ein Essen nicht etwas übertrieben, nur dafür, dass du ein Paket knappe zwei Meter über den Flur getragen hast?«

Selbstgefällig sah ich ihn an und wies an mir herunter. »Bitte, ich bin umwerfend.«

Frederik lachte lauthals und fuhr in die Einfahrt des Parkhauses. »Ich werde mich hüten, etwas Gegenteiliges zu behaupten. Also gut, du hast ein Paket für mich angenommen und es war Liebe auf den ersten Blick.«

Ich zuckte zusammen, doch er nahm es gar nicht wahr, weil er sich aus dem Fenster beugte und das Parkticket zog. Liebe auf den ersten Blick? Ich hoffte nicht.

»Es wäre super, wenn du das Wort mit L nicht in der Gegenwart meiner Familie benutzen würdest.«

Er reichte mir nur schmunzelnd das Ticket, bevor wir uns auf die Parkplatzsuche machten. »Wärest du dann sauer?«

Ich verschränkte die Arme und fragte mich, wieso ich überhaupt das doofe Ticket nehmen musste. »Darauf kannst du Gift nehmen.«

»Die Art von sauer mit heißem Versöhnungssex im Anschluss?«, wollte er wissen und fuhr rückwärts in eine Parklücke, bei der ich bereit gewesen wäre zu schwören, dass sie viel zu schmal für das Auto war.

»Die Art von sauer, bei der ich anschließend deine Leiche im Wald verscharre«, stellte ich richtig und stieg aus.

Es war anstrengend mit Frederik einkaufen zu gehen – und das lag an mir, nicht an ihm. Ganz im Gegenteil: Es gefiel mir so gut, dass ich regelrechte Magenschmerzen davon bekam.

Ich war krampfhaft bemüht, ihn auf Abstand zu halten, dass ich jedes Mal, wenn ich merkte, dass ich mich in seiner Gegenwart entspannte, in eine Art Schockstarre verfiel. Ihn störte mein Schweigen allerdings überhaupt nicht, er plauderte mühelos für zwei.

Gerade hatten wir einen seiner Arbeitskollegen getroffen, der mich so interessiert gemustert hatte, dass ich vollkommen in Panik verfallen war und die nächstbeste schwarze Hose von einem Ständer gezerrt hatte.

Seitdem versteckte ich mich in einer der Umkleidekabinen. Jetzt stand ich hier überfordert und wusste nicht, was ich eigentlich tat. Vermutlich war es leichter, wenn ich Frederik als Kumpel betrachtete – aber mit meinem Kumpel wollte ich nicht unbedingt schlafen. Warum schaffte ich es nur selbst, mir mein Leben so schwer zu machen? Ich war wirklich mein schlimmster Feind. Eines Tages würde ich mir das als Erinnerung auf den Unterarm tätowieren lassen. Obwohl: Auf meinem Grabstein würde sich das sicherlich ebenfalls gut machen.

Die Tür zur Umkleidekabine schwang auf und ich wirbelte entsetzt herum. Erleichtert stellte ich fest, dass es nur Frederik war.

»Erschreck mich doch nicht so! Ich hätte schließlich nackt sein können«, fuhr ich ihn an.

Er grinste nur und zog mich an sich. Dicht vor meinen Lippen flüsterte er: »Weil ich dich vorher noch nie nackt gesehen habe?«

Noch während er mich küsste, machte er sich am Knopf meiner Hose zu schaffen. Aufgeregt versuchte ich, seine Hände beiseite zu schieben und wisperte: »Was tust du?«

Seine Lippen streiften mein Ohr, als er kaum hörbar antwortete: »Ist das nicht offensichtlich?«

Alles in mir schrie danach, zu protestieren. Allerdings wäre dann das Risiko, erwischt zu werden, sehr viel höher. Stumm schüttelte ich den Kopf und erschauerte, als Frederik mit seinen Fingern über meine Nippel strich, die bereits hart durch mein Shirt stachen. Mein verräterischer Körper! Wie sollte ich denn eine anständige Frau mimen, wenn ich mich auf diese Art ständig selbst verriet?

Schon lag meine Hose auf dem Boden und mir wurde klar, dass ich mir meinen Widerstand genauso gut sparen konnte. Seine Berührungen erregten mich und gleichzeitig kam ich mir schäbig vor. Wir waren in einer verdammten Umkleidekabine!

Doch statt mich an meinen gesunden Menschenverstand zu klammern, öffnete ich den Mund und lockte seine Zunge mit meiner. Seine Hände glitten unter mein Oberteil und legten sich um meine Brüste. Als ich erstickt keuchte, flüsterte er nur leise: »Sei still!«

Er drehte mich um und ich hörte das vertraute Geräusch einer Kondompackung. Meine Handflächen prickelten und die Feuchtigkeit sammelte sich zwischen meinen Beinen. Ich sollte wirklich nicht so erregt sein. Frederik verlor keine Zeit und drang in mich ein. Wieder keuchte ich leise, doch sicherheitshalber legte er seine Hand auf meinen Mund und dämpfte die Geräusche, die ich von mir gab.

Seine andere Hand glitt nach vorne zwischen meine Beine und er berührte meine Klit, wie ich es am liebsten mochte. Rasend schnell baute der Orgasmus sich auf und plötzlich war ich dankbar für die Hand auf meinen

Lippen, sonst hätte ich möglicherweise selbstvergessen aufgeschrien.

Die Muskeln in meinen Oberschenkeln spannten sich an, meine Finger wurden weiß, so fest presste ich die Hände gegen die Wand und kämpfte währenddessen mit meiner Selbstbeherrschung.

Schließlich ließ ich meine Stirn gegen die Wand sinken, Frederiks Hand zog sich zurück, stattdessen packte er meine Taille. Er stieß noch ein paar Sekunden länger zu, beschleunigte sein Tempo, dann überlief ihn ein Schauer. Seine Lippen auf meine Schulter gepresst, konnte ich sein Stöhnen selbst durch das Shirt auf meiner Haut spüren.

Keine Minute später standen wir uns vollständig bekleidet gegenüber, als wäre gar nichts gewesen. Während ich das Gefühl hatte, dass mein Kopf rot glühte, wies nichts in Frederiks Gesicht daraufhin, dass er mich gerade für einen Quickie überfallen hatte.

Verhalten räusperte ich mich. »Machst du so etwas öfter?«

»Wovon redest du?«, fragte er unschuldig und hielt mir die Tür der Umkleidekabine auf.

Ich bedachte ihn mit einem tödlichen Blick und trat auf den Gang. Trotz des samstäglichen Betriebs war es recht ruhig und tatsächlich schien niemand unser kleines Intermezzo bemerkt zu haben.

»Was hast du eigentlich deinem Kollegen gesagt, wer ich bin?«, wollte ich wissen und hing die Hose zurück an ihren Ursprungsort – sie hatte nicht einmal die richtige Größe gehabt. Im gleichen Moment wappnete ich mich für seine Antwort.

»Eine Freundin, was sonst? Überleg dir lieber, wie du mich vor deiner Familie betiteln willst«, sagte er nur grinsend und steuerte den Ausgang des Ladens an. Vor Schreck war ich wie angewurzelt stehen geblieben. Das war heute wirklich nicht mein Tag, daran hatte ich nämlich noch gar nicht gedacht.

»Helen? Kommst du?«

Ich beeilte mich, ihm zu folgen und verzog dabei das Gesicht.

Er betrachtete mich von der Seite. »Was ist? Hast du daran etwa nicht gedacht?« Er machte sich gnadenlos über mich lustig.

Langsam schüttelte ich den Kopf und zügelte mein Verlangen, zu heulen. Himmel, das war alles zu viel für mich. »Nachbar?«, schlug ich unbeholfen vor.

»Liebhaber?«, stichelte Frederik weiter.

»Idiot?«

»Bester Mann auf der Welt«, hielt er dagegen.

»Groupie!«, stieß ich triumphierend hervor.

Frederik lachte, legte den Arm um meine Schulter und presste mir einen kurzen Kuss auf die Schläfe, bevor er mich wieder losließ.

»Okay, damit hast du dich gerade selbst zum Praktikanten degradiert«, rügte ich ihn.

»Was wären denn meine Aufgaben als Praktikant? Vielleicht gebe ich meinen Job auf.«

Ich warf ihm einen Blick zu, der eindeutig besagte, was ich davon hielt. »Du dürftest neben mir sitzen und mir bei der Arbeit zusehen.«

»Hm, ich weiß nicht. Das klingt irgendwie langweilig. Ah, da vorne, in den Laden will ich.« Er packte meine Hand und zog mich mit sich, als wäre ich zu blöd, alleine zu einem zehn Meter entfernten Geschäft zu laufen.

»Ich glaube, als dein Praktikant sollte es eher meine Aufgabe sein, dich auf deinem Schreibtisch zu vögeln. Erinnere mich daran, das später noch zu tun.«

Erschüttert schnappte ich nach Luft und tat mein Bestes, um sein selbstzufriedenes Grinsen zu ignorieren. Ich marschierte an ihm vorbei und betrat mit gerümpfter Nase den Laden, als er mir tatsächlich auf den Allerwertesten schlug. Doch mein böser Blick prallte einfach an ihm an.

»Stell dich nicht so an«, sagte er und lächelte dann die Verkäuferin an, die für meinen Geschmack etwas zu hilfsbereit um meinen Nachbarn herumschwirrte.

»Siehst du, du hast es überlebt.« Mit diesen Worten warf Frederik sich ausgestreckt auf meine Couch und zwinkerte mir zu.

»Hm«, knurrte ich nur und brachte meine Tüte ins Schlafzimmer. Nachdem er mich die ganze Zeit genervt hatte, dass ich auch etwas kaufen sollte, hatte ich mir, nur um ihn zu ärgern, ein schwarzes T-Shirt und eine schwarze Strickjacke gekauft – exakt die gleichen Sachen, die ich bereits am Leibe trug. Allerdings hatte er nur gelacht.

»Darf ich mich jetzt ausruhen?«, fragte ich und setzte mich kurzerhand in den Sessel, weil Frederik mein gesamtes Sofa in Beschlag nahm.

»Ein bisschen«, grinste er mich an. »Wann sollten wir da sein? Gegen acht, richtig?«

Bei der Erinnerung an die Party vergrub ich stöhnend mein Gesicht in den Händen und nickte.

Frederik verschränkte die Arme hinter dem Kopf und sein Shirt rutschte dabei ein wenig hoch, entblößte einen schmalen Streifen Haut. Das allein reichte aus, um mich schon wieder nervös zu machen.

»Gibt es dort etwas zu essen?«

»Bestimmt, Daniel fährt total auf diesen Kram ab.«

Frederik dachte kurz nach. »Dein Bruder, richtig?«

»Ja, er wird sicherlich gekocht haben. Irgendwie hat er Mo, seine Freundin, dazu bekommen, zu ihm zu ziehen. Natürlich direkt ein Grund zu feiern.« Verächtlich schüttelte ich den Kopf. »Dabei hatte ich sie für so eine kluge Frau gehalten.«

Er lachte nur und schloss die Augen. »Gut, dann lass mich noch einmal zusammenfassen: Du hast für niemanden ein Herz, außer für Günther, den Paketboten und deswegen konntest du ihm nicht abschlagen, ein Paket für mich anzunehmen. Als du es mir rübergebracht hast, war ich so von dir hingerissen, dass ich dich zum Essen eingeladen habe.«

»Genau«, bestätigte ich und ließ die Beine über die Armlehne des Sessels hängen.

»Aber warum hast du Ja gesagt?«, erkundigte er sich nun.

»Wieso sollte ich Nein sagen?«, antwortete ich mit einer Gegenfrage.

»Weil du bist wie du nun einmal bist?«, klärte er mich überaus belustigt auf und ich konnte nicht einmal dagegen argumentieren.

»Wenn mich jemand fragen sollte, werde ich improvisieren. Bis dahin bleibst du einfach ein selbstgefälliger Blödmann.«

»Ich liebe es, wenn du mich beschimpfst«, murmelte er und klang verdächtig müde dabei.

»Jetzt halt doch endlich mal die Klappe.« Dabei kuschelte ich mich in den Sessel und spürte, dass meine Lider schwer wurden. Einkaufen war verflucht anstrengend.

Obwohl ich mir größte Mühe gab, konnte ich in Frederiks Gegenwart einfach nicht schlafen. Natürlich redete ich mir lieber ein, dass das an dem unbequemen Sessel lag und nicht an der Tatsache, dass ich befürchtete, meinen Schutzwall aufzugeben, wenn ich einfach friedlich einschlief.

Kritisch beäugte ich den Mann, der solche Skrupel offensichtlich gar nicht kannte und zufrieden auf meiner Couch schlummerte. Er sah wirklich niedlich aus, wenn er schlief. Unwillig schüttelte ich den Kopf. Wie sollte ich mir denn jetzt die Zeit vertreiben? Die Chance, dass Frederik mich heute noch aus seinen Klauen lassen würde, erschien mir eher gering und irgendetwas sagte mir, dass er ungehalten reagieren würde, wenn ich ihn jetzt wecken und in seine Wohnung schicken würde.

Ich schielte zum Schreibtisch. Wenn ich mich ranhielt, würde ich sicherlich zwei- bis dreitausend Wörter zu Papier bringen, bevor wir zur Einweihungsparty mussten. In der obersten Schublade meines Schreibtischs lagen außerdem meine Kopfhörer – eins der wichtigsten Utensilien, die ich zum Schreiben brauchte. Sie waren unverschämt teuer gewesen, dafür aber schallisoliert und so leicht, dass ich sie Stunden tragen konnte. Elena hatte sich schon oft genug beschwert, dass ich mit ihnen ebenso gut auf einem anderen Planeten hätte sitzen können, so wenig, wie ich damit mitbekam.

Die Entscheidung war schnell gefällt und ich war froh, dass Frederik sich nicht einmal bewegte, als ich leise aufstand und zum Schreibtisch schlich. Ich würde mich lediglich bemühen müssen, nicht zu laut mit den Tasten zu klappern. Mit einem Seufzen verdrehte ich die Augen. Es war sehr lange her, dass ich beim Schreiben auf einen Mann Rücksicht genommen hatte und es war nicht gerade gut ausgegangen.

Als Hände mich an den Schultern berührten, zuckte ich so stark zusammen, dass ich aus Versehen eine ganze Zeile aus wild gemischten Buchstaben in das Dokument tippte. Mit klopfendem Herzen riss ich mir die Kopfhörer hinunter und drehte mich mit dem Stuhl herum.

Mein böser Blick wurde noch vorwurfsvoller, als ich Frederiks belustigte Miene sah. Ich wandte mich wieder zum Bildschirm und wollte wenigstens eine Sicherungskopie speichern, bevor ich den Computer ausschaltete.

Frederik stützte sich dicht neben mir auf die Tischplatte und sah interessiert auf den Bildschirm.

Sofort minimierte ich das Fenster, in dem ich gearbeitet hatte. »Lass das. Ich mag es nicht, wenn jemand die Sachen liest, an denen ich gerade arbeite.«

»Hm. Frisch mal mein Gedächtnis auf. Wolltest du mir nicht eine Praktikantenstelle anbieten?«, neckte er mich und seine Stimme klang äußerst verführerisch. Mein Unterleib reagierte mit einem Prickeln, mein Kopf mit Entsetzen. Ich hatte das, als er es heute Vormittag gesagt hatte, als Witz abgetan.

Doch schon umfasste er meinen Oberarm und zog mich aus dem Stuhl hoch. Meine Knie zitterten bereits und ich wollte protestieren, dass ich müde war und niemals die Party durchhalten würde, wenn wir jetzt schon wieder Sex hatten.

Ich kam nicht einmal halb durch den ersten Satz, da stieß ich bereits mit dem Po gegen den Schreibtisch und Frederiks Zunge eroberte dabei meinen Mund. Er hatte die Arme um mich geschlungen und presste seinen Körper gegen meinen. Es war unmöglich, seine Erektion nicht zur Kenntnis zu nehmen und ich wurde tatsächlich schon wieder schwach.

»Du musst zugeben, dass es wie eine Einladung wirkt, wenn du hier sitzt«, sagte er leise, mein Gesicht zwischen seinen Händen. Er knabberte zart an meiner Unterlippe und ich schloss mit einem Seufzen die Augen.

»Ich habe nur gearbeitet«, versuchte ich klarzustellen.

»Gut, dann sorge ich jetzt dafür, dass du demnächst bei der Arbeit immer an mich denkst.« Er klang durchaus, als würde er das sehr ernst meinen und meine Klit meldete sich prompt mit einem verlangenden Klopfen.

Ausweichen konnte ich ihm nicht, also probierte ich, ihn von mir zu schieben. Spöttisch zog er eine Augenbraue hoch, legte seine Hände auf meine, die sich in sein Shirt gekrallt hatten und fragte: »Soll das Nein heißen?«

»Ach, verdammt«, stieß ich hervor und griff nach dem Saum meines T-Shirts. Während ich es über den Kopf streifte, musste ich wenigstens nicht sein selbstgefälliges Grinsen ertragen. »Wenn ich nachher auf der Party einschlafe, ist das ganz allein deine Schuld.«

Frederik zog meine Hose nach unten und hauchte einen Kuss auf den Stoff, der meinen Venushügel bedeckte. »Damit kann ich leben.«

Ich wehrte mich nicht länger und ließ zu, dass er mich auf die Schreibtischkante setzte und meinen Oberkörper nach hinten drückte. Als ich das kühle Holz unter meinem Rücken spürte, war ich froh, dass mein Arbeitsplatz wenigstens ausnahmsweise aufgeräumt war.

Mein ersticktes Stöhnen, als ich erkannte, was Frederik vorhatte, belustigte ihn nur noch mehr. Er hatte in dem Stuhl Platz genommen und sich zwischen meinen Schenkeln positioniert. Meine Füße stellte er auf die Tischkante. Schon als er mit den Lippen nur leicht die empfindliche Innenseite meines Oberschenkels streifte, begann ich zu zittern.

Nur zu willig hob ich mein Becken an, damit er mir den Slip ausziehen konnte. Sein warmer Atem liebkosten meine Haut und machte mir die Feuchtigkeit bewusst, die sich bereits zwischen meinen Labien sammelte.

Seine Hand legte sich auf meine Pussy und ich hielt verzückt die Luft an. Dabei murmelte ich in meinem Kopf diverse Flüche vor mich hin, weil ich diesem Mann einfach nicht widerstehen konnte.

Als seine Finger in mich glitten, bog ich den Rücken durch und meine inneren Muskeln zogen sich um ihn zusammen. Langsam wichen seine Finger zurück, um kurz darauf mit einem leisen Schmatzen, das mir die Röte auf die Wangen trieb, wieder in mich zu stoßen. Er streichelte und liebkoste meine empfindlichsten Stellen. Dann legten seine Lippen sich um meine Lustperle und ich konnte das Wimmern nicht unterdrücken, schob ihm auffordernd das Becken entgegen.

Die Bewegungen seiner Finger und Zunge vereinten sich zu einem perfekten Rhythmus, der mich unaufhaltsam auf den Höhepunkt zu trieb. Die Röte auf meinen Wangen vertiefte sich, als ich bemerkte, dass ich gerade tatsächlich sehr kehlig Frederiks Namen gestöhnt hatte.

Dann wurden meine überflüssigen Gedanken von der Lust durcheinander gewirbelt, die heiß durch meine Adern pulsierte. Seine Finger stießen schneller in mich, während seine Zunge über meine Klit tanzte. Meine Muskeln verkrampften und ich schob mich ihm verzweifelt noch näher entgegen.

Ich hob die Arme über meinen Kopf und suchte nach der Tischkante, um mich festhalten zu können. Der Orgasmus kam so heftig, dass ich überrascht aufschrie. Ich zuckte dermaßen unter Frederiks Mund, dass es mich wunderte, dass ich ihn nicht abwarf.

Gerade als ich dachte, dass ich es möglicherweise überlebt haben könnte, beschleunigte er noch einmal das Tempo seiner Finger. Eine zweite Welle schloss sich nahtlos an die erste an. Mein Herzschlag raste und ich versuchte bemüht, dem Brennen in meinem Schoß irgendetwas entgegenzusetzen. Sekunden später bebte ich am ganzen Körper und wurde davon gespült. Vor meinen Augen flackerte es und ich glaubte, dass der Höhepunkt niemals enden würde oder dass ich zumindest vorher das Bewusstsein verlieren müsste.

Ein letztes Mal drang er mit seinen Fingern in mich, den Mund fest auf meine Scham gepresst. Ich starrte atemlos die Decke an und wartete darauf, dass ich wieder normal sehen konnte und nicht durch diesen zufriedenen Schleier.

Eigentlich hatte ich damit rechnen sollen, doch zuckte ich überrascht zusammen, als Frederik meine Beine packte und rechts und links auf seine Schultern legte. Wo auch immer er das Kondom her hatte – ich war froh, dass er daran dachte, denn mein Verstand hatte sich bereits in den Feierabend verabschiedet.

Ich keuchte auf, als er mit einem intensiven Stoß in mich glitt. Meine Nervenenden rebellierten, denn ich war unglaublich empfindlich und fast schon überreizt durch die atemberaubenden Orgasmen.

Meine Augen öffnete ich erst wieder, als ich seine Hand an meiner Wange spürte, bis dahin hatte ich mich ganz seinen hemmungslosen Stößen hingegeben. Meine Lider flatterten und ich brauchte einige Sekunden, bis ich klar sehen konnte.

Frederik sah mich eindringlich an, bevor er sich vorbeugte, neben meinem Kopf abstützte und mich küsste. Die Oberschenkel auf meinen Bauch gepresst spürte ich ihn so noch tiefer in mir.

Mein Puls machte einen bedenklichen Satz, als ich erkannte, dass er mich so voller Emotionen küsste, dass ich drohte, einzuknicken und über meine Gefühle für ihn nachzudenken. Zärtlich eroberte er mich und machte auf sehr sinnliche Weise seine Absichten klar.

Dass ich mich dabei selbst schmecken konnte, ließ unser ganzes Arrangement nur noch unmoralischer erscheinen. Wie hatte ich nur gedacht, dass es eine gute Idee sein könnte, mit meinem Nachbarn eine Affäre anzufangen?

Er hatte dieses Glitzern in den Augen, das jede Faser meines Körpers beunruhigte und für eine leichte Panik sorgte. Doch ich war wie gelähmt und konnte mich einfach nicht wehren. Allerdings wollte ich das auch gar nicht – das war der wahre Grund meiner Beunruhigung. Frederik ging mir im wahrsten Sinne des Wortes unter die Haut.

Ich musste verrückt sein, denn kaum, dass er den Kuss unterbrochen hatte und schneller in mich stieß, schmiegte ich meine Wange an seinen Unterarm und presste meine Lippen darauf.

Frederik stöhnte heiser und drang ein letztes Mal hart in mich, bevor er verharrte und genau wie ich zuvor nach Luft schnappte.

Aus irgendeinem Grund hatte ich das Gefühl, das Schweigen brechen zu müssen, das so ohrenbetäubend in der Luft hing und sagte: »Wow. Ich schätze, jetzt werde ich tatsächlich jedes Mal an dich denken, wenn ich den Schreibtisch sehe.«

Er grinste mich zufrieden an und ich brüllte in meinem Kopf: Scheiße. Scheiße. Scheiße! Verdammte Scheiße! Denn eigentlich hatte ich sagen wollen: Du bist wirklich unmöglich.

Es war offiziell, Frederik hatte mir soeben das Hirn rausgevögelt.

6

»Ich kann nicht glauben, dass ich das wirklich tun muss«, murmelte ich genervt und betrachtete kritisch mein Spiegelbild. Nachdem Frederik mich auf dem Schreibtisch geschändet hatte, war ich ins Bad geflüchtet, um mich für die Party fertig zu machen.

Jetzt musterte ich die Haut um meine Augen, um zu sehen, ob sich irgendwo Mascara breit gemacht hatte, wo er nicht hingehörte.

»Falls es dich beruhigt, ich kann es auch nicht glauben«, bemerkte Frederik trocken und mir fiel mit einem Klappern der Mascara in das Waschbecken.

»Musst du dich so anschleichen?«, fragte ich vorwurfsvoll und sah ihn böse an.

»Klar, sonst läufst du mir davon. Und jetzt entspann dich endlich«, lachte er und kam näher.

Ich ließ es zu, dass er mir einen Kuss auf den Nacken gab, bevor ich gestand: »Ich kann mich unmöglich entspannen. Ich bin so müde und fertig, dass ich in der gleichen Sekunde einschlafen würde. Müssen wir wirklich auf diese Party?«, jammerte ich inbrünstig.

Seine Antwort lautete schlicht: »Es ist deine Familie, sag du es mir.«

Sofort kam mir wieder Elenas Drohung in den Sinn und ich ließ demotiviert den Kopf hängen. »Ja, müssen wir. Sonst versucht Elena wieder, mich zu verkuppeln und es hat lange genug gedauert, ihr das abzugewöhnen.«

Ich begegnete seinem Blick im Spiegel und ahnte, dass eine Frage folgen würde, die ich nicht hören wollte.

»Hm«, machte er leise und rieb sich über das Kinn. Dabei verursachten seine Bartstoppeln ein Geräusch, das meine Knie weich werden ließ. Herrgott, langsam war ich es wirklich satt, dass ich so stark auf ihn reagierte.

»Wieso scheust du eigentlich so extrem vor einer Beziehung?«, fragte er jetzt.

Statt einer Antwort zitierte ich Bertolt Brecht. »Wir stehen selbst enttäuscht und sehn betroffen. Den Vorhang zu und alle Fragen offen.« Sollte er daraus doch machen, was er wollte. Ich rauschte aus dem Bad.

Dennoch konnte ich deutlich hören, wie er murmelte: »Wer hätte damit gerechnet.«

Im Schlafzimmer suchte ich nach meiner Strickjacke, konnte sie aber nicht finden. Ich hörte Frederik näher kommen, beachtete ihn aber nicht weiter. Erst, als ich das gewünschte Kleidungsstück in der Hand hielt, drehte ich mich um. Frederik betrachtete mich belustigt und sein Blick wanderte von mir zum Bett und sehr langsam zurück.

Ich schluckte schwer. »Auf keinen Fall! Wir kommen zu spät.«

»Du legst doch ohnehin keinen Wert auf gesellschaftliche Umgangsformen«, erwiderte er gelassen und sah wieder zum Bett. Er konnte doch unmöglich schon wieder Sex wollen. In mir breitete sich der Verdacht aus, dass er mich auf diese Weise in die Knie zwingen wollte.

»Ich gebe es nur ungern zu, aber ich habe doch ein wenig Angst vor meiner Zwillingsschwester und möchte deswegen pünktlich da sein.«

Frederik verschränkte die Arme. »Keine Sorge, mir geht es mit meinem Bruder genauso.« Er drehte sich um und verließ mein Schlafzimmer. Mit einem Mal hatte ich es sehr eilig, ihm zu folgen. »Du hast einen Bruder?«

»Ja, einen älteren.«

»Wohnt er auch hier?«, erkundigte ich mich neugierig und fragte mich im gleichen Atemzug, warum ich so nach Details aus Frederiks Leben gierte.

Er zögerte. »Das ist unterschiedlich.«

Seine Antwort irritierte mich zwar, aber ich hatte Blut geleckt. »Und was ist mit deinen Eltern? Wo wohnen sie?«

»Meine Eltern sind gestorben, als ich ein Teenager war.« Er griff nach seiner Jacke und ich blieb erstarrt stehen.

»Oh, das tut mir leid.«

Mit einem schiefen Grinsen, das leicht gequält wirkte, drehte er sich um. »Das muss es nicht – oder bist du Schuld an ihrem Tod?«

Natürlich schüttelte ich den Kopf. »Dann bist du bei deinen Großeltern aufgewachsen?« Warum war ich plötzlich nur so interessiert daran, mehr über den großen, blonden Mann zu erfahren, der vor mir stand und mich mit einem äußerst merkwürdigen Blick bedachte?

Er reichte mir meine Jacke. »Nein, Bertram, das ist mein Bruder, hat mich danach großgezogen.«

Er hielt mir die Tür auf und ich bohrte weiter. »Also ist er etwas älter als du, oder?«

Frederik lachte. »Das ist eine lange Geschichte, aber er war damals auch erst sechzehn Jahre alt. Und jetzt beweg deinen Hintern endlich vorwärts.«

Sofort versank ich in Grübeleien. Doch egal, wie ich es drehte und wendete, ich fand keine Lösung.

»Aber er war doch noch minderjährig. Wie soll das funktionieren?«

Frederik seufzte tief. »Ich erzähle es dir ein anderes Mal.«

Sein Ton klang so endgültig, dass ich es nicht wagte, noch einmal nachzufragen. Deswegen folgte ich ihm einfach die Treppe hinab und versuchte die Puzzlestücke, die ich gerade erhalten hatte, in das Gesamtbild einzusetzen.

Instinktiv ging ich auf meinen kleinen Fiat 500 zu, doch Frederik schüttelte nur den Kopf.

»Ich fahre«, sagte er und deutete auf sein Auto.

»Warum?«, protestierte ich. »Ich kann sehr wohl selbst fahren.«

»Ich habe so viele Gründe, dass ich gar nicht weiß, wo ich anfangen soll.« Er tippte sich nachdenklich ans Kinn. »Also: Erstens traue ich dir zu, dass du mich vergisst und irgendwann einfach fährst und zweitens ist es die Party deines Bruders – sollte es für dich zu schlimm werden, kannst du dich wenigstens betrinken. Das sind so ziemlich meine wichtigsten Gründe.«

»Hm.« Ich rümpfte die Nase, gab dann aber nach. »Von mir aus.« Eigentlich hatte ich nur nachgegeben, weil ich zu müde war, um mich zu streiten. Ich war fix und fertig und mir graute es vor der Party. Vorsichtig warf ich Frederik einen Seitenblick zu, dann lehnte ich mich im Sitz zurück. Es würde schon irgendwie schief gehen.

Daniel riss die Haustür praktisch auf und strahlte mich an. Er gab sich zwar Mühe, seine Neugier zu verbergen, aber es war eindeutig, dass er Frederik sehr interessiert musterte. Ich hatte meinen Nachbarn glücklicherweise darauf vorbereitet, dass er schon fast eine Zirkusattraktion war. Der Mann an Helens Seite – wie aufregend.

Mo schielte über Daniels Schulter und warf mir einen anerkennenden Blick zu. Ich biss mir auf die Unterlippe und sah zu Boden, da ich unfreiwillig grinsen musste. Wenigstens war Frederik hervorragend dazu geeignet, ihn in der Öffentlichkeit vorzuzeigen. Sofort musste ich wieder an die Verkäuferin denken, die sich fast den Hals dabei verrenkt hatte, Frederik auch ja ordentlich zu bedienen. Es hatte sie nicht einmal gestört, dass er in weiblicher Begleitung gekommen war. Nicht, dass ich eifersüchtig gewesen wäre, aber ich hatte die Dame doch als sehr unverfroren empfunden.

Irgendwann hatte ich genug. »Dürfen wir vielleicht hereinkommen?«

»Ich wusste es!«, stieß Daniel triumphierend aus. »Du bist doch ein Vampir und musst um Erlaubnis bitten!« Dabei hielt er Frederik die Hand hin und stellte sich vor. Mo kicherte.

Ich erdolchte sie fast mit meinem Blick. »Ich verstehe überhaupt nicht, warum du ihn auch nur im Ansatz lustig findest.«

Daniel trat zur Seite. »Vermutlich, weil ich lustig bin, liebste Schwester.«

Ich begnügte mich damit, eine Grimasse zu schneiden und spähte bereits zur Couch. Nur zu gern würde ich mich hinsetzen.

»Ah, Helen. Da seid ihr ja. Ich muss sagen, dass ich bis zuletzt Angst hatte, dass du kneifen würdest. Hallo, Frederik.« Meine Zwillingsschwester strahlte ihn an, als hätte er soeben Kinder aus einem brennenden Waisenhaus gerettet. Dann stellte sie ihm ihren Mann Stephan vor.

Frederik gab sich entspannt und gut gelaunt, blieb dabei stets an meiner Seite und selbst mir kam es irgendwann so vor, als würde es ihm gar nichts ausmachen, mich begleitet zu haben.

Schließlich war es Mo, die mir das Messer in den Rücken stieß und fragte: »Wie habt ihr euch denn kennengelernt? Du bist doch sonst so menschenscheu, Helen.«

Daniel legte einen Arm um seine Freundin und sagte stolz: »Ist Mo nicht großartig? Sie hat den Satz gebaut, ohne die Worte ›Misanthrop‹ und ›unfreundlich‹ zu benutzen.«

Mein Zähneknirschen war sicherlich noch in der nächsten Stadt zu hören, doch bevor ich antworten konnte, lachte Frederik mit diesem unnachahmlich tiefen Brummen. »Ich schätze, das ist wohl Günthers Schuld.«

Alle Augen richteten sich auf ihn und Stephan fragte verblüfft: »Weiß nur ich nicht, wer Günther ist?«

Frederik grinste und sagte: »Ich wusste auch nicht, wer Günther ist, aber scheinbar kann er Helen um den Finger wickeln.«

Wie beim Tennis schwangen alle Blicke zeitgleich zu mir. »Günther ist mein DHL-Bote.«

Mein Bruder zog eine Augenbraue hoch. »Du hast deinen eigenen Paketboten?«

»Sehr witzig. Günther hat mir ein Paket gebracht und mich gefragt, ob ich eins für Frederik annehmen wollte. Natürlich wollte ich nein sagen, aber er hat so treuherzig geguckt, dass ich nicht anders konnte.«

Tapfer hielt ich dem forschenden Blick meiner Schwester stand. »Wirklich?«, wollte sie wissen.

»Natürlich. Ich bin zwar unfreundlich, aber nicht so herzlos, dass ich das ablehne, wenn der arme Mann schon andauernd die steinschweren Kartons mit meinen Belegexemplaren bis vor meine Tür schleppt. Er ist immerhin schon älter, bestimmt schon sechzig.«

Elena und Daniel grinsten sich an. »Papa wird sich freuen zu hören, dass du das schon für alt hältst«, höhnte mein Bruder.

Frederik legte eine Hand auf meinen Rücken und streichelte mich beruhigend, worauf ich mich tatsächlich ein wenig entspannte. »Jedenfalls bin ich froh, dass Günther sich durchgesetzt hat«, grinste er in die Runde und ich war mir sicher, dass Elena in diesem Moment verträumt seufzte. Eigentlich überraschte es mich, dass ihre Pupillen noch nicht herzförmig waren. Ihre Seele bestand zur Hälfte aus einem ungezogenen, 18-jährigen Partygirl und zur Hälfte aus einer hoffnungslosen Romantikerin im mittleren Alter – keine gute Mischung.

Beruhigt nahm ich zur Kenntnis, dass Frederik ein wahrer Meister des Smalltalks war und verfiel in Schweigen. Das Gespräch bewegte sich weg davon, wie wir uns angeblich kennengelernt hatten und drehte sich nun darum, dass bald Halloween war und ob das ein Grund zum Feiern darstellte.

Als ich in die Küche kam, wäre ich am liebsten wieder rückwärts hinausgegangen. Mo guckte sofort schuldbewusst, während meine Schwester zufrieden die Arme verschränkte. Ich würde um das Verhör ohnehin nicht herumkommen, also sah ich Mo an. »Ihr habt über mich geredet?«

Ihre Wangen färbten sich zartrosa und sie wies stumm auf meine Schwester. Elena grinste mich offen an. Warum dachte nur jeder, dass ich die Schlimmere von uns beiden war? Elena war einfach ein durchtriebenes Luder, das viel besser als ich langweilig und unbedarft aussehen konnte.

»Ich habe nur gerade wohl überlegt, wie gut Frederik im Bett sein muss, dass du deinen Schutzpanzer aufgegeben hast«, klärte meine Schwester mich auf.

Nachdem ich die Augen verdreht hatte, wandte ich mich zu Mo: »Ach, und wie ist deine Theorie dazu?«

Abwehrend zeigte sie mir ihre Handflächen. »Ich habe dazu gar nichts gesagt. Bei meinem Glück wäre in dem Moment Daniel neben mir aus dem Boden gewachsen.«

Ich runzelte die Stirn und fragte mich, wie sie das meinte, bevor ich Elena anfunkelte. »Und du? Sind das Gedanken, die für eine verheiratete Frau angemessen sind?«

Ihr belustigtes Grinsen vertiefte sich nur noch weiter. »Du hast noch gar nicht geflucht.«

Um mich zu beherrschen, presste ich meine Lippen fest aufeinander und holte durch die Nase tief Luft. Dann begutachtete ich das Büffet. Mein Bruder war einfach die geborene Hausfrau – ich wusste, dass Mo nicht kochen konnte. Also musste das hier alles von Daniel gemacht worden sein.

»Es ist wirklich wahr. Auch Helen hat endlich einen Typen abbekommen. Soll ich Mama eigentlich jetzt schon anrufen oder noch bis morgen warten?« Daniels Stimme klang so unerträglich belustigt, dass ich ihm am liebsten meine Faust in den Magen gerammt hätte.

Stattdessen lächelte ich ihn süßlich an und überlegte, wie ich mich am besten würde rächen können.

Elena stieß meinen Bruder an. »Ich mache mir Sorgen. Sie hat heute noch gar nicht geflucht.«

Daniel machte ein schockiertes Gesicht, stellte sein Glas ab und legte mir eine Hand auf die Stirn. »Hm, ihre Körpertemperatur liegt aber wie immer unter null Grad.«

Mo lachte lauthals und ich wischte wütend Daniels Arm weg. Gerade als ich zu einer gepflegten Runde Beleidigungen ansetzen wollte, tauchte Frederik in der Küchentür auf und verkündete: »Das ist irgendwie lustig, wie hier jeder auf dir herumhackt. Ich glaube, ich komme jetzt öfter mit.«

Ich wirbelte herum und warf ihm einen tödlichen Blick zu. Plötzlich hatte ich so viel Auswahl, dass ich gar nicht wusste, wen ich zuerst beschimpfen sollte. Bestimmt würde ich vor lauter Bluthochdruck gleich anfangen, aus den Ohren zu bluten. Mit größter Mühe schaffte ich es, meine Fäuste wieder zu öffnen.

Frederik wies hinter sich und sagte zu Daniel. »Guter Büchergeschmack. Hat Helen dir schon ihr neues gegeben?«

Sofort trafen mich die empörten Augen meines Bruders. »Ich dachte, du hast deine Belegexemplare noch nicht.«

»Als du gefragt hattest, hatte ich sie auch noch nicht«, warf ich ein und verschränkte genervt die Arme.

»Hast du mir denn jetzt eins mitgebracht?«, fragte er mit seiner typischen Kleiner-Bruder-Stimme.

Wunderbar. Ich hätte bestimmt dran gedacht, ihm eins mitzubringen, wenn jemand mich nicht auf meinem Schreibtisch gevögelt hätte. Kleinlaut schüttelte ich den Kopf.

Zu meiner Verwunderung winkte ausgerechnet Elena ab. »Das kann sie Mo mitgeben.«

Wenigstens wirkte die Freundin meines Bruders genauso verwirrt wie ich. Sie räusperte sich schließlich und Elena grinste breit, bevor sie erklärte: »Na, jetzt lohnt sich doch ein Frauenabend so richtig. Ihr wisst schon, das volle Programm mit Shoppen, Kosmetikerin und Cocktails trinken gehen.«

Mir erschloss sich die Logik hinter Elenas Worten nicht und offenbar sahen Mo und ich gleichermaßen schockiert aus, denn Daniel lachte lauthals los. Frederik begnügte sich mit einem Grinsen, wich aber wissentlich meinem Blick aus.

»Ja, dann bringt Mo mir wohl das Buch mit«, hüstelte Daniel schließlich und fragte Frederik irgendetwas, was ich nicht verstand, weil Stephan in diesem Moment vor mir auftauchte.

»Na, Schwägerin? Jetzt, wo du auch in festen Händen bist, können wir ja mal zu sechst ausgehen.« Er legte den Arm um meine Schulter und begann Pläne zu schmieden, bei denen mir schwindelig wurde.

Was hieß denn hier »in festen Händen«? Der Boden unter meinen Füßen schwankte für einen Moment gefährlich und ich bemerkte, dass Frederik mich ansah, kurz bevor er mit Daniel die Küche verließ. Allerdings wirkte er vollkommen neutral und verzog keine Miene. Dabei konnte er unmöglich überhört haben, was Stephan gesagt hatte. Hatte denn niemand zugehört, als ich Frederik als meinen Nachbarn vorgestellt hatte?

Froh, endlich den Klauen meiner Schwester entkommen zu sein, versteckte ich mich halb neben dem Bücherregal und beobachtete Frederik.

Er unterhielt sich noch immer angeregt mit meinem Bruder und hinter meiner Stirn pochte ein leichter Schmerz, während ich mich fragte, worüber zum Teufel die beiden sich so amüsierten.

»Hm«, brummte jemand neben mir.

Ich zuckte zusammen und sah nach rechts. Don war unbemerkt neben mir aus dem Boden gewachsen und folgte meinem Blick zu Daniel und Frederik. »Fragst du dich, worüber sie reden?«

Stumm nickte ich. Als ich nun noch begann, darüber nachzudenken, was Don wohl schon wieder von mir wollte, schwoll der Schmerz in meinem Kopf an. Ich musste kein Genie sein, um zu erkennen, dass der Tag mich vollkommen geschafft hatte – woran Frederik nicht ganz unschuldig war, so oft, wie er heute über mich hergefallen war. Langsam fragte ich mich, ob genau das seine Absicht gewesen war.

Daniels Lachen klang zu uns hinüber und ich drehte mich zu Don, musterte sein attraktives Gesicht. Vielleicht wäre er doch die bessere Wahl gewesen – er schien zumindest unkomplizierter als Frederik zu sein. Allerdings löste er nicht dieses verfluchte Prickeln in mir aus, das ich permanent in der Gegenwart meines Nachbarn verspürte.

»Ich habe eine Frage«, sagte Don ruhig und hielt meinem finsteren Blick stand, ohne mit der Wimper zu zucken. »Ich kaufe euch zwar kein Wort der netten Kennenlern-Geschichte ab, aber darum geht es mir gar nicht. Wie hat Frederik dich herum bekommen?«

Gelassen zählte ich lautlos bis drei, bevor ich mich räusperte und fragte: »Herum bekommen?« Ich bildete mir ein, dass meine Stimme einen warnenden Unterton unterhielt, aber das interessierte Don nicht.

»Ja, herum bekommen. Du weißt genau, was ich meine. Das hat auch nichts mit meinem leicht angekratzten Ego zu tun, dass ich das sage, aber leicht zugänglich bist du nicht gerade.«

Gegen meinen Willen musste ich bei seinen Worten grinsen und sah wieder zu Frederik. Don hatte ja so recht. Warum akzeptierte das jeder, nur mein Liebhaber nicht?

»Ich habe ehrlich gesagt keine Ahnung«, sagte ich gedehnt und strich meine Haare nach hinten. »Mein bester Tipp ist, dass Frederik auf beiden Ohren taub ist, sobald ich die Wörter ›Nicht‹ oder ›Nein‹ benutze.«

Bevor ich das weiter ausführen konnte, versteifte Don sich neben mir. Er beugte sich näher zu mir, sah mir direkt in die Augen und fragte: »Ich hoffe, du meinst damit nicht, dass er dich zu irgendwelchen Sachen zwingt?«

Ein wenig gerührt durch Dons Besorgnis winkte ich sofort ab. »Um Himmels Willen! Auf keinen Fall! Ich habe das etwas unglücklich formuliert. Was ich meinte sind Situationen, wenn er mich beispielsweise fragt, ob ich Essen gehen will. Ich sage nein und wie auch immer das funktioniert, aber eine halbe Stunde später sitze ich in einem Restaurant. Oder ob ich Fernsehen gucken will – gleiches Spiel, ich verneine und sitze prompt auf meiner Couch und gucke irgendetwas, was ich eigentlich gar nicht sehen will.« Genervt verzog ich das Gesicht.

Don sprach die Frage laut aus, die mir im gleichen Moment durch den Kopf ging. »Wie zum Teufel bringt er das fertig?«

Ich zuckte mit den Schultern. »Ich habe nicht die geringste Ahnung und es nervt tierisch.«

Wieder machte Don »Hm«, bevor er sich mit der Hand nachdenklich im Nacken kratzte. »Aber warum hast du ihn noch nicht zurechtgewiesen, verprügelt oder rausgeworfen?«

Vermutlich, weil ich ein schwaches Frauenzimmer war, das einem gut aussehenden Mann verfallen war – die älteste Geschichte der Welt.

»Glaub mir, wenn ich das wüsste, dann würde ich etwas unternehmen. So befürchte ich, dass der Sex einfach zu gut ist.«

Don legte eine Hand auf meine Schulter. »Helen, du machst mich fertig.« Er schüttelte den Kopf und ging dann davon. Dabei wirkte er, als würde er angestrengt darüber nachgrübeln, was ich gerade gesagt hatte. Er war schon in der Küche verschwunden, bevor ich überhaupt auf die Idee kam, dass ich ihn hätte fragen können, warum ihn das überhaupt interessierte.

Stattdessen lenkte ich meine Aufmerksamkeit wieder auf meinen Bruder und meinen Liebhaber. Wow, die Erkenntnis, dass sich niemals zuvor einer meiner Männer und mein kleiner Bruder im gleichen Raum befunden hatten, überrollte mich. Warum war Frederik nur so anders?

In diesem Moment trafen Frederiks Augen meine und ich lächelte. Er zog kurz die Mundwinkel hoch, doch wirklich als Lächeln ging dieser Gesichtsausdruck nicht durch. Stattdessen warf er mir einen seltsamen Blick zu, den ich nicht deuten konnte, bevor er sich wieder meinem Bruder zuwandte.

»Da bist du ja!« Leicht atemlos blieb Mo neben mir stehen. »Ist Elena immer so anstrengend?«

Abwesend nickte ich und versuchte zu ergründen, was Frederik dachte, indem ich Löcher in seinen Rücken starrte. »Dein Bruder ist komisch«, murmelte ich abwesend und Mo kicherte.

»Erstens ist dein Bruder auch komisch und zweitens kam Don gerade in die Küche und hat das Gleiche über Frauen im Allgemeinen und dich im Speziellen gesagt.«

»Was?« Verwirrt sah ich Mo an.

»Ich habe zwar keine Ahnung, worüber ihr zwei geredet habt, aber Don zweifelt gerade an der Urteilskraft der weiblichen Weltbevölkerung. Möchtest du mich aufklären?«

Stumm schüttelte ich den Kopf. »Was glaubst du, worüber Daniel und Frederik sich unterhalten?«

Mo warf einen Blick zu den beiden Männern und erwiderte gelassen: »Warum gehst du nicht hin und findest es heraus?«

»Hm.« Gar nicht mal so blöd ihr Vorschlag.

Sie lachte und klopfte mir wohlwollend auf den Rücken. Mit hochgezogener Augenbraue sah ich zu, wie sie vollkommen entspannt auf meinen Bruder zu spazierte. Menschen waren wirklich anstrengend, aber viele Menschen auf einem Haufen waren das Schlimmste.

Plötzlich hörte ich Elena und bevor sie mich ein weiteres Mal in ein Verhör nehmen konnte, folgte ich Mo und stellte mich neben Frederik. Erleichtert sanken meine Schultern nach unten. Das Gespräch drehte sich um Sport – was hatte ich erwartet?

Ich schaltete auf Autopilot und so entging mir, dass Frederik den Arm um meine Schulter legte. Es fiel mir erst auf, als er bemerkte, dass es langsam Zeit wurde, nach Hause zu fahren. Überrascht sah ich auf meine Armbanduhr: Es war kurz vor Mitternacht.

Gequält verzog ich das Gesicht, was meinem Bruder natürlich nicht entging und er begann sofort, gnadenlos auf mir herumzuhacken: »Was ist denn, Helen? Kommst du zu spät nach Hause? Ist ja schon nach elf, nicht wahr? Jetzt können wir endlich mal zusehen, wie du dich in einen Kürbis verwandelst.«

Mo stieß ihm zwar den Ellenbogen in die Seite, doch auch sie konnte sich ihr Grinsen nicht verkneifen.

Elena schüttelte betrübt in den Kopf. »Mensch, Daniel! Wenn schon, dann auch richtig: Nicht Aschenputtel verwandelt sich in den Kürbis, sondern ihre Kutsche.«

Frederiks Lachen vibrierte durch meinen Körper. »Ich denke, mein Auto ist noch in seiner ursprünglichen Form und ich glaube nicht, dass die böse Hexe sich überhaupt an Helen heranwagt.«

Toll! Statt mich zu verteidigen, sorgte mein Begleiter für noch lauteres Gelächter. Selbst Don, der in der Küchentür stand und dem ich einen flehenden Blick zuwarf, grinste nur.

Ich sah Frederik strafend an, jedoch war er damit beschäftigt, Don zu mustern. Offenbar war er meinem Blick gefolgt. Dann drückte er meine Schulter und sagte: »Komm, wir gehen – oder möchtest du noch bleiben?«

So höflich, wie es mir in dem Moment möglich war, antwortete ich: »Nein, ich bin müde.«

Elenas Grinsen besagte, dass sie mir nicht ein Wort glaubte – aber sie wusste ja nicht, was für einen Tag ich hinter mir hatte!

Vor der Tür kam ich nicht darum herum, Elena und Mo zu umarmen, während wir uns verabschiedeten. Dann beobachteten sie ganz gebannt, wie ich in Frederiks Auto stieg. Der krönende Abschluss eines Tages, an dem ich mich ohnehin schon wie die Hauptattraktion im Zoo fühlte.

Deswegen konnte ich mir ein erleichtertes Stöhnen nicht verkneifen, nachdem wir endlich losgefahren waren.

»Deine Familie ist nett«, bemerkte Frederik.

Ich schnaubte nur. »Zu dir vielleicht.«

Selbst in der Dunkelheit konnte ich sein Grinsen erkennen, bevor er wieder einen neutralen Gesichtsausdruck zeigte. »War das eigentlich der Typ, den ich letztens am Telefon hatte?«

»Ja, das ist Don, Mos Bruder – weitere Begegnungen sind also nicht ausgeschlossen. Aber er ist in Ordnung«, erklärte ich und schloss erleichtert die Augen. Jetzt hier im Auto ließen meine Kopfschmerzen merklich nach. Ich hatte es schon immer gewusst: Ich hatte einfach eine Allergie gegen Menschen. Wenn ich nur einen Arzt dazu bekommen würde, mir das zu attestieren, wäre ich glücklich bis ans Ende meiner Tage.

»Hat Don denn auch verstanden, dass du nicht an ihm interessiert bist?«

Zwar trug Frederik die Frage entspannt vor, aber ich wurde hellhörig. Ich hatte schon geahnt, dass er anders an unser Arrangement heranging als ich.

»Wer sagt denn, dass ich nicht an ihm interessiert bin?« Ich dachte, ich würde Frederik damit reizen können und ihm gleichzeitig klarmachen, dass er keinerlei »Besitzansprüche« auf mich hatte.

Stattdessen lachte er nur trocken. »Du hast ja schon mich nicht im Griff. Willst du mir jetzt weismachen, dass du mit zwei Kerlen klarkommst?«

»Arschloch.« Wütend verschränkte ich die Arme und presste mich tiefer in den Sitz. Also von mir würde er heute keinen Sex mehr bekommen.

»Du hast meine Frage nicht beantwortet.«

»Verstehst du den Sinn von Schimpfwörtern eigentlich nicht?«, wollte ich im Gegenzug von ihm wissen.

»Natürlich tue ich das. Aber aus deinem Mund ist das etwas anderes.« Seine Stimme klang widerlich zufrieden.

Ich verschränkte meine Arme fester und fragte angriffslustig: »Ist das so?«

Er nickte und warf mir einen kurzen Blick zu, bevor er wieder auf die Straße sah. »Ich denke, deine Beleidigungen sind ein Zeichen von Zuneigung. Denn falls es dir nicht aufgefallen sein sollte: Mit Leuten, die du nicht magst oder die dir egal sind, redest du nicht einmal.«

Mir blieb nur betroffenes Schweigen.

Als der Kies der Auffahrt unter den Reifen knirschte, riss ich die Augen auf. Frederik schmunzelte und manövrierte den Wagen in seine Parklücke. »Du hast mich so intensiv angeschmollt, dass du eingeschlafen bist – ist das zu glauben?«, sagte er leise zu mir.

Ich hielt mir die Hand vor den Mund und versteckte mein Gähnen. »Es war ein langer Tag für mich«, erläuterte ich ihm, als wäre er nicht dabei gewesen.

»Das kann ich mir vorstellen«, raunte er und selbst im Dunkeln konnte ich seine Augen glitzern sehen. Er beugte sich vor, legte eine Hand um meine Wange und küsste mich auf den Mund. »Dann wollen wir dich mal ins Bett bringen.«

Mein Magen machte einen Satz. Redete er von Sex? Ich war mir ziemlich sicher, dass ich dabei einschlafen würde.

Mit müden Beinen stieg ich die Treppe nach oben, Frederik dicht hinter mir. Ich überlegte, was ich sagen sollte, um ihm klarzumachen, dass ich wirklich gern mit ihm Sex hatte, aber jetzt einfach zu geschafft war und blieb vor meiner Tür stehen. Mir fielen einfach nicht die richtigen Worte ein.

In diesem Moment schob Frederik seinen Schlüssel ins Schloss und sagte: »Gute Nacht, Helen. Schlaf schön.«

Ich stammelte gerade noch: »Danke, du auch.«

Dann fiel die Tür hinter ihm zu und ich hörte, wie der Schlüssel von innen herumgedreht wurde. Verblüfft betrachtete ich einen Moment die geschlossene Tür, dann trat ich den Rückzug in meine Wohnung an. Ich hätte meine Hand dafür ins Feuer gelegt, dass Frederik sich irgendwie den Zugang in mein Bett erschleichen und dann die Nacht bei mir verbringen würde.

War es nun ein gutes oder schlechtes Zeichen, dass dieser Mann absolut unvorhersehbar war?

7

Mo wirkte genauso begeistert über die Aussicht auf einen Frauentag wie ich, als ich in das Auto meiner Schwester stieg, und umklammerte krampfhaft einen Kaffeebecher.

Elena ignorierte unsere Einsilbigkeit und während ich es mir auf dem Rücksitz gemütlich machte, hielt meine Zwillingsschwester einen Monolog über das Verheiratetsein. Ich war mir nicht sicher, ob Mo aus Smalltalk-Gründen danach gefragt hatte oder ob Elena uns beiden das Eheleben schmackhaft machen wollte, aber ich zog es vor, meine Klappe zu halten.

Plötzlich herrschte Schweigen im Wagen und ich blickte unsicher nach vorn, wo ich Elenas vorwurfsvollen Augen im Rückspiegel begegnete. »Du hast nicht zugehört«, stellte sie knapp fest.

Stumm schüttelte ich den Kopf und sah zu, wie sie eine Augenbraue hochzog und die Lippen aufeinander presste. Ich seufzte und wollte gerade fragen, worum es eigentlich ging, als Mo mich erlöste. »Elena hat gefragt, ob du irgendein Shoppingziel hast.«

»Unterwäsche«, antwortete ich ruhig und sah irritiert, dass Mo und meine Schwester einen belustigten Blick wechselten. Was war daran so lustig?

Offenbar bemerkte Elena meine Verstimmung, denn sie grinste: »Das hat nicht zufällig etwas mit einem gewissen Mann zu tun? Groß, attraktiv und blond?«

Ich murmelte meine Antwort nur, doch ich war mir sicher, dass mein »Leckt mich doch!« deutlich zu verstehen war.

Wie immer ignorierte Elena meine Übellaunigkeit, während Mo offenbar das Gefühl hatte, mich aufmuntern zu müssen. Wie Schröder es in Frederiks Wohnung tat, strich sie immer wieder um mich herum. Dabei machte sie schlechte Witze, während wir durch das Einkaufszentrum spazierten.

»Es ist alles okay, du musst mich nicht krampfhaft belustigen.«

Mo sah eingeschnappt aus. »Also ganz im Ernst? Zieh ein netteres Gesicht, du doofer Eremit.« Damit drehte sie sich schwungvoll nach vorne und stolzierte davon. Zuerst sah ich ihr verblüfft hinterher, dann musste ich grinsen. Ich mochte Daniels Freundin wirklich.

Als sie mit Elena in einer Parfümerie verschwand, eilte ich zum nächsten Coffeeshop und besorgte frischen Kaffee. Zumindest für Mo und mich, Elena bevorzugte aus einem unerfindlichen Grund Tee – doch ich weigerte mich schlicht, mich lächerlich zu machen, indem ich zwei extra starke Kaffee und einen Tee bestellte. Wenn Elena Wasser mit Geschmack wollte, sollte sie sich es gefälligst selbst besorgen. Stattdessen kaufte ich ihr eine Zimtschnecke.

Geduldig wartete ich vor dem Laden, bis die beiden mit ihren kleinen Tüten heraus spaziert kamen. Wortlos drückte ich Elena das Gebäck in die Hand, bevor ich vor Mo eine Verbeugung andeutete und ihr den Kaffeebecher hin hielt. »Extra stark mit einem zweiten Shot Espresso, aber nicht so stark wie das Zeug, das Daniel trinkt. Frieden?«

Mo musterte mich aus zusammengekniffenen Augen und ich zog übertrieben die Mundwinkel hoch, bis ich sicherlich aussah, als wäre ich aus einer schlecht gesicherten Irrenanstalt geflohen. Sie nickte knapp und schnappte sich dann den Kaffeebecher. »In Ordnung, Frieden.«

Elena knabberte bereits zufrieden an ihrer Zimtschnecke und fragte zwischen zwei Bissen: »Ich nehme an, es gab keinen Tee?«

Trocken schüttelte ich den Kopf. »War leider aus.«

Mo bekam sich vor lauter Lachen nicht wieder ein.

Stunden später ließ ich mich erschöpft auf die Bank in der Eingangshalle der Kosmetikerin sinken. Elena hatte mit ihrem Frauentag Ernst gemacht und uns eine gefühlte Ewigkeit durch das Einkaufszentrum gescheucht.

Nachdem ich meine gewünschte Unterwäsche gekauft hatte, war ich eigentlich mit der Ausbeute zufrieden und hätte den Rest des Tages gern mit Fantasien darüber verbracht, was für ein Gesicht Frederik wohl zog, wenn er mich in der Unterwäsche sah.

Stattdessen hatte der Freizeit-Feldwebel Elena mich genötigt, Schuhe, Hosen, Oberteile und Bikinis anzuprobieren. Schlussendlich hatte ich viel mehr gekauft, als ich eigentlich geplant hatte.

Mo ließ sich neben mich auf die Bank fallen – und das nicht gerade elegant. »Ich kann nicht mehr«, japste sie.

»Willkommen in meiner Welt«, brummte ich und grinste schief.

»Wir werden nie mehr nach Hause kommen«, verkündete sie mit Grabesstimme.

»Sobald ich auf der Massageliege liege, werde ich sofort einschlafen«, raunte ich ihr zu. Elena redete derweil hektisch auf die arme Rezeptionistin ein.

Mo schüttelte den Kopf. »Wie macht sie das? Sie trinkt nur Tee und hat mehr Energie als du und Daniel zusammen.«

Ich rümpfte die Nase. »Pah, mein Bruder? Die Schlafmütze!«

Mos Wangen färbten sich zartrosa. »Also, ich formuliere es mal so: Viel Schlaf braucht er jetzt nicht unbedingt.«

Angewidert verzog ich das Gesicht. »Danke, keine weiteren Details mehr. Elena war schon als Kind so. Daniel und ich waren auf der Couch vor dem Fernseher absolut glücklich, Elena durfte man keine zwei Sekunden aus den Augen lassen.«

Mo schüttelte den Kopf und duckte sich tatsächlich, als meine Schwester sich vor uns aufbaute. »Ihr werdet ja wohl nicht schon schlapp machen? Wir haben noch viel vor uns!«

Mos Augen wurden groß und sie sah mich panisch an. Ich lachte. »Wenn ich das richtig verstanden habe, geht es hier nach noch in eine Cocktailbar und Stephan kommt uns abholen.«

Elena nickte zufrieden und Mo sagte erleichtert: »Okay, beim Cocktailtrinken kann ich sitzen, das schaffe ich noch.«

Natürlich hatte Elena die Kosmetikerin so weit eingeschüchtert, dass der Tag nach ihrer Vorstellung durchgetaktet stattfand. Nachdem wir eine ausgiebige Gesichtsbehandlung über uns hatten ergehen lassen, erhörte endlich jemand Mos und meine Gebete und wir bekamen die gewünschte Massage.

Während Heidi – so hatte sie sich vorgestellt – sich an meinen verspannten Armen und Schultern zu schaffen machte, dachte ich darüber nach, dass ich mich unbedingt öfter massieren lassen sollte, wenn ich schon immer zusammengekrümmt vor meinem Computer hockte.

Über diesem Gedanken schlief ich völlig erschöpft ein.

Elena weckte mich, indem sie ungeduldig mit ihrer Schuhspitze auf den Boden klopfte. »Du bist noch nicht einmal angezogen?« Dazu rümpfte sie die Nase.

Ich rieb mir verschlafen die Augen und war froh, dass Heidi mich hatte schlafen lassen. Wer wusste schon, wann Elena uns wieder aus ihren Klauen entlassen würde.

In Rekordgeschwindigkeit zog ich mich an und verpasste mir alibihalber eine Schicht Mascara. Mein einziger Trost war, dass Mo genauso geschafft aussah wie ich. Bevor wir das Spa verließen, warf sie einen letzten sehnsüchtigen Blick auf die Bank im Eingangsbereich und seufzte schwer.

Ob Elena das entging oder sie es ignorierte, wusste ich nicht. Meine Schwester nahm den Platz in unserer Mitte ein und hakte sich dabei bei uns unter. »Stellt euch nicht so an, es ist auch nicht mehr weit.«

»Gibt es da etwas zu Essen? Ich verhungere!«, murrte ich.

»Genau, ich will auch essen!«, stieg Mo gleich mit ein und Elena verdrehte die Augen.

»Jaja, ihr Nervensägen. Natürlich essen wir was. Ich will ja nicht, dass ihr mir gleich in den Seilen hängt.«

Mo hustete alles andere als dezent und sagte: »Nach deinem Hochzeitstagsdebakel würde ich mich da lieber an deiner Stelle nicht so weit aus dem Fenster lehnen.«

Elena winkte mit rotem Gesicht ab und ich grinste nur. Mo war wirklich wunderbar.

In dem Moment, als das Essen vor mir stand, bemerkte ich Elenas neugierigen Blick. Sofort wappnete ich mich für das nächste Verhör. Sie legte ihr Besteck zur Seite und lehnte sich in ihrem Stuhl zurück. »Dann lass mal hören.«

Interessiert wanderte Mos Blick von Elena zu mir. Obwohl ich schon leichtes Herzklopfen hatte, zuckte ich mit den Schultern. »Was meinst du?«

Elenas Grinsen wurde merklich breiter. »Na, ich will wissen, wie du Frederik kennengelernt hast. Die Geschichte mit dem abgegebenen Paket stimmt doch nie im Leben.«

Ich musste mir auf die Zungenspitze beißen, um nicht lauthals zu fluchen. Dabei spürte ich bereits, wie das Blut sich in meinen Wangen sammelte. Scheiße. Scheiße. Scheiße.

»Warum sollten wir uns denn so eine banale Geschichte ausdenken?«, versuchte ich abzuwiegeln.

Statt mir zu helfen, schlug die Verräterin Mo sich auf die Seite meiner Schwester. »Na, weil die richtige Geschichte vermutlich sehr viel interessanter ist.«

Aus schmalen Augen sah ich Mo an. »Selbst wenn – dass du vor meinem Bruder gestrippt hast bevor ihr euch kanntet, ist wohl kaum zu überbieten.«

Mo hielt meinem Blick stand und wirkte nicht einmal sonderlich verlegen. »Wenigstens bin ich nicht zu feige, die Wahrheit zu erzählen.«

Mittlerweile war meine Zunge dermaßen zwischen meinen Zähnen eingeklemmt, dass sie schmerzhaft pulsierte. Ich zwang mich, durchzuatmen. »Vorher brauche ich einen Cocktail.«

Triumphierend blitzten Elenas Augen auf, während sie mir die Getränkekarte reichte. »Ich wusste es!«, zischte sie dabei zufrieden.

Genervt vertiefte ich mich in die Karte. Ich brauchte dringend etwas mit mindestens 35 Prozent – je mehr, desto besser. Gott, wie sehr ich solche Gespräche hasste!

Erst als der Absinth Sour vor mir stand, war ich bereit, mich auf die Diskussion einzulassen. Elena würde ohnehin keine Ruhe geben, bis ich ausgepackt hatte. Wir hoben unsere Gläser und stießen an.

Natürlich nippte ich so lange wie möglich an meinem Glas, um das Geständnis hinauszuzögern. Schließlich gab ich nach und stellte den Cocktail ab. »Aber ihr müsst beide versprechen, Daniel nichts davon zu erzählen. Frederik hat gesagt, dass das keine Geschichte ist, die Väter und Brüder sonderlich begeistert.«

Mo gab ein ersticktes Geräusch von sich. »Junge, Junge! Das wird ja immer besser! Trotzdem leben wir nicht mehr im 17. Jahrhundert.«

Elena hingegen grinste. »Keine Sorge, ich halte dicht. Die Geschichte mit Stephan ist ja auch nicht unbedingt brüdertauglich.«

Erleichtert nahm ich den interessierten Ausdruck in Mos Augen zur Kenntnis, die sich prompt zu meiner Schwester wandte. »Wieso? Ich dachte, ihr habt euch auf der Arbeit kennengelernt.«

Jetzt kicherte ich zufrieden und verschränkte die Arme, während Elena verlegen auf die Tischplatte sah. »Ach, die Geschichte«, winkte sie schwach ab.

Doch so leicht war Mo nicht abzuschütteln. »Gleiches Recht für alle! Das will ich jetzt hören.«

Elena zeigte mit dem Finger auf sie. »Dann gilt aber, dass du Daniel nichts davon erzählst.«

Mo nickte so eifrig, dass ich unfreiwillig noch mehr grinsen musste. Vielleicht hatte ich Glück und würde davonkommen, ohne meine Geschichte erzählen zu müssen.

»Also, ich kannte Stephan natürlich vom Sehen, aber das war es im Grunde. Bis zur Weihnachtsfeier vor einigen Jahren.« Elena machte eine bedeutungsschwangere Pause, die im Grunde überflüssig war, denn die Freundin unseres Bruders hing ihr bereits gebannt an den Lippen. »Irgendjemand hat die unschuldige Bowle, die es an dem Abend gab, mit reichlich Wodka nachgerüstet und so wurde es ruckzuck eine Party mit unnachahmlicher Stimmung.«

Ich hüstelte und warf dezent ein: »Und bis heute weiß natürlich niemand, wer den Wodka mitgebracht hat – nicht wahr, Schwesterherz?«

Mo verstand sofort, dass es meine unverbesserliche Zwillingsschwester gewesen war, die die lahme Betriebsfeier angeheizt hatte.

Elena wedelte mit der Hand. »Egal. Stephan und ich fingen an zu flirten und nach zwei weiteren Gläsern Bowle kam mir die brillante Idee, ihn mit nach Hause zu nehmen.«

Ich reckte meinen Daumen in die Höhe. »Genau, Sex unter Kollegen, immer eine super Idee!«

Elena ignorierte mich mit stoischer Gelassenheit. »Es war nicht unbedingt schwer, ihn davon zu überzeugen, mit zu mir zu kommen – obwohl ich zugeben muss, dass er vorher natürlich ähnlich argumentiert hat wie meine liebste Schwester hier. Am nächsten Morgen hat er sich verabschiedet, was mir ganz gelegen kam, denn ich hatte den Kater meines Lebens.«

Mo saugte wie ein Schwamm jedes Wort in sich auf und mit einem Mal fand ich, dass meine Geschichte gar nicht so grenzwertig war wie Elenas. Na ja, immerhin hatte der Mann sie geheiratet – das war allerdings ganz sicher nicht mein Ziel mit Frederik.

»Ich liege also auf der Couch, habe einen nassen Lappen auf der Stirn und bemitleide mich ordentlich für den Kater. Mein einziger Trost war in diesem Moment, dass der Sex einfach bombastisch war«, schwärmte Elena und Mo hatte einen dermaßen verträumten Gesichtsausdruck, dass ich mir sicher war, dass sie die Geschichte unfassbar romantisch fand. Was für ein komisches Mädchen.

Elena nippte an ihrem Cocktail, bevor sie weiter erzählte: »In meinem Kopf hämmert es und mein Magen verkrampft sich alle paar Sekunden, da klingelt es an der Tür. Mittlerweile ist es schon früher Abend – ein Samstag übrigens – und ich schleife meinen müden Hintern zur Tür. Davor steht Stephan, eine Tüte mit Einkäufen in der Hand.«

Mo schlug die Hand vor den Mund. »Im Ernst?«

Gelassen nickte meine Schwester. »Ich stehe da, total verkatert, ungeduscht und höre mir an, wie er mir erklärt, wie schrecklich unangenehm es ihm ist, dass er gestern so betrunken war und mich sicherlich nicht einmal anständig befriedigt hat. Das sei einfach kein annehmbarer Zustand, immerhin sei ich eine umwerfende Frau und um mich müsse man sich viel besser kümmern.«

Ich lächelte bei ihrer Erzählung, denn sie machte mir immer gute Laune. Insgeheim bewunderte ich Stephan noch heute für seinen Auftritt, zumal er Elena damit zutiefst beeindruckt hatte – etwas, das wirklich nicht leicht war.

»Und dann?«, fragte Mo atemlos.

»Nachdem mein Herz wieder angefangen hatte zu schlagen, bin ich im Eiltempo duschen gegangen, habe mich füttern lassen und ja... Lass es mich so formulieren: Du kannst es dir sicherlich denken.«

Mo schüttelte den Kopf. »Ihr seid echt eine unglaubliche Familie. Dagegen wirken meine Brüder fast schon heilig.«

Elena winkte den Kellner für eine weitere Runde Cocktails heran und sagte dabei: »Für mich war der aufregendste Teil daran, dass ich den ganzen Tag auf der Couch über diesen überirdisch guten Sex nachgedacht habe. Ich hatte mich schon fast damit abgefunden, dass ich vermutlich niemals wieder so fantastischen Sex haben würde und dann steht er vor meiner Tür, um mir im Grunde mitzuteilen, dass er mit seiner Performance überhaupt nicht zufrieden war. Für einen Moment habe ich ernsthaft gedacht, ich würde ohnmächtig werden.«

Ich nahm meinen zweiten Absinth Sour in Angriff und dachte darüber nach, dass mein Geständnis schon nicht so schlimm werden würde. Wie auf Kommando drehten die beiden Geier mir die Köpfe zu und sahen mich erwartungsvoll an. Nach einem großen Schluck, der in meiner Kehle brannte, seufzte ich und setzte an: »Du erinnerst dich an deine Hochzeit?«

Elena nickte knapp und sagte voller Sarkasmus: »So gerade eben.«

»Als ich nach Hause gekommen bin, habe ich leider festgestellt, dass die Umsatzsteuervoranmeldung fällig ist und bei Karl geklopft, um seinen Computer zu benutzen. Allerdings hat sich ziemlich schnell herausgestellt, dass dort ein neuer Mieter eingezogen war. Frederik hat mir mit dem Computer geholfen und daraufhin habe ich ihm angeboten, mit ihm zu schlafen.«

Mo und Elena starrten mich entsetzt an. Es dauerte einen Moment, bis Elena sich räusperte: »Bitte, ich flehe dich an; sag mir, dass du nicht jedem Mann auf diese Art für Computerhilfe dankst!«

»Natürlich nicht«, entgegnete ich entrüstet. »Aber falls es dir nicht aufgefallen sein sollte, Frederik ist ziemlich attraktiv und abgeneigt war er auch nicht. Wo ist der Unterschied zwischen mir und dir? Stephan war schließlich auch nur ein One-Night-Stand – oder hättest du etwas unternommen, wenn er nicht vor deiner Tür gestanden hätte?«

Elena schüttelte langsam den Kopf und sagte: »Vermutlich nicht. Aber wie hast du ihn denn dann dazu bekommen, dich nach einem One-Night-Stand zu der Party zu begleiten?«

Zufrieden grinste ich. »Ich habe ihm am nächsten Tag angeboten, auf regelmäßiger Basis mit ihm zu schlafen. Ein simples Arrangement, das sich nur um Sex dreht.«

Elena verschluckte sich an ihrem Cocktail, während Mo lauthals loslachte. »Ich sehe die Zeitungsanzeige förmlich vor mir. Sex auf regelmäßiger Basis! Helen, du bist echt die Härte!«

Meine Schwester bedachte mich mit einem merkwürdigen Blick. »Du glaubst den Quatsch doch nicht wirklich, oder?«

Störrisch verschränkte ich die Arme. »Was verstehst du unter Quatsch?«

»Na, dass Frederik sich nur mit Sex zufrieden geben wird«, erläuterte meine Schwester.

Meine Finger verkrampften sich um das Glas und ich brauchte meine gesamte Selbstbeherrschung, damit ich es nicht aus Versehen in meiner Hand zerbrach. »Natürlich. Wir haben darüber gesprochen.«

Ich brauchte kein Genie zu sein, um Mos plötzlichen Hustenanfall als Versuch zu durchschauen, ihr Lachen zu vertuschen. Diese Mühe machte meine Schwester sich gar nicht erst, sie grinste nur breit.

Nachdem Mo wieder Luft bekam, sah sie mich eindringlich an. »Helen, ich hoffe, du weißt, was du da tust. Ich glaube nicht, dass Frederik sich auf Dauer nur mit Sex zufrieden geben wird.«

Meine Laune bewegte sich rasend schnell nach unten. »Doch.«

Elena streckte die Hand aus und tätschelte meine Schulter. »Du machst dir wirklich was vor. Frederik hat dich bei der Party die ganze Zeit im Auge behalten-«

Aufgeregt fiel Mo ihr ins Wort: »Im Auge behalten? Du meinst wohl angesehen, wie ein Löwe die Antilope anstarrt.«

Mein finsterer Blick ließ Mo aus unerklärlichen Gründen denken, dass ich ihren absurden Vergleich nicht verstanden hatte und sie fuhr fort: »Wie der Jäger das Freiwild, ein Verhungernder ein All-You-Can-Eat-Buffet, wie ein Angler den Fisch, wie ein Vampir den entblößten Hals!«

Statt ihr Gequatsche als Unsinn abzutun, nickte Elena energisch. »Recht hat sie und das ist nicht nur mir aufgefallen.«

»Wie Frederik Don angefunkelt hat, als er mit dir geredet hat. Er ist eindeutig ein eifersüchtiger Typ«, fügte Mo noch hinzu.

Ich legte meine Hände ausgestreckt auf den Tisch und zählte meine Atemzüge. »Nein, das ist ausgeschlossen. Frederik war so nett, mich zu begleiten und das ist das Ende der Geschichte. Es ist nur Sex.« Den letzten Satz presste ich leise zwischen meinen Zähnen hervor.

Elena zog eine Schnute. »Hm, Frederik hat dir das versichert? Kannst du dich zufällig an seinen genauen Wortlaut erinnern? Ich male nur ungern den Teufel an die Wand, aber das wäre nicht unbedingt das erste Mal in der Geschichte der Menschheit, dass ein Mann zu seinem Vorteil lügen würde, nicht wahr?«

»Es. Ist. Nur. Sex.« Entnervt stürzte ich den Rest meines Drinks hinunter.

Mo besaß die Frechheit, den Kopf zu schütteln. »Nein, Helen. Er will dich und du ignorierst das absichtlich.«

Ganz langsam blinzelte ich und dachte darüber nach, was Frederik gesagt hatte, was meine Schwester und Mo gerade behaupteten und was ich eigentlich wollte.

Mo bestellte mit einer Handbewegung noch eine Runde und Elena sagte über mein Schweigen hinweg: »Ich schätze, wir werden einfach abwarten.«

Es war nicht einmal acht Uhr abends, als ich betrunken aus Stephans Wagen kletterte. Mo und Elena winkten mir vergnügt zu und ich rang mir ein gequältes Lächeln ab.

In diesem Moment bog Frederik um die Ecke und gab mir die Möglichkeit, seine prächtigen Oberschenkelmuskeln in der engen Laufhose zu betrachten. Warnend warf ich einen bösen Blick zum Auto, doch Mo und Elena, beide genauso betrunken wie ich, spitzten ihre Lippen und machten Kussmünder. Ich konnte die schmatzenden Geräusche leise hören und verdrehte entnervt die Augen.

Frederik kam schwer atmend auf mich zu und löste so in meinem alkoholisierten Kopf direkt Sexfantasien aus.

»Hey, hattet ihr einen schönen Tag?«

Finster schüttelte ich den Kopf und starrte Stephans Kombi hinterher, während er vom Hof fuhr. »Mo und meine Schwester haben mir eine Menge überflüssige Beziehungstipps gegeben, die ich nicht brauche. Außerdem wollten sie mich davon überzeugen, dass ich eine Antilope bin.«

Frederik lachte und hielt mir die Hand hin. »Ich nehme an, das waren eine Menge Cocktails.«

Skeptisch musterte ich die ausgestreckte Hand. Nach Mos Gequatsche erwartete ich eine versteckte Falle. Außerdem verstand ich nicht ganz, was er an meiner Aussage so lustig fand. Ich hatte ihm doch eindeutig erklärt, was die beiden Frauen mir weiszumachen versucht hatten.

»Was ist so witzig?«, wollte ich wissen.

»Nichts, meine kleine Antilope. Vorsicht, schön einen Fuß vor den anderen setzen.« Frederik umfasste meine Hand fester und lotste mich die Treppe hinauf. Ich mochte seinen festen Griff und lächelte ihn versonnen an. Vermutlich war ich viel betrunkener, als ich gemerkt hatte.

Auf dem Treppenabsatz blieb ich stehen, drehte mich um und bohrte ihm einen Finger in die Brust. »Sie haben gesagt, dass ich eine Antilope bin und du ein Vampir.«

Frederik zog überrascht eine Augenbraue hoch und ich forschte in meinem Kopf, weil es irgendwie falsch geklungen hatte, was ich gerade gesagt hatte. »Nein, warte. Ich bin eine Antilope und du ein Löwe.«

Triumphierend sah ich zu ihm und wartete auf eine Reaktion, doch er verzog keine Miene. »Das macht zumindest mehr Sinn«, lautete sein trockener Kommentar, bevor er mich weiter die Treppe hochschob.

Vor meiner Tür ließ ich mich mit einem erschöpften Schnaufen gegen die Wand sinken und präsentierte Frederik stolz die Tüte des Unterwäscheladens. »Möchtest du es sehen? Es ist schwarz und winzig.«

»Sehr gerne, aber ich glaube, bis ich aus der Dusche raus bin, schläfst du längst selig.«

Empört blinzelte ich ihn an. »Was? Warum? Für mich musst du nicht duschen.« Ich lächelte einladend und fand mich dabei sehr großzügig.

Frederik grinste mich kopfschüttelnd an. »Komm, gib mir mal deinen Schlüssel.«

Seufzend hielt ich ihm meine Handtasche hin. »Eigentlich wollte ich gar nicht so viel trinken, aber Elena und Mo können einen wirklich zum Alkoholiker machen.«

»Aufgrund der schlimmen Gespräche über Männer?«, erkundigte Frederik sich gespielt betroffen.

Ich nickte. »Genau, es war grauenvoll. Wie ein Verhör.«

Frederik schob mich in die Wohnung. Hatte er meinen Schlüssel etwa schon gefunden? Er nahm mir die

Tüten aus der Hand und drängte mich dann sanft ins Schlafzimmer. Vorfreude erfüllte mich und ich war mir sicher, dass er mich vögeln würde.

Stattdessen wartete er, bis ich mir die Schuhe ausgezogen hatte und auf dem Bett lag. Er drückte mir einen Kuss auf die Stirn. »Ich komme gleich wieder, okay?«

Meine Lider waren schon ziemlich schwer, doch ich murmelte: »Na gut, aber wehe du brauchst zu lange. Ich warte hier.«

Am nächsten Morgen hämmerte der Schmerz hinter meiner Stirn und als ich die Augen aufschlug und Frederik nirgendwo entdecken konnte, spürte ich tatsächlich einen leichten Stich der Enttäuschung.

Langsam setzte sich das Bild der letzten Nacht zusammen und ein bitterer Geschmack erfüllte meinen Mund. Hatte ich mich wirklich wiederholt als Antilope bezeichnet? Ich rieb mir über das Gesicht und beschloss, dass ich eine Dusche, einen Kaffee und eine Familienpackung Kopfschmerztabletten brauchte – und zwar exakt in dieser Reihenfolge.

Eine halbe Stunde später saß ich an meinem Küchentisch. Ich fühlte mich schon wesentlich besser, ein Highlight war die gestrige Begegnung mit Frederik trotzdem nicht gewesen. Hoffentlich wollte er jetzt nicht mit mir darüber reden. Hätte ich nicht so viele Cocktails gehabt, hätte ich vermutlich gar nichts auf das Geschwätz von Mo und Elena gegeben. Stattdessen kam ich betrunken nach Hause und faselte von Antilopen und Vampiren. Bestimmt dachte mein Nachbar, dass ich den Verstand verloren hatte.

Wenn ich mir allerdings die Geschehnisse der letzten Wochen vor Augen führte, war ich mir gar nicht einmal so sicher, ob ich nicht vielleicht wirklich den Verstand verloren hatte. Immerhin hatten die beiden mich gestern Abend fast davon überzeugt, dass Frederik mehr von mir wollte als Sex – was für eine absurde Vorstellung.

Erleichterung durchflutete mich, als die Kopfschmerztabletten endlich wirkten. Es war die reinste Wohltat. Mit geschlossenen Augen genoss ich das

Gefühl, wie der dumpfe Nebel sich aus meinem Kopf verzog.

Da klopfte es an der Tür; unwillkürlich zuckte ich zusammen. Widerwillig stand ich auf und warf einen Blick durch den Türspion. Wenn man vom Teufel sprach – es war Frederik höchstpersönlich.

Eine ganze Weile erwog ich, einfach nicht zu öffnen. Nervös kaute ich auf meiner Unterlippe. Ich war verkatert und konnte nicht bestreiten, dass Elena und Mo mich mit ihrem Gequatsche beunruhigt hatten.

»Mach auf, Helen.« Frederik klang gut gelaunt. Mit einem Seufzen drehte ich den Schlüssel im Schloss.

Er streckte mir einen Kaffeebecher hin und schob sich dann an mir vorbei in meine Küche. Als ich mich wieder umgedreht hatte, wunderte es mich nicht im Geringsten, dass er bereits auf dem Küchenstuhl saß. »Wie geht es deinem Kopf?«

»Bis gerade gut«, stieß ich genervt hervor und ließ mich ebenfalls auf einen Stuhl sinken. Ich würde mir heute definitiv frei nehmen und die Welt von meiner Couch aus hassen. Frederik würde ich auch hassen – allein, weil er so frisch und wach aussah. Außerdem war er schon unterwegs gewesen und hatte mir Kaffee mitgebracht. Dieser miese Mensch!

»Steht das Angebot mit der Unterwäsche noch?«, erkundigte er sich amüsiert.

Zuerst sah ich ihn nur an, dann nickte ich knapp. »Aber nicht jetzt. Ich fühle mich noch sehr wacklig.«

Ich wartete, dass er darauf einging, was ich gestern Abend für einen Unsinn erzählt hatte, doch er sagte nur ruhig. »Ich bin heute ohnehin schon verabredet. Vielleicht morgen?«

Ich blinzelte langsam. »Verabredet?«

Frederik nahm einen Schluck aus seinem Kaffeebecher. »Ob du es glaubst oder nicht, es soll Leute geben, die sich nicht den ganzen Tag in ihrer Wohnung einschließen.«

Mir lag die Frage auf der Zunge, mit wem er sich traf, doch ich bezwang das Verlangen, nachzuforschen. »Also morgen?«

Zustimmend nickte er, dann nahm er seinen Becher vom Tisch und stand auf. Er würde jetzt wirklich einfach gehen und nicht ein Wort über gestern Abend verlieren? Das kam mir fast verdächtig vor, wenn ich bedachte, wie gern er sonst redete.

Er stand bereits an der Tür und mein Mund plapperte drauf los, bevor mein Gehirn seine panische Warnung hervorstoßen konnte. »Nicht einmal einen Kuss bekomme ich?«

Frederik strich sich eine seiner blonden Strähnen aus der Stirn. »Du willst einen Kuss? Ohne Sex? Bist du sicher, dass es dir gut geht?«

Ich verdrehte die Augen und platzierte mich vor ihm. Weil er nun einmal viel größer war als ich und keinerlei Anstalten machte, mir entgegen zu kommen, legte ich die Hände auf seine Brust und stellte mich auf die Zehenspitzen. Seine Lippen fühlten sich weich an und ich konnte den wohligen Seufzer gerade noch unterdrücken.

Insgeheim hatte ich gehofft, dass der Kuss ihn vielleicht dazu verleiten würde, noch etwas zu bleiben, doch stattdessen zwinkerte er mir zu und schon starrte ich nur noch meine geschlossene Wohnungstür an, durch die er hinaus geschlüpft war.

Nachdem ich ein Nickerchen auf der Couch gehalten hatte, beschloss ich, dass es wieder Zeit für eine gute Tat war. Das Wetter war schön und die frische Luft würde mir vermutlich gut tun; außerdem war Frederik ausgeflogen und würde nicht mitbekommen, was ich tat.

Ich zog mich dem herbstlichen Wetter entsprechend an und steckte nur das Nötigste ein. Niemand in meiner Familie wusste davon, aber manchmal überkam sogar mich das Verlangen ein netter Mensch zu sein – zumal ich mich nicht beklagen konnte, weil es mir relativ gut ging. Ich arbeitete in meinem Traumjob zu meinen Bedingungen und war darin erfolgreich, was mir ein sorgenfreies Leben ermöglichte.

Aber immer, wenn ich sozial interagiert und das Gefühl hatte, mich irgendwie daneben benommen zu haben, leistete ich auf meine Weise Buße.

Schon nach dem etwa zwanzigminütigen Spaziergang zum Supermarkt fühlte ich mich deutlich frischer im Kopf. Die Hände hatte ich in den Taschen meiner Steppweste vergraben und war froh, dass ich mich für den dicken Kapuzenpulli und den zusätzlichen Schal entschieden hatte.

Wie immer kaufte ich eine Menge haltbarer Lebensmittel, die nicht gekühlt werden mussten, Obst und Gemüse und ließ mir mehrere Plastiktüten dafür geben.

Vom Supermarkt aus waren es keine zehn Minuten, bis ich das Rondell im Stadtpark erreicht hatte. Ich näherte mich dem kleinen Pavillon deutlich hörbar und lächelte dabei friedlich. Der heimatlose Hans blinzelte mich an, bevor er aufstand und seine Hose abklopfte.

»Judith, Mädchen, dich habe ich ja schon ewig nicht mehr gesehen.«

Ich zuckte mit den Schultern und hielt ihm die Einkaufstüten hin. Obwohl ich seinen dankbaren Blick schon sehen konnte, winkte der heimatlose Hans zuerst wieder ab. »Das brauchst du doch nicht machen, Mädchen.«

Jedes Mal das gleiche Spiel. Ich trat einen Schritt näher und sagte: »Aber ich mache es gern. Und langsam werden meine Arme schwer.«

Der heimatlose Hans beeilte sich, mir die Tüten abzunehmen und stellte sie sorgsam ab. Dann hockte er sich wieder auf die niedrige Mauer und klopfte neben sich. »Ruh dich aus, Judith.«

Er hatte mich von Anfang an Judith genannt und irgendwann hatte ich aufgegeben, ihn zu korrigieren. Kennengelernt hatte ich den heimatlosen Hans vor ungefähr drei Jahren. Nachdem ich den ganzen Tag geschrieben hatte, war ich mitten im Winter auf die glorreiche Idee gekommen, noch eine Weile laufen zu gehen. Leider hatte ich Idiotin nicht einmal einen Blick auf die Uhr geworfen, bevor ich losgerannt war. Als ich begann, mich zu wundern, dass es sehr dunkel und sehr ruhig war, hatte ich schon den Stadtpark erreicht.

Nachher hatte ich festgestellt, dass es bereits nach Mitternacht gewesen war. Der Stadtpark war nicht unbedingt gut beleuchtet und obwohl ich ein mulmiges Gefühl dabei gehabt hatte, hatte ich nicht kneifen, sondern meine Runde beenden wollen.

Leider waren außer mir noch zwei Männer im Park gewesen, die sich mir in den Weg gestellt hatten. Bevor jedoch überhaupt etwas passiert war – und ich war mir sicher, dass etwas passiert wäre –, war der heimatlose Hans aufgetaucht und hatte einen dicken Ast in seinen Händen geschwungen.

Während ich wie angewurzelt auf dem schmalen Weg gestanden hatte, hatten die Männer die Flucht ergriffen. Der heimatlose Hans hatte mich mit einem vorwurfsvollen Blick bedacht und dann mit einem Kopfschütteln gesagt: »Also wirklich, Mädchen, das geht so nicht.«

Zuerst hatte ich nicht begriffen, dass er ein Obdachloser war. Erst, als er mich aus dem Park begleitete und wir in den Schein einer Straßenlaterne kamen, fiel es mir auf. Schon zu diesem Zeitpunkt hatte er mich konsequent Judith genannt und bevor ich mich richtig bedankt hatte, war er wieder im Park verschwunden.

Die Nacht über hatte ich schlaflos im Bett gelegen und darüber nachgedacht, wie ich mich angemessen bedanken könnte. Zusätzlich hatte mein überreiztes Gehirn mich für meine Dummheit bestraft und immer wieder Horrorszenarien durchgespielt, was alles hätte passieren können, wenn Hans nicht aufgetaucht wäre. Den Zusatz »heimatlos« hatte ich ihm später verpasst, nachdem er mir seinen Namen verraten hatte.

Am nächsten Tag war ich das erste Mal für ihn einkaufen gegangen. Damals hatte ich nicht nur Lebensmittel gekauft, sondern auch einen Pullover, eine Jacke und eine Decke. Er war sehr skeptisch gewesen, hatte sich dann aber dazu herabgelassen, die Sachen anzunehmen und mit mir zu reden.

Seitdem besuchte ich ihn regelmäßig, im Winter öfter als im Sommer. Aber es kam auch durchaus vor, dass er ein paar Wochen verschwunden war. Ich versuchte dann immer, mir nicht zu viele Gedanken zu machen.

»Sag, Mädchen, was macht das Leben?«, fragte er nun und schälte dabei eine Banane.

Ich rieb mir über das Gesicht. »Das ist eine verdammt gute Frage.«

Der heimatlose Hans warf mir einen kritischen Seitenblick zu. Ich vergaß immer, dass er es nicht mochte, wenn ich fluchte. Abschätzend schnalzte er mit der Zunge, bevor er sich wieder der Banane zuwandte.

»Entschuldige. Die Arbeit läuft gut, aber-« Ich brach ab und suchte nach den richtigen Worten.

»Aber da ist ein Mann«, vervollständigte er den Satz für mich und verblüffte mich wieder einmal komplett. Ich wusste nur, dass der heimatlose Hans seit Jahren auf der Straße lebte und eine unglaubliche Beobachtungsgabe besaß. Ich hatte zwar versucht, aus ihm herauszubekommen, was er früher gemacht hatte – doch da biss ich auf Granit. Im Grunde blieb mir nichts übrig, als das zu akzeptieren, zumal es mich eigentlich nichts anging.

Jedenfalls hatte er mir bei jeder Nachfrage wilde Märchen aufgetischt: Er war bei einem Kreuzzug dabei gewesen, hatte etlichen Hexenverbrennungen beigewohnt und das Richtfest der Sphinx live miterlebt. Außerdem war er in Atlantis nur knapp einer Horde Kannibalen entkommen und hatte Troja fallen sehen.

Das Einzige, was ich mir bisher aus seinen Erzählungen zusammengereimt hatte, war, dass er vermutlich etwas mit Geschichte zu tun gehabt hatte – oder er besaß ein verdammt gute Allgemeinbildung. Ich musste gestehen, dass mir die detaillierten Schilderungen seiner Abenteuer aber gefielen und sehr unterhaltsam waren.

»Wieso ein Mann?«, fragte ich jetzt und zog einen Apfel aus meiner Westentasche, den ich für mich gekauft hatte.

Der heimatlose Hans wies auf das Obst. »Deine Wangen sehen genauso aus.«

Ich betrachtete die rote Frucht und räusperte mich. »Das könnte daran liegen, dass nur knapp fünf Grad sind.«

Der heimatlose Hans grinste mich breit an. »Du warst schon oft hier, wenn es kälter war, Judith, und da warst du trotzdem blass wie eine aufgequollene Wasserleiche.«

Angesichts des charmanten Kompliments zuckte ich zusammen. »Gut, mal angenommen, da wäre ein Mann.« Ich machte eine kleine Pause, um meine Gedanken zu ordnen. »Ich bin mir nicht sicher, was ich davon halten soll.«

Der heimatlose Hans kaute noch immer seine Banane. »Zerbrich dir nicht so viel den hübschen Kopf. Ist er ein schlechter Mann?«

Energisch schüttelte ich den Kopf. »Auf keinen Fall.«

Hans zuckte gleichgültig mit den Schultern. »Dann gibt es auch kein Problem. Du denkst zu viel. Wie geht es Kommissar Andersson?«

Und einfach so war das Thema Mann beendet und auf eine sehr treffende Art hatte Hans mir klargemacht, dass ich vielleicht wirklich zu viel grübelte. Er hatte so eine schlichte Methode, mir das vor Augen zu führen. Worüber machte ich mir schon Sorgen?

»Gut – also eigentlich eher nicht. Ich schätze, er wird im nächsten Buch einen Finger verlieren.« Die Frage nach meiner Arbeit lenkte mich sofort ab.

Der heimatlose Hans verzog das Gesicht und holte die nächste Banane aus der Einkaufstüte. »Aber nicht den Daumen. Das wäre zu brutal.« Dann versank mein obdachloser Kumpel in der Betrachtung seiner Hände und bewegte seine Finger. »Nein, das wäre gar nicht gut.«

»Keine Sorge, ich hatte eher an den Ringfinger gedacht. Aber irgendwie fehlt mir die richtige Methode. Eine Gartenschere?«

Hans kicherte und schüttelte den Kopf.

Ich dachte nach. »Ein Skalpell?«

Abwägend spitzte Hans die Lippen und sagte mit vollem Mund: »Schon eher. Oder er wird mit so vielen Nägeln angenagelt, bis der Finger ab ist.«

»Bah!«, stieß ich angewidert hervor. »Das ist total ekelhaft!« Dann zog ich mein Handy hervor. »Und irgendwie gut. Ich notiere mir das mal kurz.«

Insgesamt blieb ich noch eine gute Dreiviertelstunde, bevor ich mich von der niedrigen Mauer erhob. Ich fühlte mich viel besser als die letzten Tage und war wieder auf dem Boden der Tatsachen angekommen. Wer brauchte schon einen Psychiater? Ich hatte einen Freund, der auf der Straße lebte und dabei erstaunlich philosophisch sein konnte.

Mein Hintern war fast taub und ich musste mir die mitleidigen Gedanken verkneifen, weil ich jetzt in meine warme Wohnung spazieren würde und Hans hier draußen blieb.

»Brauchst du irgendetwas, das ich besorgen kann?«

Genauso gut konnte ich mir diese Frage sparen, denn er verneinte jedes Mal. Trotzdem betrachtete ich ihn aufmerksam und nahm mir vor, ihm Schuhe und Handschuhe zu kaufen. Seine Schuhgröße hatte ich ihm bereits einmal entlockt und mir notiert.

»Judith?«

»Ja?«, fragte ich und warf einen letzten Blick über die Schulter.

»Bringst du das nächste Mal dein neues Buch mit und liest mir ein bisschen vor?« Der heimatlose Hans klang beinahe schüchtern. So kannte ich ihn eigentlich nicht.

Ich nickte. Natürlich würde ich ihm die Freude gern machen – allerdings wunderte ich mich über seine Frage, denn ich war mir sicher, dass er lesen konnte und nur vorgab, es nicht zu können. Ich hatte ihm einmal eins meiner Bücher mitgebracht und er hatte es strikt abgelehnt, es anzunehmen.

»Bis dann.«

»Bis dann. Danke, Mädchen.« Er warf mir einen liebevollen Blick zu, bevor er mit einem Schnaufen wieder auf der Mauer Platz nahm.

Als ich auf den Ausgang des Parks zuging, erstarrte ich. Frederik lehnte mit verschränkten Armen an einem Baum und sah mich an.

Ich brauchte mich nicht umzudrehen, um zu wissen, dass der Pavillon von hier aus sichtbar war. Innerlich wappnete ich mich für Vorwürfe, Fragen und was auch immer er noch auf Lager hatte.

Stattdessen sagte er trocken: »Soll ich dich nach Hause begleiten?«

Nach einem kurzen Moment nickte ich und lief weiter.

Frederik brach schließlich das Schweigen. »Ich muss zugeben, dass ich beruhigt bin, dass es doch Menschen gibt, mit denen du tatsächlich redest.«

Unfreiwillig musste ich lachen.

Er brummte. »Ich habe im ersten Moment ja gedacht, dass ich nicht richtig sehe. Es ist reiner Zufall, dass ich hier vorbeigekommen bin und ich war total in Gedanken versunken. Ah, da sitzt Helen und scherzt mit einem Obdachlosen. Nach fünf Metern bin ich abrupt stehengeblieben und habe zurückgespult, was ich da gerade gedacht habe.«

»Und jetzt hältst du mich für merkwürdig«, schlussfolgerte ich schlicht.

»Dass du ein kleiner Freak bist, habe ich gleich zu Anfang festgestellt«, korrigierte er mich und ignorierte meinen bösen Blick. »Ich nehme nicht an, dass jemand außer mir weiß, dass du doch eine Seele hast, oder?«

Als Antwort stieß ich lediglich ein verächtliches Geräusch aus und ließ im gleichen Moment zu, dass Frederik meine Hand nahm. Er verschränkte seine Finger mit meinen und drückte einen kurzen Kuss auf meinen Handrücken. Vor lauter Entsetzen wäre ich fast vor eine Straßenlaterne gelaufen.

Dabei war ich nicht schockiert darüber, dass Frederik sich so benahm – daran hatte ich mich inzwischen gewöhnt. Ich war primär fassungslos, weil ich mich nicht gewehrt hatte. Schlimmer noch: Es gefiel mir möglicherweise. Das warme Gefühl in meiner Brust könnte ein Hinweis darauf sein, dass ich etwas für ihn empfand. Oder es war eine schwere Bronchitis. Ich hoffte auf den zweiten Fall.

8

Vor meiner Tür blieb ich stehen und drehte mich um. »Also, wie war das? Du bist den ganzen Tag verabredet?«

Frederik winkte ab. »Ich habe meine sozialen Verpflichtungen für heute erfüllt und ich meine, gehört zu haben, wie du etwas von hübscher Unterwäsche erzählt hast.« Er grinste mich an.

»Das könnte sein, allerdings kann ich mich nicht mehr so genau an gestern Abend erinnern.«

Frederik trat mit funkelnden Augen auf mich zu. »Wenn du mich in deine Wohnung lässt, finde ich die Einkaufstüte sicherlich und frische dein Gedächtnis auf.«

Ich schlang die Arme um seinen Nacken und hätte beinahe entgegnet, dass ich ihn in noch mehr als nur meine Wohnung lassen würde. Nur mit Mühe konnte ich mir diesen schlechten Witz verkneifen. »Das klingt ziemlich gut, würde ich sagen. Möchtest du vorher etwas essen?«

»Würdest du etwa für mich kochen?«, fragte Frederik, sein Gesicht schon recht dicht vor meinem.

»Nein, aber ich kann ganz exzellent chinesisches Essen bestellen.«

Er hob den Kopf. »Gut, dass du das sagst.« Dann löste er sich aus meiner Umarmung und drehte sich um. »Apropos Bestellung: Du hast heute Morgen offensichtlich deine Klingel nicht gehört.«

Verwirrt zog ich die Stirn kraus und sah zu, wie Frederik seine Tür aufschloss und sich bückte. Er zauberte ein kleines Paket hervor und mir wurde schlagartig heiß. Ganz großartig, das hatte ich fast vergessen.

Schnell sandte ich ein Stoßgebet zum Himmel. Verdammte Lieferverzögerungen! Es war Wochen her, dass ich die Bestellung in einem Wutanfall aufgegeben hatte. Hoffentlich konnte ich mich beherrschen. »Ach, danke.«

Ich streckte die Hand nach dem Paket aus und tastete in meiner Tasche bereits nach dem Wohnungsschlüssel.

»Magst du chinesisch?«, fragte ich gelassen, dabei raste mein Herz.

Frederik nickte und folgte mir in meine Wohnung, wo er den Karton auf den Tisch legte. Meine Hand hatte er ignoriert.

Gerade als ich ihm die Karte reichte und glaubte, dass ich davon gekommen war, sagte er ruhig: »Dir ist klar, dass ich natürlich den Absender gegoogelt hab.«

Scheiße. Scheiße. Scheiße.

»Hm«, machte ich und hängte meine Jacke auf. Statt sich an den Küchentisch zu setzen, steuerte Frederik zielstrebig die Couch an. Er setzte sich und schaltete den Fernseher an, während er gleichzeitig die Füße auf den Tisch legte und die Karte studierte. Ein wahres Multitasking-Talent!

Doch ich hatte schon kapituliert und holte zwei Flaschen Bier aus dem Kühlschrank. Im letzten Moment rebellierte allerdings mein Magen, der sich nur zu gut an die Cocktails von gestern erinnerte und ich wich auf Pfirsich-Eistee aus.

Als ich neben Frederik Platz nahm, hielt er mir schon die Karte hin. »Danke, aber ich brauche sie nicht. Ich nehme immer das Gleiche.«

Er lachte. »Ich auch. Einmal die 47, bitte.«

Ich fischte das Telefon vom Wohnzimmertisch, doch er nahm es mir ab. »Lass mich das machen, du magst es doch nicht, dort anzurufen.«

Bereitwillig überließ ich ihm die Bestellung und streckte mich auch aus.

Er hatte gerade aufgelegt, da wandte er sich mir zu und legte den Arm auf die Rückenlehne der Couch, das Gesicht stützte er auf seine Hand. »So, verrätst du mir freiwillig, was in dem Karton ist?«

Seufzend schüttelte ich den Kopf.

»Na gut, ich gewähre dir eine Schonfrist bis nach dem Essen.« Damit drehte er sich wieder zum Fernseher, sein Arm lag allerdings noch auf der Lehne.

Ich musste nur ein Stück zu ihm hinüber rutschen, um mich an ihn zu kuscheln.

Während ich das Für und Wider meines Vorhabens erwog, fiel mir ein, dass es da noch ein Thema gab, dass ich mit ihm besprechen sollte, aber schon eine Weile vor mir herschob. Seit 28 Tagen, um genau zu sein.

Ich entschied mich für das geringere Übel und rückte unauffällig an Frederik heran. Glücklicherweise sagte er nichts, als ich meinen Kopf auf seiner Schulter platzierte, aber selbst von hier unten konnte ich das kleine Lächeln sehen, das seine Mundwinkel umspielte.

Stumm begann er, meinen Nacken und meine Schulter zu streicheln und ich unterdrückte ein entspanntes Seufzen.

Die Türklingel ertönte und ich sprang auf. »Dieses Mal gehe ich.«

Nachdem ich das Essen bezahlt hatte, ging ich in die Küche und bemerkte sofort, dass der Karton nicht mehr auf dem Tisch stand. Verdammt! So viel zu meiner Hoffnung, Frederik könnte es vergessen haben.

Ich öffnete die Tüte mit dem Essen und trug es ins Wohnzimmer. Mein Nachbar saß unverändert entspannt auf dem Sofa und lächelte mich an, als ich hereinkam.

Während wir die kleinen weißen Kartons mit den roten Schriftzeichen öffneten, überlegte ich, wie ich das Thema am besten anschneiden sollte. Weil mir aber nichts dazu einfiel, zog ich es vor, erst einmal zu essen.

»Beschäftigt dich irgendetwas?«, wollte Frederik von mir wissen, während seine Adleraugen auf mir lagen.

»Ja«, murmelte ich und fragte mich wieder einmal, ob er Gedanken lesen konnte. »Das ist keine Unterhaltung, um die ich mich sonderlich reiße.«

»Du möchtest also, dass ich bei dir einziehe?«

Vor Schreck musste ich so stark husten, dass ich fast meinen Eistee quer durch das Wohnzimmer spuckte.

Frederik lachte belustigt auf. »Entschuldige, manchmal kann ich einfach nicht widerstehen. Brauchst du wieder eine Begleitung?«

Nachdrücklich schüttelte ich den Kopf. »Nein. Ich- Äh-« Ich stellte das Essen ab, strich meine Haare zurück und holte tief Luft. »Ich habe mir die Pille verschreiben lassen.«

Interessiert lehnte Frederik sich zurück und blickte mich an. »Soso. Und jetzt möchtest du vermutlich ein Gespräch darüber führen, wo ich mich früher herumgetrieben habe.«

»Also von ›möchten‹ kann hier keine Rede sein«, stellte ich klar und meine Schultern sanken nach unten. »Aber so ähnlich.«

»Okay, fang du an.« Er genoss diese Situation viel zu sehr.

»Was? Warum?« Empört verschränkte ich meine Arme.

»Weil ich neugierig bin«, antwortete er und zog auffordernd die Augenbraue hoch.

»Meine letzte Beziehung ist ungefähr vier oder fünf Jahre her«, murrte ich und starrte dabei auf die Tischplatte.

»Das meinst du nicht ernst.« Frederik klang vollkommen ungläubig. »Und in der Zwischenzeit?«

»Nichts.« Ich hatte nicht vor, diesen Abschnitt meines Lebens noch weiter zu vertiefen. Aber diese Rechnung hatte ich natürlich ohne Frederik gemacht.

»Du willst mir jetzt nicht erzählen, dass du zwischen der letzten Beziehung und jetzt keinen Sex hattest?« Er wirkte, als stünde er kurz vor einem hysterischen Anfall.

Ich zog eine Grimasse. »Ob du es glaubst oder nicht, eigentlich ist meine Selbstbeherrschung ausgesprochen gut. Sie ist mir nur offensichtlich in der Nacht abhanden gekommen, als ich dich das erste Mal getroffen habe.«

Fassungslos starrte er mich an und schwieg. Dafür konnte ich es förmlich hinter seiner Stirn arbeiten sehen. Schließlich spießte er seine Stäbchen in das Essen und stellte die Schachtel weg. »Warum?«

Mit fest aufeinander gepressten Lippen hielt ich seinem Blick mühelos stand. Die Botschaft stand mir vermutlich ins Gesicht geschrieben und ich musste sie nicht aussprechen: Das geht dich nichts an.

Er hob die Arme und zeigte mir seine Handflächen. »Okay, verstanden. Ich bin seit anderthalb Jahren Single und habe seitdem nichts Dummes getan.«

»Heißt nichts Dummes nichts ohne Kondom?«

Knapp nickte er und griff wieder nach dem Essen. Ich kaute auf meiner Unterlippe herum und konnte meine Neugier nicht zügeln. »Warum habt ihr euch getrennt?«

»Das ist eine lange Geschichte, die nicht zu meinem Vorteil ausgeht.«

»Erzählst du sie mir?«, fragte ich vorsichtig und warf ihm einen bettelnden Blick zu.

Frederik musterte mich.»Du bist ganz schön dreist, weißt du das eigentlich?«

»Möglicherweise habe ich schon Behauptungen in die Richtung gehört«, grinste ich.

»Okay, ich erzähle es dir. Aber nur-« Er machte eine Pause und rückte näher zu mir. »Nur, wenn du mich zu der Weihnachtsfeier in meiner Firma begleitest.«

Leichtfertig sagte ich schnell: »Ja.«

Er streckte seine langen Beine etwas weiter aus und seufzte. »Ich habe mit meiner Ex zusammengewohnt, aber nach ihrem Geschmack etwas zu viel gearbeitet. Meiner Meinung nach wollte sie allerdings viel zu viel Zeit mit mir verbringen und hat schrecklich geklammert. Jedes kleine Detail musste ausdiskutiert werden und nicht einmal Nudeln kaufen funktionierte ohne eine Grundsatzdiskussion. Um dem auszuweichen habe ich hin und wieder Überstunden gemacht – bis sie androhte, Schluss zu machen.«

»Sie hat mit dir Schluss gemacht?«, fragte ich überrascht. Frederik war in meinen Augen ein ziemlich idealer Mann und ich konnte mir beim besten Willen nicht vorstellen, dass eine Frau, die an einer festen Bindung interessiert war, ihn einfach so aufgeben würde.

»So in etwa. Sie ist wirklich ausgezogen – und hier kommt der peinliche Teil für mich: Es hat zwei Wochen gedauert, bis es mir aufgefallen ist.« Schmerzlich verzog er das Gesicht und ich schlug die Hand vor den Mund.

»Du verarschst mich doch!«, stieß ich hervor und kämpfte gegen den Drang an, laut zu lachen. »Zwei Wochen?«

Er nickte finster. »Danach habe ich gedacht, dass ich vielleicht nicht unbedingt für Beziehungen gemacht bin.«

»Die arme Frau«, keuchte ich und hielt mir die Seite. Ich musste einfach lachen, es ging nicht anders.

»Sie ist seitdem nicht unbedingt gut auf mich zu sprechen«, sagte er und grinste dabei ein wenig.

Irgendwie sah ich Frederik jetzt in einem ganz anderen Licht. Ich hätte meine Hand dafür ins Feuer gelegt, dass er total auf Beziehungen und den ganzen Kram abfuhr. Vielleicht würde dieses Nur-Affären-Ding zwischen uns wirklich funktionieren – ein beruhigender Gedanke.

Ich stocherte in meinem Rest gebratener Nudeln herum. »Also sind wir nicht unvernünftig, wenn wir auf Kondome verzichten?«

Frederik sah mich lange an, dann sagte er: »Ich denke nicht.«

Ein Nicken konnte ich mir noch abringen, dann versank ich in Schweigen und starrte auf den Fernseher. Was guckten wir da eigentlich?

Plötzlich wurde der Bildschirm schwarz und ich drehte überrascht den Kopf. Frederik hatte nicht nur die Fernbedienung in der Hand, sondern auch den Karton mit meiner unheilvollen Internetbestellung. Großartig.

Er schüttelte ihn. »Also, was ist da drin?«

»Nichts Interessantes!« Ich stand auf und versuchte, Frederik den Karton wegzunehmen.

Er wich mir mühelos aus und sagte: »Das glaube ich nicht. Immerhin ist der Absender ein Sexshop.«

»Richtig, ich brauchte dringend neues Massageöl. Gib her.«

Wieder klapperte der Inhalt des Kartons. Frederik schlang einen Arm um meine Taille, zog mich auf seinen Schoß und hielt gleichzeitig die Bestellung aus meiner Reichweite. »Da ist nichts Flüssiges drin. Das hört man doch.«

Genervt ließ ich den Kopf auf seine Schulter sinken. »Herrgott, es ist ein Vibrator.«

Sein warmer Atem strich über meinen Hals. »Ist das nicht ein merkwürdiges Timing, wenn du mehrere Jahre abstinent warst und jetzt mich hast?«

»Möglicherweise hatte ich kurzzeitig Gedanken, die in die Richtung gehen, dass du unerträglich bist und zu viel redest.«

Frederiks Lachen vibrierte angenehm an meinem Körper. »Ich würde dich zu gern meiner Ex-Freundin vorstellen und zuhören, wie du dich bei ihr darüber beschwerst.«

Ich richtete mich auf und streckte ihm die Zunge heraus. Als Antwort reichte er mir den Karton. »Hier, mach ihn auf.«

»Was? Jetzt?«, rief ich nervös. Die Übersetzung lautete: In deiner Gegenwart?

»Klar, ich möchte sehen, wer da meinen Platz einnehmen sollte.«

»Habe ich irgendeine Verhandlungsbasis, damit ich aus dieser Geschichte heraus komme?«, erkundigte ich mich vorsichtig.

Frederik schüttelte den Kopf.

»Ich habe mein neues Buch fertig, ich würde es dir ausdrucken«, bot ich völlig selbstlos an.

Doch er blieb hart. »Du kannst jetzt das Päckchen aufmachen.«

Ich warf ihm noch einen flehenden Blick zu, aber ich hatte keine Chance. Gehorsam trottete ich zum Schreibtisch, kam mit einem Cuttermesser zurück und durchtrennte schweren Herzens das Klebeband.

Sofort wühlte Frederik das Packpapier zur Seite und zog den leuchtend roten Karton hervor. »Wieso überrascht es mich bloß nicht, dass das Ding schwarz ist?«

Ich zuckte mit den Schultern.

Sein Blick wanderte von dem Karton zu meinem Gesicht und er stand ebenfalls auf. Unsicher wich ich einen Schritt zurück, er folgte mir. »Ich rede also zu viel?«

Oh je. Das klang nicht gut. Sicherheitshalber ging ich noch einen Schritt nach hinten. »Manchmal«, sagte ich vorsichtig.

»Hm«, machte er und kam weiter auf mich zu. »Und weiter?«

»Ein Vibrator ist nicht so anstrengend«, stotterte ich, immer noch auf dem Rückzug.

»Hm«, machte er nur wieder und ich stieß mit dem Po gegen meinen Schreibtisch. Sofort stand Frederik vor mir und stützte seine Hände rechts und links von mir auf die Tischplatte, sodass ich zwischen seinen Armen gefangen war. »Dafür kann ein Vibrator nicht das hier machen.«

Er beugte sich vor und küsste mich, seine Hand legte sich um meinen Nacken und er hielt mich fest, presste seinen Körper gegen meinen. Innerhalb von Sekunden schmolz ich dahin.

Seine Augen suchten meine und triumphierend fragte er: »Oder täusche ich mich da?«

»Der Vibrator macht nicht auf meine Kosten Scherze mit meiner Familie«, wandte ich ein.

»Hm«, machte Frederik und betrachtete mich einen Moment mit einer gespielt grüblerischen Miene. »Kann ein Vibrator denn das hier?« Blitzschnell glitten seine Hände unter mein Shirt und zogen meinen BH achtlos beiseite. Meine Nippel streiften seine Handfläche, als er meine Brüste mit den Händen umschloss. Ich seufzte leise, bevor ich murmelte: »So halb.«

Mit den Daumen reizte Frederik meine Brustwarzen und zog dabei fragend eine Augenbraue hoch. »Was heißt denn bitte ›so halb‹?«

Ich war schon unterwegs in Richtung Nirwana und musste mich stark zusammenreißen, um der Unterhaltung überhaupt noch folgen zu können. »Na, ich könnte das Spielzeug ja dazu benutzen, mich überall zu stimulieren.«

Seine Augen verdunkelten sich und er trat abrupt einen Schritt zurück. Verwirrt sah ich ihn an, fühlte mich mit einem Mal merkwürdig allein. Seine Berührungen fehlten mir.

»Ich glaube, das verstehe ich nicht. Du solltest es mir zeigen.« Auffordernd hielt Frederik mir den Karton mit dem Vibrator hin. Seine Stimme jagte einen Schauer über meinen Rücken und während meine Klit schon wie verrückt pulsierte, stieg das Blut in meine Wangen.

»Das kommt gar nicht in Frage«, protestierte ich und wollte Frederik von mir schieben.

»Du kleiner Feigling«, neckte er mich und traf zu meinem Ärger genau den richtigen Nerv.

»Ich bin nicht feige!«

»Na, dann. Auf ins Schlafzimmer.« Mit einer eleganten Verbeugung ließ er mir den Vortritt und ich kaute nervös auf meiner Zungenspitze herum. Wie kam ich aus dieser Situation bloß wieder heraus?

Unschlüssig drehte ich den Karton in meinen Händen und wandte mich zu Frederik, der neben der Tür nach dem Lichtschalter suchte. Es flammte auf und ich hielt mich nur mit Mühe und Not davon ab, zusammenzuzucken.

»Du willst nur hören, dass du besser bist als jedes Spielzeug, oder?«, erkundigte ich mich unsicher.

Sein überaus sinnliches Lächeln vertiefte sich, als er langsam den Kopf schüttelte. »Ich will zusehen.«

Mit einem scharfen Zischen atmete ich überrascht ein und meine Finger verkrampften sich um den Karton. »Um Himmels Willen.«

Frederik lachte leise und schloss die Schlafzimmertür. »Ich wusste gar nicht, dass du rot werden kannst.«

Schnell dachte ich über die Fluchtwege aus meinem Schlafzimmer nach. Da er mir den Weg zur Tür versperrte, blieb mir wohl nur das Fenster. Sehnsüchtig schielte ich zu meinem einzigen Ausweg aus dieser Situation, Frederik folgte meinem Blick. Sein Grinsen vertiefte sich.

»Draußen ist es kalt«, rief er mir ins Gedächtnis.

»Du weißt überhaupt nicht, was ich gerade denke.« Aus schmalen Augen funkelte ich ihn an, den blöden Karton mit dem Vibrator noch immer in der Hand. Warum hatte ich mich nur zu dieser Bestellung hinreißen lassen?

»Klar weiß ich das. Ich versperre dir die Tür, also bleibt dir nur das Fenster. Dabei findest du die Vorstellung, dass ich dir zusehe, eigentlich auch heiß.« Gelassen spazierte er auf mich zu.

Ich schluckte angesichts seiner präzisen Zusammenfassung schwer und ließ meine Schultern sinken. Mit einem Seufzen begann ich, die Klebepunkte an der Verpackung zu lösen. »Ich glaube, ich habe gar keine Batterien.«

Genüsslich legte er sich aufs Bett. »Notfalls hole ich die aus der Fernbedienung.«

Ich verdrehte die Augen. »Natürlich.« Das Zittern in meinen Fingern erleichterte es mir nicht unbedingt, das Spielzeug auszupacken.

Frederik klopfte neben sich auf das Bett. »Komm her und setz dich zu mir.« Seine Stimme klang einladend und verführerisch. Meine Füße setzten sich gegen meinen Willen in Bewegung und mir wurde schlagartig bewusst, dass ich in seiner Gegenwart viel zu häufig kapitulierte. Der Gedanke ließ mich für einen Moment erstarren. Das Blut rauschte in meinen Ohren und ich lauschte auf meinen beschleunigten Herzschlag – all das waren meiner Meinung nach nur Anzeichen dafür, dass ich Frederik viel zu viel zugestand.

Als hätte er gehört, was ich dachte, umfasste er genau im gleichen Moment mein Handgelenk und zog mich zu sich aufs Bett. Er nahm mir den Karton aus der Hand und hatte ihn praktisch in Rekordzeit geöffnet, während ich noch immer damit beschäftigt war, die brodelnden Emotionen in mir zu analysieren. Das hier war nur Sex. Es durfte nur Sex sein.

Seine Lippen auf der empfindlichen Haut meines Nackens löschten alle Gedanken auf einen Schlag aus und ich schloss verzückt die Augen. Frederik strich meine Haare zur Seite und küsste seinen Weg bis zu der Stelle, an der mein Puls meine Erregung verriet.

Als ich ihn wieder ansah, präsentierte er mir grinsend den schwarzen Vibrator. Zögernd streckte ich die Hand aus und nahm ihn. Er war überraschend schwer und ich wog ihn prüfend auf meiner Handfläche, bevor ich fragte: »Waren Batterien dabei?«

Frederik gab einen zustimmenden Laut von sich und kniete bereits hinter mir. Er schob mein Shirt hoch und ich zog es nur zu willig aus. Gerade als er meinen BH öffnete, schaffte ich es, den Vibrator anzuschalten. Ein leises, sattes Brummen erfüllte den Raum und ich quiekte erschrocken auf. »Junge! Der ist aber-« Ich brach ab, fühlte das Prickeln auf meiner Handfläche und suchte nach dem richtigen Wort.

»Stark?«, schlug Frederik belustigt vor und umfasste von hinten meine Brüste. Er knetete sie sanft und ich hörte mich wohlig seufzen. Zufrieden ließ ich meinen Oberkörper gegen ihn sinken. Verwundert fragte ich mich, wann er sich ausgezogen hatte, denn meine nackte Haut traf auf seine. Ich sah über die Schulter und war beruhigt, dass er wenigstens nur unbemerkt das T-Shirt ausgezogen hatte und genau wie ich noch mit einer Hose bekleidet war.

Allerdings plante er offensichtlich, dies zu ändern, denn genau in diesem Moment machte er sich an den Knöpfen seiner Jeans zu schaffen. Sofort legte ich das Sexspielzeug zur Seite und kam ihm zur Hilfe – nicht, dass er sie gebraucht hätte.

Weil ich nicht widerstehen konnte, küsste ich seinen flachen Unterbauch und arbeitete mich langsam weiter nach unten vor. Meine Finger legten sich um seinen harten Schaft und ich genoss das Gefühl seiner samtigen Haut. Fast hätte ich es geschafft, die Zungenspitze auszustrecken und ihn in den Mund zu nehmen, doch Frederik zog mich zu sich hoch. »So leicht kommst du nicht davon.«

Dann drückte er mich in die Matratze. Schnell hatte er meine Hose geöffnet und ich hob die Hüften an, damit er sie mir ausziehen konnte. Meine Wangen färbten sich wieder rot, als er mir auffordernd den Vibrator hinhielt.

Schüchtern senkte ich den Blick und schüttelte zaghaft den Kopf. Allerdings machte ich mir keine großen Hoffnungen, dass ich wirklich davon kommen würde.

Doch zu meiner Verwunderung sagte Frederik: »Okay.« Er betrachte das Sexspielzeug und fand den Drehregler an der Unterseite, das leise Brummen ertönte. »Dann muss ich mich wohl mit dem Umgang vertraut machen.«

Von dieser Vorstellung noch schockierter wollte ich aufspringen, doch er legte mir eine Hand auf den Bauch und hielt mich an Ort und Stelle.

»Spreiz die Beine, Helen«, raunte er sanft und ich senkte verlegen den Blick, gehorchte aber.

Als das starke Vibrieren des Toys mich berührte, zuckte ich zusammen und wollte die Beine schließen, aber Frederik hatte sich längst dazwischen gekniet und verhinderte schon allein mit seinen breiten Schultern, dass ich das tat.

Überrascht bäumte ich mich auf und keuchte. Meine Finger krallten sich in das Bettlaken. Dieses Spielzeug hatte es ganz schön in sich. Innerhalb von Sekunden – zumindest fühlte es sich so an – begann ich zu zittern und meine Oberschenkel verkrampften sich.

Auch Frederik beobachtete meine heftige Reaktion erstaunt und bewegte den Vibrator kreisförmig über meine Klit. Jeder Nerv in meinem Körper schien zu prickeln und vor meinen Augen flimmerte es verdächtig. Mit einem lauten Aufschluchzen stemmte ich meine Fersen in die Matratze und presste mich dem Spielzeug entgegen, während Frederik meinen Oberschenkel streichelte.

Schließlich sackte ich vollkommen erledigt zusammen und rang nach Luft. Frederiks Gesicht schob sich vor mein Sichtfeld und wirkte sehr beeindruckt. »Alles in Ordnung?«

Ich wollte mit den Schultern zucken, doch ich hatte nicht einmal genug Kraft dafür. Meine Brust senkte und hob sich so schnell, als hätte ich gerade einen Zehn-Kilometer-Lauf mit einem intensiven Sprint beendet. Um abzuwinken hob ich langsam meine Hand und stellte fest, dass sie zitterte. Auch Frederik betrachtete das Zittern und lächelte dabei.

Seine Finger strichen langsam über die Innenseite meines Oberschenkels nach unten und näherten sich gefährlich meiner Pussy, die noch immer summte.

»Oh Gott«, ächzte ich erstickt und erschauerte, als er seine Hand sacht über die Feuchtigkeit strich.

»Ich glaube, ich bin ein Fan von diesem Ding«, stellte er schlicht fest. Mir war nicht einmal aufgefallen, dass er den Vibrator noch immer in der Hand hatte. »Du hast einen sehr hübschen Ausdruck in den Augen, wenn du kommst.«

Sofort strömte mein gesamtes Blut aus dem Gehirn in meine Wangen und ich presste meine Lippen aufeinander. Belustigt kam Frederik näher und begann, an meiner Unterlippe zu knabbern, bis ich den Mund öffnete. Sofort drang er mit seiner Zunge in meinen Mund und küsste mich, bis ich noch atemloser war.

Er lag zwischen meinen Beinen, zögerte aber noch und streichelte meinen Oberschenkel. »Nimmst du die Pille schon?«

Mit einem zaghaften Lächeln in seine Richtung nickte ich und legte meine Hände um seinen Nacken. Während er in mich eindrang, zog ich seinen Kopf zu mir hinunter und küsste ihn. Ich konnte von seinen weichen Lippen einfach nicht genug bekommen.

An der Art, wie er sich bewegte, konnte ich ablesen, dass er selbst auch sehr erregt war. Ich freute mich, dass er mich offenbar gern beobachtete und hob meinen Unterleib den Stößen entgegen. Sein leises, tiefes Stöhnen machte mich an und ich ließ meine Hände über seinen Rücken gleiten; schlang die Beine um seine Hüften, um ihn noch tiefer in mich zu ziehen.

Kurz darauf kam Frederik und vergrub sein Gesicht neben meinem Kopf. Sein Atem kitzelte an meinem Ohr und ich streichelte völlig selbstvergessen weiter seine Schultern, seinen Nacken. Irgendwann bemerkte ich, dass ich sehr zufrieden grinste.

9

Entnervt ließ ich mich auf die Couch fallen. Das war mit Abstand die grauenvollste Woche seit Langem gewesen. Meine Laune war auf einem neuen Rekord-Tiefpunkt angekommen und ich konnte mich nicht einmal mit Frederik im Bett austoben, weil ich meine Tage hatte.

Seit dieser beknackten Party nervten mich alle damit, dass es ja ganz wunderbar sei, dass ich endlich einen Mann gefunden hatte. Ich konnte nicht einmal benennen, was mich daran am wütendsten machte. Erstens brauchte ich überhaupt keinen Mann – außer zum Vögeln – und zweitens war ich ja wohl nicht gerade verzweifelt auf der Suche gewesen. Zum Dank tat jetzt jeder so, als wäre Frederik eine Art Volksheld, der sich meiner ganz tapfer und selbstlos angenommen hatte.

Vor allem dieser beknackte Frauenabend mit meiner Schwester und Mo hing mir noch in den Knochen. Was wussten die beiden schon von meinem Arrangement mit Frederik?

Ich versuchte, mich davon zu überzeugen, dass alles wunderbar funktionierte. Dabei brachte dieser unverschämte Kerl mein Leben verdammt durcheinander und ich hatte den Verdacht, dass er das mit Absicht tat. Er scherte sich einen Dreck um die Vorgaben, die ich am Anfang unseres Verhältnisses gemacht hatte und drängte sich immer mehr in mein Leben. Einmal hatte Frederik mich in der letzten Woche gefragt, ob etwas wäre. Ich hatte stumm den Kopf geschüttelt und dabei darüber nachgedacht, wie ich ihm erklären sollte, dass *er* war?

Was aber noch schlimmer war: Ich hatte entdeckt, dass es mich nicht so sehr störte, wie ich gehofft hatte. Genauso gut hätte ich kapitulieren können. Irgendwie schaffte ich es einfach nicht, mich gegen meinen Nachbarn durchzusetzen und genoss seine Nähe immer mehr.

Allerdings verspürte ich im Moment nicht die geringste Lust, mich überhaupt mit diesem Themenkomplex auseinanderzusetzen. Ich wollte Eiscreme, am liebsten eine schokoladige Sorte, außerdem war eine Flasche Bacardi wahrscheinlich auch nicht verkehrt. Dabei verspürte ich ein gewisses Verlangen nach Gyros, einem Grillhähnchen, Pommes und der Herrencreme meiner Oma. Seufzend griff ich nach der Fernbedienung. Vielleicht würde es helfen, wenn ich mich berieseln ließ.

Zwar hätte ich selbst nicht geglaubt, dass es überhaupt möglich war, aber sofort, als der Fernseher lief, sank meine Laune noch weiter. Jemand hatte die Programmreihenfolge geändert und ich hatte eine sehr plausible Theorie, wer das gewesen sein könnte.

Meine Zähne knirschten bereits, als ich an Frederiks Tür klopfte. Als er öffnete, strahlte er mich an. Zu seinem eigenen Glück konnte er meinen Aufzug richtig deuten und trat sicherheitshalber einen Schritt zurück. Ich wusste selbst, dass ich keinen erbauenden Anblick bot. Meine Haare standen wirr um meinen Kopf und die Jogginghose hatte schon bessere Tage gesehen. Außerdem war ich mir nicht sicher, welchen Ausdruck ich gerade auf meinem Gesicht trug.

»Du hast meinen Fernseher kaputt gemacht«, knurrte ich leise und verschränkte die Arme.

Verblüfft blinzelte er. »Habe ich das?«

»Ja. Die Sender sind alle durcheinander!«, stieß ich hervor und es juckte in meinen Fingern, Frederik nur ein ganz kleines bisschen zu würgen. Danach würde es mir sicher besser gehen.

»Unsinn. Ich habe sie nur logisch sortiert. Abgesehen davon ist das bestimmt schon sechs Wochen her, so schlimm kann es also nicht sein, wenn es dir jetzt erst aufgefallen ist.« Er besaß tatsächlich die bodenlose Frechheit, mich anzugrinsen.

Wütend hielt ich ihm die Fernbedienung hin. »Bring das wieder in Ordnung!«, forderte ich ihn auf und drehte mich um. Ihm würde ganz schön etwas blühen, wenn er mir nicht sofort folgte.

Ich hörte, wie seine Tür ins Schloss fiel und dann seine Stimme: »Ich nehme an, dass es keine gute Zeit ist, um auf Sex zu spekulieren?«

Ganz langsam drehte ich mich um und bedachte ihn mit einem Blick, der mehr als deutlich zum Ausdruck brachte, dass ich blutete und er jetzt besser die Klappe halten sollte, wenn er es mir nicht gleich tun wollte – und zwar aus der Nase!

Aber er hielt mir ungerührt stand und zuckte dann mit den Schultern. Mit einem Schnaufen ließ ich mich auf die Couch fallen und zeigte nur wortlos auf den Fernseher. Statt gefälligst direkt das Chaos zu beseitigen, das er angerichtet hatte, schob Frederik mich ein Stück zur Seite und pflanzte seinen Hintern auf meine Couch.

»Was wolltest du denn gucken?«, wollte er wissen.

»Keine Ahnung. Irgendwas, wofür ich nicht denken muss. QVC oder so«, nuschelte ich leise und überlegte, wie ich mich jetzt ausstrecken sollte, ohne ihm zu nahe zu kommen. Er roch schon wieder so gut. Ich sollte ihm verbieten, das zu tun.

Frederik schaltete den Fernseher ein und zwei Sekunden später flimmerte ein anderer Shoppingsender über den Bildschirm.

»Willst du dich nicht lang machen?«, erkundigte er sich vorsichtig.

»Das ist nicht QVC«, erwiderte ich gereizt.

Frederik lachte leise und streckte die Hand nach meiner Schulter aus. Nachdem er sich scheinbar vergewissert hatte, dass ich ihn nicht beißen würde, zog er mich zu sich und bettete meinen Kopf auf seinem Schoß. Misstrauisch sah ich zu, wie er seine Füße auf meinen Couchtisch legte. Gerade, als ich protestieren wollte, begann er, meinen Kopf zu massieren. Meine Protest verwandelte sich auf halber Strecke in einen wohligen Seufzer und ich schloss die Augen.

Die Türklingel erschreckte mich fast zu Tode und ich fuhr mit klopfendem Herzen hoch. Verwirrt sah ich mich um.

»Schon gut, bleib liegen. Ich gehe.« Sanft schob Frederik mich von seinen Beinen und stand auf.

»Wer ist das?«, fragte ich irritiert und bemerkte, dass meine Stimme heiser klang. Ich musste eingeschlafen sein – und zwar ziemlich fest.

»Nur das Essen«, antwortete er und verschwand aus meinem Sichtfeld.

Ich setzte mich auf und wischte mir über das Gesicht. Ein Blick auf die Uhr versicherte mir, dass ich fast zwei Stunden geschlafen hatte. Statt QVC flimmerte irgendein Fußballspiel über den Bildschirm. Eigentlich wollte ich wütend werden, aber ich fühlte mich so entspannt. Hatte Frederik etwa die ganze Zeit meine Kopfhaut gekrault?

In diesem Moment kehrte er schon zurück und grinste mich an. »Hier, fang!«

Erschrocken quiekte ich auf, als er mir einen kleinen Gegenstand zuwarf. Obwohl ich sonst sehr ungeschickt war, schaffte ich es, das Objekt zu fangen, ohne es fallenzulassen. Es war eiskalt. Voller Freude betrachtete ich den kleinen Becher *Ben & Jerry's New York Super Fudge Chunk*. Ich wusste, dass ich mich bedanken sollte – aber gleichzeitig fand ich es irgendwie gruselig, dass er gewusst hatte, dass ich Eis wollte.

»Gut?«, fragte er und setzte sich wieder neben mich. Dabei hielt er mir einen kleinen Löffel hin. Widerwillig nickte ich und schielte zu dem Pizzakarton, den er in der Hand hielt.

»Was hast du da?«, wollte ich wissen.

»Wenn du lieb fragst, kannst du ein Stück haben«, neckte er mich und klappte den Deckel auf. Spinatpizza – sofort krampfte mein Magen sich zusammen. Ich hatte Hunger.

Aber es widerstrebte mir natürlich, ihn zu fragen. Selbstgerecht grinsend hielt er mir den Karton hin und ich griff sofort zu.

»Danke.« Mehr sagte ich nicht, denn wenn ich nicht aufpasste, würde ich den Satz beenden mit: ›dass du dich einfach in mein Leben drängst und komplett ignorierst, was ich sage.‹

Zwanzig Minuten später verging ich vor Selbsthass. In stummer Kapitulation guckte ich tatsächlich dieses beknackte Fußballspiel mit Frederik und löffelte dabei Eis aus dem Becher, während er mir den Rücken streichelte. Und zu allem Überfluss war ich auch noch vollkommen zufrieden dabei. So konnte das unmöglich weitergehen. Wieso wollte er bloß selbst dann Zeit mit mir verbringen, wenn ich schlecht gelaunt war und mir größte Mühe gab, ihn auf Abstand zu halten?

Gleichzeitig verachtete ich mich dafür, dass ich es toll fand, dass *er* sich um *mich* kümmerte. Ich war doch sonst so eigenständig. Grauenvoll! Ich kam mit meinen finsteren Gedanken weder vor noch zurück.

Die Falle konnte ich schon wittern, bevor ich Frederiks Grinsen überhaupt sah. Ganz entspannt lehnte er mit dem Arm am Türrahmen und zeigte mit dem Finger auf mich. »Heute ist dein Glückstag!«

Skeptisch zog ich eine Augenbraue hoch und wappnete mich innerlich dafür, dass jetzt unter Garantie etwas kam, das ich nicht hören wollte.

Frederik richtete sich auf und verschränkte die Arme. »Du siehst nicht angemessen begeistert aus.«

Als Antwort zog ich auch die zweite Augenbraue nach oben und schielte nach hinten zu meinem Computer. Ich würde jetzt viel lieber schreiben, als ein Frage-und-Antwort-Spiel zu spielen.

Frederik schüttelte nur den Kopf. »Jetzt freu dich schon!«, verlangte er.

Ich rang mir ein sehr unmotiviertes »Juchu!« ab und wartete darauf, dass er mir endlich verriet, worum es denn ging.

Mit einer großen Geste griff er in seine Jackentasche und präsentierte mir zwei Tickets.

»Was ist das?«, wollte ich wissen und ahnte schon, dass es wieder einmal darauf hinauslief, dass ich die Wohnung verlassen musste.

»Eine Kollegin hat mir die geschenkt, weil ihr Mann krank geworden ist und sie alleine nicht hingehen will. Zwei Karten für die letzte Reihe von Nadine Nehmaiers Kochshow – live, in einer Stunde in der Stadthalle.«

Ich legte den Kopf schräg und fragte mich, ob Frederik mir jemals zuhörte. »Ich hasse Nadine Nehmaier!«

»Ich weiß, aber du regst dich leidenschaftlich gern über sie auf. Also setzen wir uns jetzt gleich in die letzte Reihe und du darfst drei Stunden lang lästern, fluchen und dich über sie auslassen. Wie hast du sie letztens noch genannt? Gestörtes Suppenhuhn?«

Jetzt musste ich doch widerwillig grinsen und feststellen, dass ich die Idee gar nicht so schlecht fand.

Da bemerkte ich Frederiks irritierten Gesichtsausdruck. »Hoffentlich hast du für den Anlass das passende schwarze T-Shirt im Schrank.«

»Idiot.« Ich stiefelte ins Schlafzimmer und rief dabei über die Schulter: »Warte hier!«

Als ich mich etwas ausgehtauglicher anzog, dachte ich darüber nach, dass Frederik sich offensichtlich merkte, was ich mochte und was nicht. Ich konnte mich daran erinnern, dass wir vor einiger Zeit beim Fernsehen auf die Kochsendung von der furchtbaren Nehmaier gestoßen waren und ich sofort verlangt hatte, dass Frederik umschaltete. Doch er hatte lieber dabei zugehört, wie ich mich aufregte und dabei gelacht. Das hatte mir irgendwie gefallen – ihn zum Lachen zu bringen.

Frederik hielt mir bereits die Jacke hin, als ich aus dem Schlafzimmer kam.

»Und du hast wirklich nichts für die Karten bezahlt?«

»Nein. Ich wusste nicht einmal, dass die Frau überhaupt tourt. Ehrlich gesagt frage ich mich, ob das überhaupt funktionieren kann. Die Serie lebt ja davon, dass sie mehr anbrennen und fallen lässt, als letztendlich auf dem Tisch landet.«

Mein Grinsen wurde bei dieser Vorstellung noch breiter. »Finden wir es heraus.« Ich fühlte mich mit einem Mal so ausgelassen und von Vorfreude erfüllt, dass ich tatsächlich freiwillig Frederiks Hand ergriff. Glücklicherweise war er klug genug, das unkommentiert zu lassen.

Wir stolperten lachend aus dem Saal und ich wischte mir zum wiederholten Male Tränen aus den Augenwinkeln. »Wow, ich hatte gehofft, dass es lustig wird – aber nicht, dass es zum Schreien komisch sein würde!«

Ich hatte allen Ernstes Seitenstechen und konnte kaum mit Frederiks großen Schritten mithalten. Er strich sich über das Gesicht und sagte: »Das hätte ich auch nicht gedacht. Es hat sich wirklich gelohnt. Wobei ich glaube, dass das irgendwie alles gestellt gewesen sein muss.«

Wir eilten bereits zum Parkhaus, um vor allen anderen auf der Straße zu sein, bevor wir hinter einem dieser Autos feststeckten, das mit dem Wendekreis eines Panzers ausparkte und damit einen Stau verursachte. Die gleichen Fahrer waren es meistens auch, die dann an der Schranke merkten, dass sie vergessen hatten, das Ticket zu bezahlen.

Entspannt glitt ich auf den Beifahrersitz, das – bezahlte – Ticket gezückt und dachte nach. »Ich glaube, da könntest du recht haben. Allerdings habe ich noch nie so laut gelacht wie in dem Moment, als die brillante Superköchin aus Versehen das gefrorene Hähnchen in Brand gesteckt hat. Wie ist so etwas überhaupt möglich?«

»Keine Ahnung, wie bekommt man aus zu wenig Milch und zu viel Puddingpulver eine dünnflüssige Pampe hin?«, erwiderte Frederik und lachte schon wieder.

»Hat es dich eigentlich gestört, dass wir die einzigen waren, die gelacht haben?«, fragte ich ihn.

Er schüttelte den Kopf und warf dabei einen Blick über die Schulter, bevor er die Spur wechselte. »Nein. Aber ich denke, wir haben nicht alleine gelacht. Wir waren nur sehr viel lauter als alle anderen.«

»Ich hätte auch nichts zu lachen gehabt, wenn wir statt in der letzten in der ersten Reihe gesessen hätten«, kicherte ich.

Frederik stöhnte gequält. »Allein die Vorstellung, plötzlich mit Bratensauce bespritzt zu werden.« Er schüttelte sich. »Wobei, so lange, wie der Topf mit der Sauce auf dem Herd stand, ist es wirklich ein Wunder, dass die Leute meinten, die Sauce sei kalt und klumpig gewesen.«

»Unbezahlbar«, sagte ich mit einem Murmeln. »Ich hatte wirklich sehr viel Spaß.«

»Das freut mich. Vielleicht sollten wir öfter mal rausgehen.«

»Ja, das sollten wir«, antwortete ich und kuschelte mich tiefer in meinen Sitz. Langsam wurde ich ein Fan von Frederiks Auto, denn seine Sitzheizung wärmte im Gegensatz zu meiner nicht nur den Popo ganz wunderbar, sondern direkt den ganzen Rücken. So ließ ich mich natürlich gern durch die Gegend befördern.

Fast hätte ich wehmütig geseufzt, als wir zuhause ankamen. Ich verkniff es mir aber, denn Frederik hätte dann nur noch ein Argument mehr gehabt, warum besser er fahren sollte. Dabei argumentierte ich schon gar nicht mehr mit ihm, sondern gab einfach nach.

Noch im Flur drehte ich mich um und fragte: »Kommst du morgen auch vorbei?«

Frederik streckte einen Finger aus und tippte sanft an meine Nasenspitze. Sein Grinsen ähnelte dabei dem eines kleinen Jungen. Seine Augen funkelte, während er sagte: »Siehst du?«

Ich zog meine Stirn kraus und kramte in meinem Gedächtnis, da seine Worte irgendetwas in mir auslösten. Plötzlich fiel es mir wieder ein.

»Eines Tages werde ich sagen: ›Siehst du?‹ – Und dann wird es dir wie Schuppen von den Augen fallen.« Das hatte er gesagt, als ich ihn vor einiger Zeit gefragt hatte, was er eigentlich vorhatte. Gut, eigentlich war meine Frage so gemeint gewesen, dass ich wissen wollte, ob er irgendwelche Absichten verfolgte. Gleichzeitig hatte ich mir aber auch einen Rat erhofft, der mir beantwortete, was ich da eigentlich tat.

Ein ungutes Gefühl breitete sich in mir aus und mein Rücken versteifte sich leicht, als die Erkenntnis mich mit voller Wucht traf. Ich fühlte mich, als hätte ein LKW mich mit voller Fahrt gerammt. Das hatte Frederik gemeint. Das volle Ausmaß seiner Strategie lag plötzlich offen vor mir und spiegelte sich in seinen verdammten blauen Augen wider.

Ich hatte ihn gerade eingeladen. Ich hatte ihn gefragt – nicht er mich. Obwohl ich von Anfang an darauf bestanden hatte, dass es eine rein körperliche Angelegenheit zwischen uns blieb, war ich diejenige gewesen, die ihn immer wieder gefragt hatte. Er hatte sich auf den Sex beschränkt und mich nicht weiter gedrängt. Dieser verflucht schlaue Mistkerl hatte mich eingewickelt, indem er genau das getan hatte, was ich gefordert hatte.

Das war sein Plan gewesen? Wie hätte ich denn vorhersehen sollen, dass er so charmant und nett war, dass ich ihn andauernd um mich herum haben wollte? Von seinen Kochkünsten, dem Gestreichel und seinen Fähigkeiten als Liebhaber einmal abgesehen.

Mehrfach musste ich meine Mundwinkel anweisen, sich nach oben zu bewegen. Leichter gesagt als getan, so wie es gerade in mir aussah. Statt Frederik aus meinem Leben zu halten, hatte ich ihn eingeladen, aktiv daran teilzunehmen. Ich kam mir so unglaublich dumm vor. Dabei hatten Elena und Mo noch versucht, mich zu warnen – selbst bei dem Gespräch mit Don hätten eigentlich meine Alarmglocken wie verrückt läuten müssen.

Aber nein. Ich war ja stur und ach so klug. Scheiße. Scheiße. Scheiße!

Frederiks Hand legte sich wie selbstverständlich um meine Wange und er hauchte einen flüchtigen Kuss auf meine Lippen. Im letzten Moment konnte ich mich daran hindern, ihm den Kopf entgegen zu heben und den Kuss zu vertiefen.

»Denkst du an die Weihnachtsfeier?«, fragte er gelassen. Gerade so, als hätte er mich nicht soeben vorgeführt wie ein naives Schulmädchen.

»Natürlich«, entgegnete ich und fühlte, wie sich mit einem Mal eine eisige Kälte in meinem Inneren ausbreitete. Was auch immer zwischen mir und Frederik war: Es musste enden – und zwar bald. Zusammen mit der Kälte kam ein eiserner Ring, der sich um meine Rippen legte und mir das Atmen beinahe unmöglich machte. Mit purer Willenskraft zwang ich mich dazu, ruhig zu bleiben. Ich fühlte mich wie unter Wasser, schien einfach nicht genug Sauerstoff zu bekommen.

»Wunderbar. Ich hole dich gegen 18 Uhr ab. In Ordnung?«, strahlte er mich an. Sein Daumen streichelte noch immer meine Wange. Hoffentlich spürte er nicht, wie kalt meine Haut sich anfühlte. Aber vermutlich bildete ich mir das ohnehin nur ein.

Einen kurzen Kuss später schlossen wir jeweils unsere eigenen Wohnungstüren auf und ich war froh, dass ich ihm den Rücken zuwenden konnte. In meinen Augen brannte es und ich fürchtete, dass die Tränen nicht mehr lange auf sich warten lassen würden.

Als ich in dem schwarzen Cocktailkleid die Tür öffnete, breitete sich ein Grinsen auf Frederiks Gesicht aus. Ich hingegen ignorierte krampfhaft den harten Knoten in meinem Bauch, der mit dem Verlangen einherging, mich zu übergeben. Irgendwie rang ich mir ein Lächeln ab und griff nach meiner kleinen Tasche.

Ich hielt es einfach nicht mehr aus. Frederik drängte sich immer mehr in mein Leben und ich hatte nicht die geringste Lust, in wenigen Wochen die Scherben meines Herzens aufzusammeln. Irgendwie musste ich ihn heute Abend so wütend machen, dass er unser Verhältnis beenden würde – ich selbst war leider ein Waschlappen und zu schwach dafür.

Auch jetzt, als ich sein Lächeln betrachtete, breitete sich ein verräterisch warmes Gefühl in meinem Bauch aus, das hart mit dem Knoten kollidierte, der sich dort ebenfalls befand.

»Muss ich irgendetwas wissen, bevor ich bei der Feier irgendwem auf den Schlips trete? Büro-Affären oder solche Dinge?« Meine Stimme klang glücklicherweise gefasst und ließ keinerlei Rückschluss darauf zu, was in mir vorging.

»Eigentlich nicht. Pass nur auf, dass mein Chef dir nicht andauernd in den Hintern kneift, wenn er den ersten Glühwein getrunken hat. Dafür ist er in der weiblichen Belegschaft berüchtigt.«

Wir gingen nebeneinander die Treppe hinunter. »Würde dich das denn stören?«, erkundigte ich mich vorsichtig.

»Natürlich. Schließlich bist du meine bezaubernde Begleitung.«

Noch ein weiteres Kompliment und ich würde wie Butter in der Pfanne schmelzen. Das durfte einfach nicht passieren – insgeheim war Frederik sicherlich nicht besser als Ole, mein Ex-Freund. Oder doch?

Während wir durch die dunklen Straßen fuhren, die nur von den Laternen und der Weihnachtsbeleuchtung erhellt wurden, grübelte ich, wie ich am besten vorgehen sollte. Wenn Frederik wirklich eifersüchtig war, könnte ich damit sicherlich arbeiten. Ich erinnerte mich, dass das bei Don ja ebenfalls wunderbar funktioniert hatte.

Warum fühlte ich mich nur trotz dieser Erkenntnis nicht besser?

Wir waren viel schneller da, als mir lieb war und mit einem mulmigen Gefühl sah ich an dem großen Gebäude hoch. Mein Magen rebellierte mittlerweile kräftig und ich würde mir gleich vermutlich ordentlich Mut antrinken müssen.

Ich zuckte kurz zusammen, als Frederik meine Hand nahm und starrte entsetzt auf unsere verschränkten Finger.

»Ist das okay für dich?« Er grinste mich an und gab mir damit zu verstehen, dass ihm die Antwort ohnehin egal wäre.

Mit so fest zusammengepressten Zähnen, dass ich fürchtete, sie würden gleich knirschen, nickte ich und folgte ihm zu dem erleuchteten Eingang. Warum konnte ich nicht einsam und zufrieden auf meiner Couch liegen, statt Ende November zu einer Weihnachtsfeier zu gehen, auf der ich eigentlich gar nichts zu suchen hatte?

Ich wurde auf Schritt und Tritt von meinem schlechten Gewissen begleitet, das mir unablässig versicherte, dass meine Idee nicht die beste war. Allerdings wurde mein Gewissen rücksichtslos von meinem Selbsterhaltungstrieb niedergekämpft, der mir immer wieder eindringlich zuflüsterte, dass Männer alle gleich waren und ich unbedingt einen sauberen Schnitt brauchte.

Wie durch einen Filter nahm ich wahr, dass Frederik mich seinem Chef und einigen Kollegen vorstellte, dabei vermied er mir zuliebe allerdings eine genauere Beschreibung meiner Funktion in seinem Leben. Flüchtig fragte ich mich, als was er mich überhaupt sah:

Liebhaberin? Affäre? Freundin? Kumpel? Ich hatte nicht die geringste Ahnung.

Als sein Chef mir einen Glühwein brachte und dabei auffällig dicht neben mir stand, warf Frederik mir einen eindringlichen Blick zu. Gegen meinen Willen und meiner inneren Unruhe zum Trotz musste ich grinsen und ging auf Abstand.

Kurze Zeit später wurde Frederik von ein paar Kollegen in ein Gespräch verwickelt. Er warf mir einen fragenden Blick zu und ich signalisierte mit einem Nicken meine Zustimmung. So lange ich mich von seinem Chef fern hielt, konnte ich sicherlich ein paar Minuten alleine hier herumstehen. Fast sofort zog die Truppe davon und ich schlenderte zum Büffet, um mir noch einen Glühwein zu genehmigen.

Vom Rand aus betrachtete ich das Treiben auf der freigeräumten Fläche, wo sonst die Schreibtische standen – zumindest hatte Frederik es so beschrieben. Der DJ spielte bereits das unvermeidliche *»Last Christmas«* und ich verdrehte die Augen. Weihnachten war einfach die reinste Ansammlung von Klischees und alle fanden es toll.

»Sie gehören aber nicht in unsere Firma.«

Irritiert sah ich nach rechts und lächelte aus einem merkwürdigen Reflex heraus höflich. Mir stand ein attraktiver Mann gegenüber, den ich dummerweise in meinem Kopf mit Frederik verglich. Nein, da konnte mein Gegenüber definitiv nicht mithalten, auch wenn er einen gewissen Charme versprühte. Andererseits war es mein fabelhafter Plan – mein Magen verkrampfte sich erneut –, Frederik zur Weißglut zu treiben. Ich umfasste den Tassenhenkel fester, als könnte ich mich so beruhigen, und zeigte ein einladenderes Gesicht.

Sofort fühlte er sich ermutigt: »Ich bin Simon.«

»Helen.«

»Hallo, Helen.« Sein Lächeln vertiefte sich und er machte keine Anstalten, wieder zu gehen. Auch er hatte einen Becher Glühwein in der Hand und studierte nun mein Gesicht. »Sie sind mit jemandem hier, oder? Ihr hübsches Gesicht wäre mir sicherlich in Erinnerung geblieben, wenn sie hier arbeiten würden.«

Seine Fragen machten mich nervös – wenn ich die Wahrheit sagte, würde er die Flucht ergreifen und lügen wollte ich nicht.

Kurzentschlossen stellte ich meine Tasse auf den Tisch und fragte: »Möchten Sie vielleicht tanzen? Ich langweile mich ein wenig.« Hoffentlich klang meine Stimme nicht so atemlos, wie sie mir erschien.

Simon war sofort Feuer und Flamme, stellte seinen Becher neben meinen und führte mich auf die Tanzfläche. Glücklicherweise war es eine Weihnachtsparty und mein Angebot kam mir noch recht harmlos vor. Neben uns tanzten eine Menge angeheiterte Sekretärinnen mit blinkenden Nikolausmützen und Rentiergeweihen – dabei würden wohl kaum sonderlich romantische Gefühle aufkommen.

Das Lied verklang gerade, als ich Frederik am Rand der Tanzfläche erspähte. Mein Herz machte einen Satz, als ich erkannte, dass er mich natürlich suchte. Vielleicht war mein Plan doch nicht so gelungen. Doch die Stimme in meinem Hinterkopf war laut genug, um meine Zweifel zu übertönen und machte mir eindringlich klar, dass meine Freiheit und mein Seelenfrieden auf dem Spiel standen. Ich erlaubte es mir nicht, die fadenscheinigen Argumente der Stimme genauer unter die Lupe zu nehmen und grinste Simon an.

Es war gar nicht so einfach, ihm so viel Augenkontakt zukommen zu lassen, dass er sich gut fühlte, aber gleichzeitig nicht so viel, dass er nicht dachte, ich würde gleich hier mit ihm schlafen wollen. Ich befürchtete nämlich, dass das seine Absicht war.

Queen tönte aus den Boxen – *»Thank God It's Christmas«*. Für Simon fiel das Lied offensichtlich unter Balladen, denn ehe ich mich versah, lagen seine Arme um meine Taille und wir tanzten enger miteinander. Nicht so eng, dass es mir unangenehm gewesen wäre, aber jetzt war vermutlich der geeignete Zeitpunkt, ihm mitzuteilen, dass ich mit einem seiner Arbeitskollegen zu der Party gekommen war.

Eine Umdrehung später sah ich Frederik, der mit verschränkten Armen und hochgezogener Augenbraue an der Wand lehnte. Er wirkte alles andere als erfreut.

Mein schlechtes Gewissen kreischte auf, die gehässige Stimme protestierte.

Obwohl ich in diesem Moment kurz davor stand, mich zu übergeben, beugte ich mich näher zu Simon und sagte: »Gibt es hier vielleicht einen Ort, an dem man«, ich wartete die wohl platzierte Pause ab, »etwas ungestörter ist?«

Sein erfreutes Lächeln war Antwort genug. Er führte mich von der Tanzfläche und aus dem Augenwinkel konnte ich Frederiks fassungsloses Gesicht sehen. Schnell wandte ich das Gesicht ab und fragte mich, wieso es sich nur so schrecklich falsch anfühlte, was ich tat.

Wir waren gerade im Treppenhaus angekommen, da entwand ich ihm meine Hand. »Tut mir leid. Ich glaube, das ist keine gute Idee. Gibt es im Stockwerk über uns Toiletten?«

Simon sah sehr enttäuscht aus. »Ja, aber-«

Ich winkte ab und ergriff sofort die Flucht, sein Protest interessierte mich nicht. Jetzt musste ich erst einmal einen Moment allein sein. Sobald ich mir sicher war, dass ich lang genug von Frederik weg gewesen war, würde ich nach unten schleichen und mir ein Taxi rufen. Frederik würde seine eigenen Schlüsse ziehen, danach würde er sicherlich nie wieder mit mir reden wollen. Warum ließ der Gedanke nur Tränen in mir aufsteigen?

Als ich aus der Damentoilette trat, lehnte Frederik an der Wand gegenüber und funkelte mich an. Ich musste ein Seufzen unterdrücken – er sah in dem schwarzen Jackett einfach verboten gut aus.

»Würdest du vielleicht die Güte besitzen, mir zu erklären, was das soll?« Seine Stimme war leise, aber ich konnte die Wut mitschwingen hören.

»Ich weiß nicht, was du meinst. Das war nur ein Tanz.« Ich wollte mich an ihm vorbeischieben, aber Frederik stellte sich vor mich und blockierte den Weg zur Treppe.

»Bei jeder Anderen wäre das sicherlich so, aber wie wir schön öfter festgehalten haben, bist du nicht wie andere Frauen, Helen. Also?«

Störrisch wich ich seinem Blick aus, das klare Blau seiner Augen brannte förmlich auf meiner Haut und er musterte mich viel zu eindringlich.

Er machte einen Schritt auf mich zu, doch ich wich nicht zurück. Stattdessen sagte ich leise: »Ich wusste nicht, dass das zwischen uns etwas Exklusives ist. Das hier ist eine Weihnachtsfeier, ich dachte, da ist alles locker und ausgelassen.«

Frederik holte tief Luft. »Willst du mich verarschen? Dir ist schon klar, dass du mit mir hierhin gekommen bist?«

Gelangweilt zuckte ich mit den Schultern, obwohl es fast meine gesamte Kraft kostete.

»Helen, was ist denn plötzlich los?« Ganz nah stand er vor mir und sah auf mich herab.

Als ich nicht antwortete, legte er die Finger unter mein Kinn und wollte es anheben, doch ich hielt dagegen. Schließlich umfasste er mein Kinn und zwang mich, den Kopf in den Nacken zu legen. »Erklär mir, was los ist und was das sollte.«

Unwillig schüttelte ich den Kopf und trat nach hinten, löste mich von seiner Berührung und brachte Abstand zwischen uns. »Ich bin dir keine Erklärung schuldig. Das letzte Mal, als ich nachgesehen habe, war ich volljährig und durchaus in der Lage, das zu tun, was ich will.«

Bevor er noch etwas sagen konnte, schlüpfte ich an ihm vorbei und rannte die Stufen nach unten. Im Vorbeigehen griff ich nach meinem Mantel und steuerte auf den Ausgang zu.

Auf meiner Flucht stolperte ich genau in Simons Arme, der vor der Tür eine Zigarette rauchte.

»Hey, kannst du mir ein Taxi rufen?«, fragte ich ihn mit einem Lächeln. Ich hatte das »mir« extra betont, damit er gar nicht erst auf irgendwelche Ideen kam.

Meine Frage verschlechterte seine Laune offenbar, aber er war gut erzogen und griff in seine Jackentasche, aus dem er ein Handy zauberte. Über seine Schulter sah ich, wie Frederik in die Halle trat und sich umsah. Unsere Blicke trafen sich durch die große Glasscheibe und er ballte die Hände zu Fäusten.

Das ungute Gefühl in meinem Magen verstärkte sich und ich drehte mich um. Mein Atem kondensierte vor meinen Lippen und die Tränen brannten in meinen Augen. Aber ich wusste, dass dieser Schmerz nichts im Vergleich zu dem war, der kommen würde, wenn Frederik mich erst einmal verletzte.

Als ich einen verstohlenen Blick über die Schulter warf, fühlte ich mich gleichzeitig bestätigt und enttäuscht – von Frederik war nichts mehr zu sehen.

10

Nachdem ich dem Taxifahrer meine Adresse genannt hatte, bat ich ihn, durch den Hafen zu fahren.

»Sind Sie sicher, Fräulein? Das ist ein ganz schöner Umweg.«

Ich ließ ihm das Fräulein durchgehen, weil er alt genug war, um mein Großvater zu sein, und sagte nur knapp: »Ganz sicher.« Dann hüllte ich mich in Schweigen und starrte aus dem Fenster. Ich versuchte, die Lichter zu zählen, die ich unterwegs sah.

Auf keinen Fall wollte ich darüber nachdenken, wie traurig ich jetzt war. Egal, wie oft ich mir versicherte, dass das die klügste Entscheidung war: Es fühlte sich einfach nicht so an.

Die böse Stimme in meinem Hinterkopf wies mich darauf hin, dass Frederik mir nicht einmal nach draußen gefolgt war. Ich ignorierte sie und starrte weiter in die Dunkelheit.

Völlig in Gedanken versunken bemerkte ich erst gar nicht, dass der Fahrer angehalten hatte. Ich gab ihm ein großzügiges Trinkgeld, weil er den gewünschten Umweg gefahren war. Dann stieg ich aus und atmete die klare Nachtluft ein. Die Temperaturen lagen knapp über Null und sicherlich würde es bald das erste Mal schneien.

Kurz vor der Tür erstarrte ich. Frederiks Wagen parkte auf dem Kies vor dem Haus – und ich hatte angenommen, er würde sich auf der Party ohne mich amüsieren. Egal. Ich konnte einfach leise in meine Wohnung schleichen. Er würde mir wohl kaum im Flur auflauern, immerhin hatte ich sehr erfolgreich den Eindruck erweckt, dass ich mit Simon hatte nach Hause fahren wollen.

Mit klopfendem Herzen spähte ich in den Flur und stellte erleichtert fest, dass er leer war. Das dumpfe Gefühl in meiner Brust ignorierte ich. Es würde vergehen – das wusste ich aus Erfahrung.

Als ich mit gestrafften Schultern hinter mir zuschloss, hatte ich plötzlich keine Energie mehr übrig. Ich schaffte es lediglich, meinen Mantel auszuziehen, dann ließ ich ihn auf den Boden fallen. Es wirkte einfach absurd, in diesem Moment etwas so simples zu tun wie Ordnung halten. Dabei sollte ich mich doch freuen! Es war immerhin meine Absicht gewesen, Frederik aus meinem Leben zu schneiden – wie der Fremdkörper, der er in meinen Augen war. Das war mir gelungen.

Hatte ich nicht noch Sekt im Kühlschrank? Das erschien mir jetzt genau das Richtige zu sein. Ich stand in der offenen Tür und starrte in das blasse Licht des Kühlschranks.

Dass ich weinte, bemerkte ich erst, als meine Tränen auf den Boden tropften. Leise schniefend warf ich die Tür zu und beschloss, mich einfach auf das Sofa zu legen und so lange konzentriert an die Decke zu starren, bis die Tränen getrocknet waren. Dabei würde ich versuchen, möglichst wenig zu denken.

Langsam verstand ich den Anreiz, Drogen zu nehmen. Es musste wunderbar sein, wenn das Gehirn endlich einmal Ruhe gab. Meines war gerade weit davon entfernt, sich ruhig zu verhalten. Ich schaffte es bis in den Türrahmen zum Wohnzimmer, dann lehnte ich mich dagegen und rutschte langsam nach unten. Dabei heulte ich wie ein Schlosshund. Warum fühlte es sich so falsch an, wenn es das Richtige war?

Der Vollmond schien durch das Fenster und tauchte das Wohnzimmer in ein gespenstisches Licht. Ich legte den Kopf auf die Knie und versuchte, meine Atmung zu beruhigen. Schon lange hatte ich nicht mehr so viel und intensiv geheult.

Als ich den Kopf hob, um mir die Nase abzuwischen, erstarrte ich. Ein langer Schatten fiel quer durch das Wohnzimmer auf mich. Unter Garantie war der gerade noch nicht da gewesen. Innerhalb des Bruchteils einer Sekunde war ich mit einem lebensbedrohlich hohen Puls aufgesprungen.

»Was zur Hölle? Bist du verrückt geworden?« Einer Furie gleich warf ich mich auf Frederik und schlug auf ihn ein. Wie konnte er mir nur so einen Schreck einjagen?

Gelassen fing er meine Arme ab und zog mich an sich. Widerwillig ließ ich mich gegen ihn sinken. Entsetzt spürte ich das Schluchzen in meiner Kehle aufsteigen. Ich wollte so viel sagen und hatte gleichzeitig auch eine Menge Fragen – doch ich war gelähmt und sprachlos.

Erst jetzt bemerkte ich, dass ich am ganzen Körper zitterte. Frederik streichelte meinen Rücken und hielt meinen Kopf umfasst, mein Gesicht lag in der Kuhle zwischen seiner Schulter und seinem Hals. Das Blut rauschte in meinen Ohren und mein Puls jagte.

Ich protestierte nicht einmal, als Frederik mich langsam ins Schlafzimmer bugsierte. Er platzierte mich auf dem Bett, legte sich daneben und zog die Decke über uns. Meine Nase war so verstopft, dass ich kaum Luft bekam.

»Wie zum Teufel bist du hier reingekommen, du Mistkerl?«, stieß ich empört hervor. Meine wütende Frage wurde leider durch den nasalen Tonfall erheblich abgeschwächt.

»Elena hat mir schon vor Wochen den Schlüssel gegeben«, antwortete er ruhig und ließ nicht zu, dass ich mich aus seiner Umarmung löste.

»Miese Verräterin. Wozu? Damit du mich im Schlaf ermorden kannst?« Ich sträubte mich noch immer und versuchte, Abstand zwischen uns zu bringen, während ich nach Luft schnappte.

»Nein. Deine Schwester hat ganz treffend vermutet, dass du irgendwann etwas Bescheuertes machen würdest, um mich aus deinem Leben zu werfen. Deswegen hat sie mir den Schlüssel gegeben und gesagt, dass ich dich notfalls zu deinem Glück zwingen soll.«

Erstickt keuchte ich auf. »Grenzwertig.« Mehr brachte ich nicht hervor, bevor ich erschöpft auf die Matratze sank.

Sofort schmiegte Frederik sich an mich. »Möchtest du mir jetzt vielleicht erklären, was genau das Problem ist, Helen? Du wirst mich so schnell nicht los, also könntest du einfach damit rausrücken.«

Seine Worte lösten – warum auch immer – einen neuen Weinkrampf bei mir aus. Unendlich geduldig wartete er, bis ich mich wieder unter Kontrolle hatte und entließ mich dabei nicht aus seiner Umarmung. Sein Atem strich über mein Haar und irgendwann ebbte mein Schluchzen ab.

Zitternd holte ich tief Luft und sagte so fest es mir möglich war: »Es tut mir leid. Das war einfach nur dumm. Ich weiß nicht einmal, was ich mir dabei gedacht habe.«

Das Schlafzimmer wurde nur von der kleinen Lampe auf meinem Nachttisch beleuchtet und ich musste den Kopf weit in den Nacken legen, um Frederik aus meiner Position in die Augen sehen zu können. Sein Blick wanderte über mein Gesicht und ich konnte den fragenden Ausdruck erkennen. Schnell kuschelte ich mich wieder an seine Brust, bevor ich ihm gestand, was für ein erbärmlicher Versager ich war. »Da ist nichts gelaufen.«

Er besaß die Frechheit, einfach zu lachen. Die Vibrationen durchdrangen seinen Brustkorb. »Das hätte mich auch gewundert. Ich glaube nicht, dass Simon den Versuch dich zu küssen, tatsächlich überlebt hätte.«

»Vielleicht hätte ich ihn ja von mir aus geküsst!« Ich verstand nicht, was daran so abwegig sein sollte.

»Ach ja?«, neckte Frederik mich. »Zeig mal!«

Ich strampelte die Decke zur Seite und stemmte die Hände in die Matratze, um mich aufzurichten. »Das kommt gar nicht in die Tüte, ich muss erst einmal duschen.« Vorsichtig schielte ich zu ihm. »Bist du sehr sauer?«

»Ich fürchte, ich bin primär sehr eifersüchtig und ich glaube, das verträgt sich gar nicht mit deinen Richtlinien für unser äußerst merkwürdiges Verhältnis.«

Mein Herz schlug schneller und spürbar hinten in meiner Kehle. Schnell leckte ich mir mit einer nervösen Geste über die Lippen. Ich konnte seinem Blick nicht standhalten und senkte den Kopf, als ich mit leiser Stimme vorschlug: »Vielleicht kannst du dir ja neue Richtlinien überlegen, während ich dusche.«

Entspannt lehnte er sich auf dem Bett nach hinten und verschränkte die Hände hinter dem Kopf. »Das ist interessant. Ich hatte fest mit der Todesstrafe für meine ungebührlichen Gedanken gerechnet.«

»Hm.« Sollte er sich nur weiter auf meine Kosten amüsieren, dann würde ich ihm halt nicht sagen, dass ich mittlerweile ganz offensichtlich eine gewisse Zuneigung für ihn entwickelt hatte. Blödmann.

Als ich unter der Dusche stand und endlich das Gefühl hatte, keinen Schnodder mehr ungünstig in meinem Gesicht platziert zu haben, atmete ich auf. Meine Gefühle waren komplett im Chaos versunken und in meinem Kopf herrschte das reinste Durcheinander.

Zu allererst hatte ich nicht die geringste Ahnung, wie es zwischen mir und Frederik jetzt weitergehen sollte. Ich hatte mich heute Abend gründlich daneben benommen und war es ihm schuldig, dass er jetzt entscheiden konnte, wie wir verblieben – obwohl der Gedanke daran mir weiche Knie verursachte.

Ich erstarrte, als die Badezimmertür geöffnet wurde und warf einen Blick über die Schulter. Frederik grinste mich dreist an und war bereits nackt. Alles, was mir dazu einfiel, war: »Oh.«

Dann trat er auch schon zu mir in die Kabine. Ich stand mit dem Rücken zur Wand und er stützte seine Hände rechts und links neben meinem Kopf ab.

Krampfhaft bemühte ich mich, gelassen zu wirken. »Und? Hast du irgendwelche Vorschläge?«

Statt einer Antwort presste er seine Lippen auf meine und ich kam ihm willig entgegen. Mehr als ein Dutzend dreckiger Gedanken schossen durch meinen Kopf. Je länger der Kuss dauerte, desto mehr überkam mich das Gefühl, dass meine Lunge nicht mehr richtig arbeitete. Verzweifelt klammerte ich mich an Frederik, schlang die Arme um seinen Nacken. Seine Zunge fuhr über meine Unterlippe und kostete von mir.

Schließlich blieb ich atemlos zurück und sah zu ihm auf. »Hm.« Meine Brüste pressten sich gegen seinen Oberkörper, meine Schenkel berührten seine und das Verlangen durchzuckte mich – gemeinsam mit der Erleichterung, dass er offensichtlich nicht plante, einfach zu gehen. Dabei hätte ich ihm das nicht einmal verübeln können. Lag ihm wirklich so viel an mir?

Frederik betrachtete mich abwägend. »Wir sollten für den Anfang vielleicht bei deinen Richtlinien bleiben.«

Verwirrt suchte ich in seinem Gesicht nach einem Hinweis, dass er scherzte. Ich hatte eher damit gerechnet, dass er mich bei dieser günstigen Gelegenheit mit Handschellen an sich ketten würde. Seine Worte beunruhigten mich auf eine merkwürdige Art und Weise. Bevor ich allerdings etwas entgegnen konnte, umfasste er mein Kinn und küsste mich, erstickte jeden Protest im Keim.

Einen Wimpernschlag später wusste ich mit Mühe und Not noch meinen Namen und nicht einmal, worüber wir geredet hatten. Frederik drehte mich herum und presste sich von hinten gegen meinen Körper, ich konnte seine Erektion deutlich spüren und erschauerte.

Mit einem einzigen Stoß glitt er in mich und legte die Hand auf meinen Bauch. Es fühlte sich unbeschreiblich an und ich flüsterte seinen Namen.

Seine Lippen liebkosten meinen Nacken und ich hatte trotz des heißen Wassers, das von oben auf uns herab prasselte, das Gefühl, am ganzen Körper eine Gänsehaut zu haben. Meine Nippel prickelten und zogen sich noch fester zusammen.

Immer wieder trieb Frederik seinen Schwanz in mich und das Pochen in meinem Schoß steigerte sich zu einem verlangenden Brennen, brachte mich schnell an den Rand des Höhepunkts. Zum ersten Mal hatte ich das Gefühl, mich tatsächlich fallen lassen zu können und schloss erleichtert die Augen.

Offenbar harmonierten wir perfekt miteinander, denn gerade, als ich glaubte, zerspringen zu müssen, beschleunigte er sein Tempo und bescherte mir so einen unglaublichen Orgasmus. Während ich in seinen Armen zitterte und bebte, kam auch Frederik und presste sich dabei fest an mich.

Als ich mich mit dem Handtuch abrubbelte, sah ich, wie Frederik seine Kleidung vom Boden aufsammelte und runzelte die Stirn. Nervös suchte ich nach den richtigen Worten. »Würdest du hier bleiben?«

Überrascht blickte Frederik mich an. »Was meinst du damit?«

Ich holte tief Luft, meine Finger verkrampften sich im weichen Frottee. »Über Nacht, bei mir.« Mehr brachte ich beim besten Willen nicht hervor und schon jetzt spürte ich, dass mein gesamtes Gesicht sicherlich rot leuchtete.

»Ich denke, das könnte ich über mich bringen«, verkündete der Mann zufrieden. Wieso überkam mich gerade nur das Gefühl, dass er genau gewusst hatte, dass ich ihn fragen würde?

Aus zusammengekniffenen Augen betrachtete ich ihn. »Hm.«

Wortlos eilte ich voraus ins Schlafzimmer, bevor ich noch meine Meinung änderte oder er möglicherweise seine.

Frederik folgte mir mit einigem Abstand und blieb skeptisch im Türrahmen stehen. »Und mich trifft kein Blitz, wenn ich diesen Raum betrete?«

Ich verdrehte nur die Augen und zog mir die Decke über den Kopf. Er kostete diesen Moment für meinen Geschmack viel zu sehr aus. Die Matratze sank ein und ich versteifte mich kurz. Dann genoss ich es erstaunlicherweise, dass er den Arm um meine Taille legte und sich von hinten an mich schmiegte. Er presste einen zarten Kuss auf meine Halsseite und streckte die Hand aus, um das Licht zu löschen.

Obwohl ich fest damit gerechnet hatte, in seiner Gegenwart nicht schlafen zu können, spürte ich fast unmittelbar, wie meine Lider schwer wurden. »Es tut mir leid, Frederik«, murmelte ich leise.

Der Griff um meine Mitte verstärkte sich. »Ich weiß.«

Mehr sagte er nicht und bevor ich darüber nachdenken konnte, ob mich das beunruhigen sollte, war ich eingeschlafen.

Als ich die Augen aufschlug, war ich sofort hellwach. Die andere Bettseite war leer und für einen Moment durchzuckte mich die absurde Angst, dass Frederik doch gegangen sein könnte. Zumindest versuchte ich mir einzureden, dass die Angst absurd war, denn im Grund war es mir egal, was Frederik tat – oder?

Trotzdem erfasste mich eine nervöse Unruhe. Ich ignorierte die Tatsache, dass ich nur ein Höschen trug und kletterte aus dem Bett. Der Boden fühlte sich kalt unter meinen Füßen an, der Winter war definitiv da.

Ich fand den Mann schließlich in der Küche, wo er sich abmühte, die Kapseln in die Kaffeemaschine einzulegen. Für einen Moment blieb ich in der Tür stehen und musterte seinen schönen Rücken. Seine Haare standen strubbelig vom Kopf ab und ich bemerkte, dass ich es kaum erwarten konnte, wieder mit ihm im Bett zu verschwinden – um zu kuscheln. Der beinahe schon widerwärtige Gedanke erschreckte mich zu Tode.

»Brauchst du Hilfe?«, fragte ich belustigt.

Frederik drehte sich um und betrachtete eingehend meinen fast nackten Körper. »In der Tat.«

Ich ging zu ihm hinüber, für seine Verhältnisse war er gerade regelrecht schweigsam. »Hier, siehst du diese Lasche? Die muss nach hinten.« Während ich ihm erläuterte, wie mein eigentlich gar nicht so komplizierter Kaffeeautomat funktionierte, schnupperte ich unauffällig an ihm. Sein warmer Körper roch nach ihm und meinem Bett – eine verlockende Mischung.

Als der Kaffee endlich in die Becher lief, seufzte Frederik erleichtert. »Hast du irgendetwas Essbares hier? Im Kühlschrank herrscht gähnende Leere.«

Verlegen senkte ich den Blick. »Ich hatte gestern keinen Nerv einkaufen zu gehen, weil ich- äh- irgendwie abgelenkt war.« Ich sparte es mir, hinzuzufügen, dass dafür mein beknackter Plan, diesen wunderbaren Mann loszuwerden, verantwortlich gewesen war.

Frederik ignorierte mein Stammeln und nippte an dem Kaffee. »Dann gehen wir gleich frühstücken und danach einkaufen, würde ich sagen.«

Ich nickte begeistert – so groß war meine Erleichterung, dass er offensichtlich nicht sauer auf mich war. Mit den Kaffeebechern in der Hand bedeutete er mir mit einer Kopfbewegung, ins Schlafzimmer vorauszugehen.

Als ich mich wieder unter die Decke kuschelte, konnte ich mir die kleine Spitze nicht verkneifen: »Ich hätte nie gedacht, dass du ein Morgenmuffel bist.«

Er sagte nichts, sondern warf mir nur einen finsteren Blick zu. Nach einer Weile murmelte er leise: »Woher auch? Das ist im Grunde ja erst unsere zweite gemeinsame Nacht.« Dabei ließ er den Kopf wieder auf das Kissen sinken und schloss die Augen.

Schnell rechnete ich nach: Wir kannten uns seit Anfang September und wie oft wir inzwischen gevögelt hatten, konnte ich kaum zählen. Wenn man die erste Nacht mitrechnete, in der ich ihn trotzdem hinausgeworfen hatte, war es tatsächlich erst das zweite Mal gewesen, dass wir zur gleichen Zeit in einem Bett geschlafen hatten – und ich wusste, dass das an mir lag und nicht an Frederik.

Sofort meldete sich wieder das schlechte Gewissen – ich hatte es ihm wirklich nicht leicht gemacht. In einem Anflug von Dankbarkeit stellte ich meinen Becher ab und kuschelte mich freiwillig an seine Seite. Mit einem Brummen legte er den Arm um meine Schulter.

Ich konnte kaum fassen, wie gemütlich und entspannend ich diese Situation fand. Es war wirklich lange her, dass ich mich so gefühlt hatte. »Warum bist du Single?« Plötzlich interessierte diese Frage mich brennend.

»Was?«, murmelte Frederik schlaftrunken.

»Wie kannst du nur so müde sein?«, fragte ich fassungslos und bohrte ihm einen Finger in die Seite.

Unwillig drehte er sich um und schob mich dabei von sich. »Ist dir eigentlich klar, wie wenig Schlaf ich in den letzten Wochen deinetwegen bekommen habe? Kann ja sein, dass es deinem Computer egal ist, wann du arbeitest – aber ich musste jeden Morgen in der Firma antanzen.«

Er vergrub sein Gesicht tiefer im Kissen und ich betrachtete ihn schuldbewusst. »Oh. Dann schlaf noch ein bisschen.« Ehe mir klar war, was ich da tat, streckte ich die Hand aus, zog die Decke höher und streichelte über seinen Kopf. Seine Haare fühlten sich ganz seidig unter meinen Fingern an.

Ich wartete, bis er gleichmäßig atmete, dann kletterte ich aus dem Bett. Um die Ecke gab es einen kleinen Tante-Emma-Laden, dorthin würde ich schnell huschen. Nahezu geräuschlos suchte ich mir ein Outfit zusammen und zog mich vor der Schlafzimmertür an.

Nachdem ich mir eine Ladung Wasser ins Gesicht geworfen und die Zähne geputzt hatte, griff ich nach meinem Portemonnaie und meiner Jacke. Ich hatte tatsächlich Herzklopfen bei dem Gedanken, Frederik mit einem Frühstück zu überraschen. Da ich einiges gut zu machen hatte, konnte ich gleich damit anfangen.

Da es noch relativ früh war, war es in dem kleinen Laden leer. Ich kaufte Milch, Eier, Käse und Brötchen – sowie einen Leinenbeutel, um die Sachen nach Hause zu schaffen, weil ich in meiner Eile natürlich nicht daran gedacht hatte, einen mitzunehmen.

Ich würde einfach warten, bis Frederik sich regte und dann Frühstück machen. Innerlich beglückwünschte ich mich zum wiederholten Male zu meinem brillanten Plan.

Zwei Stunden später fand ich mein Vorhaben schon nicht mehr so überragend. Ein Frühaufsteher war der Mann wirklich nicht. Ich hatte inzwischen mit meinem Laptop auf der Couch Stellung bezogen und ein wenig gearbeitet. Langsam meldete sich mein Magen aber und ich beschloss, dass ich jetzt einfach die Rühreier machen würde. Wenn er nicht aufgewacht war, bis ich fertig war, würde ich ihn eben wecken.

Doch das war gar nicht nötig. Kaum zog der Duft der zweiten Runde Kaffee und der Eier durch die Wohnung, hörte ich, wie er sich im Schlafzimmer rührte.

Kurze Zeit später stand Frederik in der Küche und sah endlich einmal angemessen beeindruckt aus. »Ich hätte nicht gedacht, dass du weißt, wie der Herd angeht.« Dazu hielt er sich die Hand vor den Mund, um sein herzhaftes Gähnen zu verstecken. Dann schlurfte er zum Tisch und hielt sich dankbar am Kaffeebecher fest.

»Dieser Service kommt erst im Rahmen einer Übernachtung, genau wie der Genuss meiner Kochkünste. Eigentlich kann ich ganz passabel kochen«, sagte ich, während ich die Rühreier auf den Tellern verteilte.

»Das lasse ich dich gern unter Beweis stellen. Danke.« Er nahm mir den Teller ab und beäugte ihn kritisch. »Wo hast du die Sachen eigentlich jetzt hergezaubert?«

Meine Wangen färbten sich rot. »Ich war kurz beim Laden.«

Er warf mir einen vielsagenden Blick zu, verkniff sich aber jeglichen Kommentar.

Nach einem halben Streit darüber, mit welchem Auto wir zum Supermarkt fahren sollten, schafften wir es endlich, loszufahren. Ich war erstaunlich nervös – dabei ging es um so etwas alltägliches wie Einkaufen. Bedeutete das jetzt, dass wir so eine Art Paar waren? Eine Beziehung führten? Unwillkürlich krampfte mein Magen sich zusammen.

»Worüber denkst du nach?«

Scheiße. Scheiße. Scheiße. Hatte der Mann eigentlich ein Radar für solche Momente? Schon wünschte ich mir den verschlafenen Morgenmuffel zurück. Scheinheilig antwortete ich: »Nichts.«

»Soso. Warum guckst du dann so verkniffen? Damit meine ich: Verkniffener als sonst?« Er grinste breit und war sich offenbar ziemlich sicher, dass er mich durchschaut hatte.

»Ich gucke also verkniffen? Das muss aber ein merkwürdiger Fetisch sein, wenn du das trotzdem anziehend findest.« Empört verschränkte ich die Arme.

»Du lenkst ab, Helen. Und meistens guckst du nur so, wenn man dir auf die Schliche kommt.« Frederik blieb immer noch ruhig.

»Du meinst wohl, wenn *du* mir auf die Schliche kommst! Niemand sonst ist dermaßen unverfroren!«

»Also gibst du zu, dass ich dich durchschaut habe?« Äußerst zufrieden bog Frederik auf den Parkplatz des Supermarkts ein.

Was? Wie bitte? Ich hatte mich ganz offensichtlich in eine Sackgasse manövriert. Entnervt warf ich die Arme in die Luft, nachdem ich mich abgeschnallt hatte. »Na gut. Möglicherweise habe ich darüber nachgedacht, was das hier jetzt ist.« Mit einer undeutlichen Geste, die alles hätte bedeuten können, wedelte ich zwischen uns hin und her.

Seine Mundwinkel zuckten und er schüttelte nur den Kopf. »Du bist nicht glücklich, wenn du nicht gleich Nägel mit Köpfen machen kannst, oder?«

Wortlos ließ ich ihn stehen und rammte wütend den Chip in die Vorrichtung am Einkaufswagen, bevor ich in den Supermarkt rauschte. Leider vergaß ich, dass Frederik mühelos mit mir Schritt halten konnte.

Allerdings störte es ihn wie immer nicht, dass ich ihn ignorierte. Belustigt beobachtete er, wie ich frisches Obst und Gemüse in den Einkaufswagen stapelte.

»Ich hätte nicht gedacht, dass du so viel Verderbliches kaufen willst. Du kannst doch gar nicht kochen«, warf er ein und legte selbst einen Sechserpack Äpfel in den Wagen.

Mit funkelnden Augen drehte ich mich um und bohrte ihm einen Finger in die Brust, dabei hatte ich noch einen Beutel mit Blattspinat in der Hand. »Zum wiederholten Mal, ich kann kochen. Es gibt zwei Versionen von mir: Die eine steht kurz vor der Fertigstellung eines Buches und isst sehr unregelmäßig, die andere hat Anfangsschwierigkeiten beim Schreiben und kocht gern etwas ausschweifender.«

Frederik beäugte den Inhalt des Einkaufswagens und murmelte: »Das mit dem Kochen glaube ich erst, wenn ich live dabei war.«

Mit einem verächtlichen Geräusch schob ich den Wagen und versuchte, mich zu orientieren.

Wenig später sah ich, dass Frederik immer wieder in den Gang mit den Süßigkeiten schielte und beschloss sofort, dass ich ihn damit aufziehen musste. »Wer hätte nur gedacht, dass du eine Naschkatze bist?«

Ertappt zuckte er zusammen und warf mir einen kurzen, aber eindeutig bösen Blick zu. »Ich habe es eigentlich ganz gut im Griff.«

Haha, der elende Lügner. Ich konnte eindeutig sehen, dass er schwer mit sich kämpfte. Also nahm ich ihm die Entscheidung ab und griff nach der Packung Toffifee, mit der er gerade vor meinen Augen praktisch Sex hatte.

Er stieß ein ersticktes Geräusch aus und sagte vorwurfsvoll: »Das machst du nur, um mich in deine Wohnung zu locken.«

Ich winkte ab. »Als ob ich das nötig hätte. Eigentlich wollte ich eine Spur in den Wald legen, genau bis zum Haus der Hexe.«

Frederik legte einen Arm um meine Schulter und grinste breit: »Sag' ich doch: Deine Wohnung.«

Als hinter mir mein Name gesagt wurde, zog ich gerade eine Grimasse und wollte Frederik in die Seite boxen.

»Helen?«

Ich erkannte die Stimme auf Anhieb und spürte, dass mein Gesicht einfror, ohne dass ich etwas dagegen hätte tun können. Das Blut schien aus meinem Körper zu weichen und ich hörte nur noch meinen eigenen Herzschlag – wie in Zeitlupe. Meine Fäuste ballten sich und die Schritte kamen näher.

»Helen, bist du das wirklich?« Ole hatte die Ruhe weg, einfach so zu klingen, als wäre die Welt völlig in Ordnung.

Frederik hatte bemerkt, dass ich zur Salzsäule erstarrt war und sah gefasst zu dem Mann, der mich gerade angesprochen hatte. Ich hingegen hatte nicht das geringste Verlangen, mich umzudrehen und das Gesicht meines einzigen Ex-Freundes vor mir zu haben.

Allerdings war ich auch nicht feige genug, um die Flucht zu ergreifen. Hoffentlich klang mein Atem nicht so rasselnd, wie er mir erschien, als ich tief Luft holte. Ich bekam nicht einmal die Zähne auseinander, um etwas zu sagen.

Stumm starrte ich Ole an und verspürte nicht zum ersten Mal das Verlangen, ihm richtig weh zu tun.

Er stand vor mir, die Arme voller Einkäufe und strahlte wie ein Honigkuchenpferd. Dass ich noch nicht ein Wort gesagt hatte, schien ihn überhaupt nicht zu stören. Als wäre nie etwas passiert, plapperte er los: »Was für ein Zufall, dass ich dich hier treffe. Ich bin gerade erst wieder hierher gezogen. Wie geht es dir?«

Bis vor zwei Minuten war es mir ziemlich blendend gegangen – gerade überlegte ich, wo hier die Messer hingen. Irgendwo gab es sicher einen Gang, in dem Küchenzubehör verkauft wurde. Ein scharfes Messer, mehr brauchte ich sicher nicht. Ehrlich gesagt hielten mich nur Frederiks Anwesenheit und die Tatsache, dass sich an diesem Samstag eine Menge Kinder hier tummelten, davon ab, ein Massaker in Gang sieben anzurichten.

Stattdessen konzentrierte ich meine gesamte Willenskraft darauf, regelmäßig Luft zu holen – was gar nicht so einfach war.

Jetzt fiel ihm auf, dass ich nicht einmal gesprochen hatte und sein widerliches Grinsen wurde etwas schwächer. Zum ersten Mal schwenkte sein Blick zu Frederik, der noch immer tapfer meinen Rücken tätschelte. Dabei konnte ich das Fragezeichen praktisch über seinem Kopf schweben sehen. Aber ich konnte nichts sagen. Zu groß war meine Angst, dass nur unverständliches Gekreische herauskommen würde.

»Ich bin übrigens Ole, Helens Ex-Freund«, erläuterte Ole jetzt mit einer Ruhe, die ich nur bewundern konnte.

Frederiks Hand verharrte kurz an Ort und Stelle, doch ich hatte ja schon öfter miterlebt, dass er sich bemerkenswert schnell wieder fangen konnte. Ich platzte fast vor Stolz, als er einen wunderbar abschätzenden Blick aufsetzte und vollkommen trocken bemerkte: »Na, das erklärt natürlich einiges.«

Irritiert trat Ole einen Schritt zurück. Was hatte er denn erwartet? Dass Frederik ihn wie einen lang verschollen geglaubten Bruder begrüßen würde? Was für ein Idiot – Ole, nicht Frederik!

In meiner Kehle stieg ein hysterisches Lachen auf – so lustig war Frederiks Entgegnung allerdings überhaupt nicht gewesen und ich erkannte, dass ich kurz vor einer ausgewachsenen Panik-Attacke stand. Und ich hatte ernsthaft gedacht, Frederik mit zu meiner Familie zu nehmen wäre der schlimmste Teil gewesen!

Die Sekunden verstrichen und dehnten sich endlos aus, da wir nun alle schwiegen. Ich hatte kein Problem damit, das durchzuhalten und Frederik war vermutlich damit beschäftigt, zu grübeln – aber Ole wurde nervös.

Schließlich stieß er hervor: »Nun ja, wir können ja mal telefonieren, Helen. Man sieht sich.« Dann drehte er sich auf dem Absatz um und verschwand endlich.

Mit einem Zischen atmete ich erleichtert aus und Frederik löste sich aus seiner Starre. »Wow«, sagte er nur und schob den Wagen weiter. Allerdings ahnte ich bereits, dass es nicht bei dieser Wortlosigkeit seitens Frederik bleiben würde.

Ich stellte die beiden großen Tüten mit den Lebensmitteln auf meinen Küchentisch und redete mich dabei immer noch um Kopf und Kragen. Im Verlauf des Einkaufs und der Heimfahrt war ich zu einer wahren Smalltalk-Meisterin mutiert und hatte es krampfhaft vermieden, darüber nachzudenken, dass Frederik verdächtig einsilbig bis gar nicht geantwortet hatte.

Ich erzählte gerade irgendwelche interessante Fakten über Kartoffeln, als Frederik die Nerven verlor, meinen Oberarm packte und mich herumzog. Seine Augen bohrten sich in meine. »Bekomme ich vielleicht eine Erklärung?«

Ich presste meine Lippen aufeinander. Weder wusste ich, wo ich mit meinem Bericht beginnen sollte, noch wollte ich überhaupt darüber reden. Ich hatte noch nie mit irgendwem darüber gesprochen. Nicht einmal Elena wusste von Oles Existenz. Tapfer erwiderte ich Frederiks Blick und schüttelte langsam den Kopf.

Seine Augen wurden schmal und auf der Stirn erschien die steile Falte, die ich bisher erst ein Mal gesehen hatte. »Weißt du was? Es ist mir egal. Ich habe wirklich die Nase davon voll, dass außer für dich in deinem Leben für niemanden Platz ist, Helen.«

Entsetzt sah ich ihn an, doch er wirbelte herum und schlug tatsächlich die Tür hinter sich zu. Ich zuckte zusammen. Das hatte ich ja noch nie erlebt, er war doch immer so kontrolliert und gelassen. Dann zuckte ich noch ein zweites Mal zusammen, als er auch seine Wohnungstür hinter sich zuwarf.

Einen Moment stand ich wie betäubt in der Küche und dachte nach. In mir keimte langsam aber sicher der leise Verdacht auf, dass ich vielleicht wirklich das Problem sein könnte.

Ein unbestimmtes Gefühl lief durch meinen Körper. Ich brauchte ein paar Minuten, bis ich erkannte, dass es Angst war. Angst, dass ich den Bogen überspannt hatte und Frederik nichts mehr von mir würde wissen wollen. Ein Plan musste her – und zwar schnell.

11

Nachdem ich eine Weile auf der Couch gelegen und die Decke angestarrt hatte, wusste ich, dass ich dieses Mal nicht alleine weiter kommen würde. Je länger ich die Decke betrachtet hatte, desto überzeugter war ich davon, dass die Stelle, die ich dort oben immer so erbost und wütend anstarrte, bestimmt schon viel abgenutzter sein musste als der Rest. Konnte man Wandfarbe zerdenken?

Seufzend griff ich nach meinem Telefon und wählte zuerst Elenas Nummer. Sie meldete sich mit dem überraschten Ton in der Stimme, den sie immer aufsetzte, wenn ich anrief. Er war dazu gedacht, mir beizubringen, dass ich öfter anrufen sollte. In Wahrheit bewirkte er genau das Gegenteil.

»Hi, ich habe Mist gebaut«, meldete ich mich und sah praktisch vor mir, wie meine Schwester mit den Augen rollte.

»Was hast du gemacht?«, wollte sie wissen und verkniff sich wohlweislich den vorwurfsvollen Ton.

»Ich kann nicht ins Detail gehen, aber Frederik ist sauer auf mich. Wie mache ich das rückgängig?«, fragte ich und wünschte mir verzweifelt, von meiner Schwester einen kompetenten und simplen Drei-Schritte-Plan zu bekommen. Immerhin war sie verheiratet, sie musste also Bescheid wissen!

»Kannst oder willst du nicht ins Detail gehen?«

»Elena!«, warnte ich sie und hörte ihr Seufzen.

»Wie soll ich dir helfen, wenn ich nicht weiß, wie gravierend es ist?«

Ich konnte nicht leugnen, dass da etwas dran war. »Auf einer Skala von eins bis zehn würde ich es so um fünfzehn einordnen. Und komm mir jetzt nicht mit Sex und aufreizender Unterwäsche!«

Mir entging nicht, dass Elena tief Luft geholt hatte, als ich den Schaden benannt hatte. »Also, wenn Stephan so richtig sauer ist, dann hole ich immer Tickets für ein blödes Fußballspiel und gehe mit, um mich dann im Stadion zum Affen zu machen, indem ich wie alle anderen auch einen Schal schwenke und irgendwelche Sachen gröle.«

»Aha.« Ich versuchte wirklich, damit zu arbeiten. Aber irgendwie schien es mir nicht auf meine Situation anwendbar zu sein.

»Ansonsten, – ich sage es nur ungern: Sex und hübsche Unterwäsche.« Elenas Stimme war im Laufe des Gesprächs deutlich leiser geworden und ich vermutete, dass Stephan sich im gleichen Raum befand.

Bevor sie noch etwas sagen konnte, murmelte ich: »Danke.«

Ich legte auf und wählte direkt die nächste Nummer. Mo brauchte etwas länger, um abzuheben und klang verdächtig atemlos.

»Helen, was gibt es?«

»Hey. Also: Ich habe Frederik verärgert und brauche einen Tipp, wie ich es wieder gut machen kann.«

»Wofür interessiert er sich denn?«, fragte die Freundin meines Bruders.

»Woher soll ich das wissen?«, herrschte ich sie an und wurde mit einem lauten Lachen bestraft. Dann wurde ihre Stimme deutlich gedämpft und ich hörte, wie sie mit jemandem redete. Anschließend klang es, als würde sie um das Telefon rangeln.

Schließlich hörte ich die belustigte Stimme meines Bruders und schloss die Augen. »Helen. Wer hätte bloß damit gerechnet, dass du Ärger machen würdest?«

Ich schnaubte nur verächtlich. »Gib mir wieder Mo.«

»Mo hat leider nicht die geringste Ahnung«, erwiderte er gelassen und ich hörte ein Geräusch, das verdächtig so klang, als hätte Mo ihn geboxt.

»Ach so, und du hast die Weisheit mit Löffeln gefressen?« Sarkasmus tropfte aus jedem meiner Worte.

»Zufälligerweise ja. Außerdem bin ich mir ziemlich sicher, männlich zu sein und damit dein bester Ansprechpartner.«

Ich schnaubte und hoffte, so meine Meinung deutlich zu machen. »Und was rätst du mir?«

»Da ich dich ziemlich gut kenne: Mit ihm reden. Sag ihm, was er hören will«, riet mein Bruder mir.

Vor Entsetzen, weil er genau ins Schwarze getroffen hatte, blieb mir der Mund offen stehen. »Aber-«, setzte ich stammelnd an und brach wieder ab.

»Gern geschehen, Schwesterherz. Garniere deine wortreiche Erklärung noch mit einer Entschuldigung und einem hübschen Geschenk.«

Kurz kaute ich nachdenklich auf meiner Unterlippe herum. »Ein Geschenk?«, fragte ich dann vorsichtig nach.

»Na, irgendetwas wofür er sich interessiert«, flötete mein Bruder in den Hörer. »Männerkram eben, Computer, Videospiele, DVDs, Bücher, Sportklamotten – du kennst ihn vermutlich besser als ich. Das hier wird keine Unterhaltung über Sex oder Dessous.«

»Danke«, sagte ich und legte auf.

Ich strich mir mit beiden Händen durch die Haare. Daniel war erstaunlicherweise zumindest hilfreicher gewesen als Elena, aber ich hatte das Gefühl, statistisch gesehen noch nicht genug Leute befragt zu haben. Schweren Herzens wählte ich die nächste Nummer.

»Helen! Um Himmels Willen, was ist passiert?« Meine Mutter klang geradezu bestürzt.

»Nichts«, erwiderte ich gereizt. »So selten rufe ich auch wieder nicht an.«

»Natürlich nicht«, murmelte Mama und ich konnte die Ironie hören.

»Was machst du, wenn du Streit mit Papa hast und ihn versöhnen willst?«, fragte ich und versuchte, so unbeteiligt wie möglich zu klingen.

Dennoch schwieg sie einen Moment – schließlich war sie keine Idiotin. »Sein Lieblingsessen kochen«, antwortete sie nach einer Weile und ließ am Ende des Satzes eine bedeutungsschwangere Pause, die ich automatisch mit »Und Sex« auffüllte. Hatte denn niemand eine andere Lösung, um Streit beizulegen? Du meine Güte!

Eigentlich war ich nur wütend, weil ich genau wusste, dass das bei Frederik nicht ziehen würde. Zumal unser Verhältnis so angefangen hatte.

»Du meinst Leber?«, erkundigte ich mich.

»Ja, und er weiß, dass ich das Zeug hasse. Es ist also ein Zeichen von Zuneigung.« Sie schwieg wieder und ich ahnte, dass sie darunter litt, dass ich ihr nichts erzählt hatte. Doch sah sie davon ab, mich zu fragen, weil sie vermutlich fürchtete, dass ich sie abweisen würde.

Schweren Herzens seufzte ich. »Sein Name ist Frederik, er ist etwas älter als ich und umwerfend. Ich wollte mir nur sicher sein, bevor ich ihn euch vorstelle.«

Meine Mutter wäre nicht meine Mutter gewesen, wenn sie nicht im gleichen Moment strafend gesagt hätte: »Dann sieh zu, dass du das wieder hinbiegst, Helen!«

»Ja, Mama.«

Dieses Mal war es meine Mutter, die auflegte. Ich runzelte die Stirn und ließ Revue passieren, was ich meiner Mutter da gerade erzählt hatte. Wobei wollte ich mir bitte sicher sein? Um Himmels Willen! Ich redete einfach nur noch Unsinn.

Einige Stunden später betrachtete ich sehr zufrieden meine neuen Einkäufe. Ich hatte darüber nachgedacht, was mir geraten worden war und war dann zum Einkaufszentrum aufgebrochen.

Ich hatte geduscht und mich hübsch zurechtgemacht. Nun würde ich die Geschenke für Frederik vor seiner Tür stapeln, klopfen und dabei mein Verlangen unterdrücken, mich zu übergeben. Meine wortreiche Entschuldigung hatte ich in meinem Kopf schon mehrfach geübt.

Trotzdem musste ich doch schwer schlucken, bevor ich klopfte. Es dauerte sehr lange, bis Frederik mit einem missmutigen Gesicht die Tür öffnete.

Schnell rasselte ich meinen Text hinunter, bevor mich endgültig der Mut verließ.

»Estutmirsoleidwennduwillsterzähleichdirallesbitteh abmichnochlieb!«

»Was? Ich habe kein Wort verstanden!«, rief Frederik aufgebracht, sah aber schon weniger ablehnend aus. Sein Blick glitt nach unten und ich konnte sehen, wie er den Kasten Bier, die Playstation und die Blu-rays begutachtete.

»Was ist das?«, fragte er misstrauisch und deutete auf meine Geschenke.

»Mein Versöhnungsangebot. Ein Männer-Blumenstrauß, wenn du so willst.«

»Männer-Blumenstrauß?«, wiederholte er fassungslos.

Ich fühlte mich verpflichtet, ihn aufzuklären: »Na, wenn Frauen sauer sind, gehen Männer los und kaufen Blumensträuße oder Schmuck. Aber ich konnte hier ja schlecht mit einem Diamantring aufkreuzen.«

Seine Mundwinkel zuckten, aber ich sah, dass er mit sich kämpfte. Als holte ich Luft und trug meinen Text noch einmal vor, dieses Mal langsamer: »Es tut mir leid. Wenn du mich noch willst, dann erzähle ich dir alles, was du wissen willst.«

Frederik grunzte – oder zumindest klang es verdächtig danach. »Natürlich will ich dich noch. Komm rein.«

»Sofort, ich muss vorher noch etwas holen, damit die ganze Geschichte verständlicher wird.«

Ich drehte mich und schlüpfte schnell in meine Wohnung. Mir war noch immer nicht ganz wohl dabei, aber noch schlimmer fand ich die Vorstellung, mein Leben ohne Frederik zu fristen.

In der untersten Schublade meines Schreibtischs lag der Bilderrahmen und wie immer konnte ich nicht verhindern, dass mein Magen sich verkrampfte, als ich ihn in die Hand nahm. Ich löschte das Licht und betrat wieder Frederiks Wohnung.

Er hatte die Blu-rays in der Hand und starrte mich vollkommen entsetzt an. »Das sind ja gar keine Spiele für die Playstation!«

Ich schlug die Hand vor die Stirn. Videospiele! Natürlich, darauf hätte ich auch kommen können. Dabei hatte ich gedacht, ich würde ihm trotzdem eine Freude machen.

»Männer stehen doch auf so etwas...« Meine Stimme wurde am Ende des Satzes merklich leiser.

»Du hast mir Pornos geschenkt«, murmelte Frederik völlig fassungslos und legte die Hüllen auf den Tisch.

»Daniel hat mir zu Filmen geraten«, jammerte ich sofort.

Frederik grinste mich schief an. »Ich würde vermuten, dass er eine andere Art von Filmen meinte. Actionfilme? Komödien? Horrorfilme vielleicht?«

Betroffen starrte ich auf den Boden. »Du musst das positiv sehen, immerhin bin ich- äh- locker.«

Er lachte und ließ sich auf das Polster fallen. »Du bist einfach unbegreiflich.«

Mein Magen schien eine Tonne zu wiegen, als ich die Couch umrundete und neben ihm Platz nahm. »So unbegreiflich bin ich gar nicht.«

Meine Finger hatten sich um den Bilderrahmen verkrampft und ich wusste nicht einmal, wo ich anfangen sollte. »Es tut mir leid«, sagte ich noch einmal und spürte, dass die Tränen aufstiegen.

Frederik seufzte, nahm mir den Rahmen aus der Hand und zog mich in seine Arme. Er streichelte meinen Rücken und ich atmete seinen Duft ein, als würde ich ertrinken und nur das könnte mich retten.

»Ich bin etwas überfordert«, flüsterte ich an dem weichen Stoff, der seine Schulter umspannte.

»Ach was?«, fragte er sarkastisch.

»Niemand weiß davon, nicht einmal Elena.«

Statt einer Antwort streichelte Frederik einfach meinen Rücken und wartete, geduldig wie eh und je.

Schließlich richtete ich mich auf und begann meine Beichte: »Es ging alles so wahnsinnig schnell damals, dass ich einfach den Zeitpunkt verpasst habe, meiner Familie davon zu erzählen. Als es dann den Bach heruntergegangen war, sah ich keinen Grund mehr, überhaupt darüber zu reden.«

Es half immens, dass Frederik weiter über meinen Rücken strich und mir zwischendurch den Nacken kraulte. »Ich habe Ole kennengelernt und eh ich es mich versah, zog er mehr oder weniger bei mir ein. Wobei, das stimmt nicht ganz: Er war einfach andauernd da. Er war Lyriker und grübelte stets über irgendwelchen philosophischen Problemen. Keine Ahnung, was ich an ihm fand. Ich hatte zwei Aushilfsjobs, um über die Runden zu kommen und habe jede freie Minute zum Schreiben genutzt. Schließlich fand ich kaum noch Zeit dazu, weil ich immer mehr arbeiten musste, um ihn auch noch durchzufüttern. Irgendwann war mein erster Krimi fertig und nach einer Ewigkeit habe ich mich endlich getraut, ihn Ole zum Lesen zu geben.«

Ich musste eine Pause machen und rieb mir über das Gesicht. »Er fand ihn grauenvoll. Das ist nicht einmal das richtige Wort dafür, er hat mich regelrecht fertig gemacht, dass er – der ach so große Künstler – mit einer dermaßen untalentierten Frau zusammenlebt, die keinerlei Leidenschaft in die Kunst steckt und lieber dem Geld hinterher rennt. Er hatte leicht reden, immerhin musste er ja zusätzlich zum Schreiben nicht arbeiten gehen.« Bei der Erinnerung ballten sich meine Fäuste von alleine. »Das vorläufige Ende der Geschichte ist, dass er mich verlassen hat. Am nächsten Tag kam ich von der Arbeit und von ihm war keine Spur zu finden. Er hatte sich einfach vom Acker gemacht und mich mit einer Unmenge von Selbstzweifeln zurückgelassen.«

Frederik legte die Arme um mich und ich schmiegte mich an seine Brust, plötzlich davon überzeugt, dass er niemals so etwas tun würde.

»Wie kann er dir nur so etwas einreden? Ich liebe deine Bücher! Du bist so unglaublich talentiert! «, sagte Frederik aufgebracht und zog mich ganz eng an sich.

»Ich weiß«, murmelte ich dumpf. »Und Ole wusste das auch.« Dabei ignorierte ich das bittere Brennen, das aus meinem Magen aufstieg. Auch die Tränen machten sich wieder in meinen Augen bemerkbar.

»Wie meinst du das?«

Obwohl meine Hand zitterte, griff ich nach dem Bilderrahmen und reichte ihn Frederik. Er nahm ihn und betrachtete die Seite aus dem Verlagskatalog, auf dem ein Krimi beworben wurde, der vor ein paar Jahren ein ziemlicher Erfolg gewesen war und sich bis heute gut verkaufte.

»Ja, das kenne ich. Das war sehr gut. Aber hat der Autor danach nicht eine Schaffenskrise gehabt und nichts Anständiges mehr geschrieben?«

»Du bist gut informiert«, sagte ich anerkennend und versuchte, zumindest ein schiefes Grinsen zustande zu bringen. »Aber es ist nicht verwunderlich, dass der Autor danach nichts mehr hinbekommen hat: Er ist eigentlich ein erfolgloser Lyriker und hat das Manuskript seiner Ex-Freundin geklaut, nachdem er ihr sehr eindrucksvoll klargemacht hat, dass sie eine talentlose Versagerin ist.«

Ich spuckte die Worte förmlich aus und hörte Frederik entsetzt nach Luft schnappen. »Was?«, schrie er fassungslos.

»Ole hat mein Manuskript gestohlen und während ich voller Hass auf mich und die Welt meine Schriftstellerkarriere an den Nagel hängen wollte, hat er mein Buch an einen Verlag verkauft«, fasste ich noch einmal zusammen – nur für den unwahrscheinlichen Fall, dass er mich nicht verstanden hatte. »Daher kommen vermutlich meine Bindungsängste«, fügte ich noch trocken hinzu.

»Helen«, sagte Frederik und wühlte aufgebracht durch seine Haare. »Ich weiß gerade nicht einmal, was ich sagen soll.« Zum Trost legte er die Arme fester um mich und zerquetschte mich fast. »Hättest du früher etwas gesagt, dann hätte ich dieses Arschloch heute unangespitzt in den Boden gerammt.«

Seine Worte waren Balsam für meine Seele. Meine Wange an ihn geschmiegt lauschte ich einen Moment lang seinem Herzschlag. »Ich konnte einfach nicht darüber reden.«

»Jetzt kann ich das nachvollziehen.« Frederik küsste meinen Scheitel. »Warum hast du nie etwas unternommen?«

Ich lachte böse auf. »Was denn? Ich hatte keine Beweise und das Buch erschien mehr als zwei Jahre, nachdem er mich verlassen hatte. Inzwischen hatte ich mich eingekriegt und befand mich in Verhandlungen mit meinem jetzigen Verlag, da wollte ich keinen Streit vor Gericht provozieren. Außerdem hatte ich nicht genug Geld, um mir einen Anwalt zu leisten.«

Frederik dachte nach und liebkoste mich dabei die ganze Zeit weiter. Irgendwann hielt ich es nicht mehr aus: »Du hasst mich nicht?«

»Natürlich nicht, du Dummkopf. Wie könnte ich? Immerhin hast du mir Pornos mitgebracht.«

Wir lachten beide und ich war froh, dass ich scheinbar das Unheil abgewendet hatte. Frederik löste sich von mir und betrachtete mein Gesicht. »Sag mal, du stehst doch so auf Kategorien und Ordnung: Wo stehen wir beide denn jetzt?«

So viel zum Thema ›Unheil abwenden‹. Ich biss mir auf die Unterlippe und dachte so angestrengt nach, dass mein Kopf tatsächlich davon schmerzte. Frederik beobachtete mein Mienenspiel. »Lass dir ruhig Zeit, ich gucke mir mal deinen Filmgeschmack an.«

Entsetzt verbarg ich mein Gesicht in den Händen, aber sah durch die Finger hindurch dabei zu, wie er nach den Pornos griff.

»*Kleine Luder hart gefickt 3*«, las er vor und schaute mich mit hochgezogener Augenbraue an. »Ich glaube, ich brauche etwas zu trinken und es ist mir egal, dass es nicht einmal nachmittags ist.«

Erleichtert nickte ich. »Ich auch, unbedingt!«

Frederik verschwand in der Küche und kam mit einer Flasche und zwei Gläsern zurück. »Wodka okay?«

»Hauptsache Alkohol«, versicherte ich ihm und griff sofort gierig nach dem Glas. Die klare Flüssigkeit brannte auf meiner Zunge und lenkte mich auf angenehme Weise von dem Klumpen in meinem Magen ab, der schon merklich kleiner geworden war, nachdem ich das große Geständnis hinter mich gebracht hatte.

Innerhalb von Minuten war ich betrunken. Keine Ahnung, ob es an dem verpassten Mittagessen lag, aber der Alkohol wanderte schneller in meinen Kopf, als Frederik brauchte, um die kleine Porno-Sammlung zu bestaunen, die ich ihm geschenkt hatte.

»So, Frau Doktor Freud: Gehe ich richtig in der Annahme, dass die Filme deine intimsten sexuellen Wünsche widerspiegeln?« Frederik grinste mich offen an.

Ich verschluckte mich fast am zweiten Wodka und wusste nicht, was ich antworten sollte. Wenn ich jetzt alles abstritt, würde das unglaubwürdig klingen und die Wahrheit konnte ich ihm unmöglich sagen.

Mit Frederik blieben in meinen Augen nämlich keine Wünsche offen – aber die Vorstellung, was dieses Geständnis mit seinem Ego veranstalten würde, hielt mich davon ab, es zu sagen. Stattdessen rümpfte ich die Nase. »Hm.«

Frederik lachte nur und stand auf, um die Disc in den Player zu schieben, während mir das Herz stehenblieb. Er wollte doch jetzt nicht allen Ernstes einen Porno mit mir gucken!

Sekunden später war das Wohnzimmer von eindeutigen Geräuschen erfüllt und ich wurde eines Besseren belehrt.

Gemeinsam sahen wir zu, wie die üppig ausgestattete Blondine auf dem Bildschirm sich über den Schwanz des ebenfalls gut bestückten Herrn hermachte, den sie gerade zufällig auf dem Parkplatz getroffen hatte. Die Art, wie sie ihn verschlang, erweckte den Verdacht in mir, dass sie genau wie ich auf das Mittagessen verzichtet hatte. Als der Penis sich mehr als deutlich in ihrem entblößten Hals abzeichnete, griff ich sicherheitshalber nach der Wodka-Flasche – wer wusste schon, wo der Film noch hinführen würde.

Frederik hielt mir sein Glas hin und bemerkte trocken: »So wollen Frauen das also?«

Erschüttert sah ich ihn an und blinzelte langsam. »Was? Der Film ist ja wohl eindeutig für ein männliches Publikum gemacht. Anders kann ich mir die ganzen Close-ups auf ihre Pussy sonst nicht erklären.«

Ich weiß nicht, woher der Mann die Ruhe nahm, aber er blickte mir geradewegs in die Augen und fragte: »Helen, hast du etwa Komplexe aufgrund deiner Weiblichkeit?«

Mein alkoholvernebelter Kopf brauchte eindeutig zu lange, um herauszufinden, dass er sich gerade gehörig auf meine Kosten amüsierte und es überhaupt nicht ernst meinte. Als es mir schließlich aufging, schlug ich nach ihm – allerdings äußerst unkoordiniert, da meine Motorik den Wodka auch schon zu spüren bekommen hatte.

Frederik wich meinem Schlag aus und zog mich stattdessen auf seinen Schoß. Im Hintergrund war nur

Schmatzen und Gurgeln zu hören, was mich nicht störte, während ich gebannt in Frederiks schöne blaue Augen sah. »Bist du etwa schon betrunken?«

Ich schlang die Arme um seinen Nacken. »Gut möglich.«

»Du verträgst nicht viel, oder?« Dabei strich er bereits leicht mit seinen Lippen über meinen Hals und ich erschauerte.

»Nein, die Fähigkeit ist komplett auf meine Zwillingsschwester übergegangen.« Ich drehte den Kopf so, dass ich ihm meine Lippen anbot und seufzte leise, als er meiner Aufforderung nachkam.

Plötzlich erschien mir alles so logisch. Frederik war ein wunderbarer Mann, der bisher äußerst stoisch alle meine Ticks und nervigen Angewohnheiten ertragen hatte. Er war – perfekt. Genau das war das richtige Wort, um ihn zu beschreiben. Verträumt betrachtete ich ihn. Warum hatte ich nur so lange gebraucht, um das zu erkennen?

Ein warmes Gefühl strömte durch meinen Körper, zusammen mit dem Verlangen, direkt Nägel mit Köpfen zu machen. Ich legte die Hände um seine Wangen und suchte seine Augen, ich musste ihm einfach sagen, wie toll ich ihn fand.

Er hielt mich noch immer im Arm und bedachte mich mit einem merkwürdigen Blick, der mich bloß mehr animierte. Ich musste ihm unbedingt ein Kompliment machen und sagen, wie toll ich ihn fand – und zwar, bevor der Wodka mein Sprachzentrum lahmlegte.

»Heirate mich!«

Für einen sehr langen Augenblick schien die Welt sich sehr langsam weiterzudrehen, Frederiks Mund verzog sich vor Verblüffung und ich erstarrte in seinem Arm. Ich zählte meine Herzschläge und unterdrückte das Verlangen, hektisch nach einer Papiertüte zu suchen, um meine Atmung zu kontrollieren.

Schließlich brach ich das Schweigen. »Wow. Kein Wodka mehr für mich. Okay, zumindest bin ich mir sicher, dass der Alkohol zu 50 Prozent für mein Angebot verantwortlich ist.«

Mit dem Zeigefinger strich Frederik über meine Unterlippe und sagte leise: »Dann sollten wir vielleicht über die anderen 50 Prozent reden, wenn du wieder nüchtern bist.«

Dankbar nickte ich und ließ den Kopf auf seine Schulter sinken. Wenigstens war er nicht kreischend davon gerannt – was ich ihm nicht einmal hätte verübeln können, so wie ich im Moment drauf war.

Während ich darüber sinnierte, was ich gerade von mir gegeben hatte, kam wieder das geräuschvolle Schnaufen und Stöhnen vom Fernsehbildschirm in meinen Sinn. Aus einer spontanen Laune heraus ließ ich meine Hände auf Wanderschaft gehen und rutschte gleichzeitig in Richtung von Frederiks Knien. Überrascht zog er eine Augenbraue hoch, als ich über seine Hose strich.

»Betrunkene Frauen sind wirklich unterhaltsam«, stellte er fest und holte gleich darauf scharf Luft, weil ich seine Hose geöffnet hatte und mit der Hand nach seinem Schwanz tastete.

»Das kann schon sein. Bin ich jetzt offiziell deine Freundin?«, erkundigte ich mich, während meine Finger sich um das heiße Fleisch schlossen.

Frederik ächzte leise. »Willst du dieses Gespräch wirklich jetzt führen? Ich habe gerade- äh- leichte Konzentrationsschwierigkeiten.«

Mit einem spöttischen Gesichtsausdruck ließ ich mich von seinen Beinen gleiten und kniete nun vor ihm auf dem weichen Teppich. Meine Finger lagen nach wie vor um seine Latte. Ich streckte meine Zunge hervor und ließ die Spitze einmal über seine Eichel gleiten.

Dann zog ich seine Hose hinunter; nur zu eilig hob er seine Hüften an, um mir die Aufgabe zu erleichtern. Ohne ihn aus den Augen zu lassen, strich ich genüsslich mit der Zunge an der Unterseite des Schafts nach oben, hinterließ eine feuchte Spur.

Frederiks Pupillen zogen sich zusammen und er atmete schwer. Durch den Alkohol fühlte ich mich übermütig und fragte leise: »Wäre jetzt nicht ein guter Zeitpunkt, um mir zu sagen, was ich hören will?« Dann ließ ich seinen Penis in meinen Mund gleiten und saugte kräftig.

Stöhnend strich Frederik über meinen Hinterkopf und keuchte dann: »Wenn du das möchtest, darfst du gern meine Freundin sein.«

Das versöhnte mich auf Anhieb und als Antwort presste ich meine Zunge gegen seinen Schwanz, bewegte den Kopf schneller. Sein Unterleib schob sich mir entgegen und sein leises Stöhnen erregte mich enorm.

Es dauerte nicht mehr lange, bis sein Schwanz zwischen meinen Lippen zuckte und sein Sperma in meinen Mund spritzte. Ich saugte so lange weiter, bis Frederik meine Schultern umfasste und sich aus mir zurückzog. Er lächelte mich an, in seiner Miene spiegelte sich eine Mischung aus Überraschung und Dankbarkeit wider. Nachdem er sich geräuspert hatte, fragte er mit belegter Stimme: »Und was machen wir jetzt?«

Statt einer Antwort sah ich lächelnd zur Schlafzimmertür, er folgte meinem Blick und erwiderte mein Lächeln.

In der Nacht wachte ich auf und konnte nicht wieder einschlafen – egal wie viele Schafe ich zu zählen versuchte. Weil ich Frederik nicht wecken wollte, schlich ich mich leise ins Wohnzimmer. Der Raum lag still in blasses Mondlicht getaucht vor mir.

Wir hatten das Bett nur verlassen, um kurz etwas zu essen. Rein rational wusste ich, dass ich eigentlich müde sein sollte, doch sobald ich die Augen schloss, zuckten wilde Gedanken durch meinen Kopf.

Ganz oben auf der Liste stand die Frage, ob ich mich wirklich bereit dazu fühlte, eine Beziehung zu führen. Wenn ich dem Wodka glauben durfte, wollte ich ja sogar heiraten. Dann waren da noch Ideen für neue Bücher, Rezepte, die ich ausprobieren wollte und die Frage, was ich Frederik wohl zu Weihnachten schenken sollte.

Mit einem leisen Stöhnen vergrub ich mein Gesicht in dem Sofakissen und wühlte durch meine Haare. Warum konnte ich nicht einfach schlafen und mir erst morgen wieder das Gehirn verrenken? So ein Mist!

Plötzlich bewegte sich das Sofakissen unter mir und ich sprang auf. Mit klopfendem Herzen fragte ich mich, ob ich jetzt schon halluzinierte. Das Kissen fiel von der Couch und Schröder starrte mich vorwurfsvoll an. Das hatte er sich bestimmt von Frederik abgeschaut, der konnte nämlich exakt so gucken. Nur dass der Mann dabei noch eine Augenbraue so hoch zog, dass sie förmlich über seinem Kopf schwebte.

Ich hob das Kissen auf, legte es wieder auf die Couch und verbeugte mich vor dem Kater. Dann setzte ich mich neben ihn. Schröder bewegte keinen Muskel, offenbar hatte er sich noch immer nicht entschieden, wie er überhaupt zu mir stand – es bestand also die Gefahr, dass er mir gleich mit ausgestreckten Krallen ins Gesicht springen würde.

»Sag mal, Schröder, du hast doch so ein samtiges Fell, die Katzendamen fahren bestimmt auf dich ab, oder?« Ich streckte die Hand aus, um ihn anzulocken und hoffte, dass er sie zum Dank nicht mit blutigen Kratzern verzieren würde. Er legte nur den Kopf schräg und betrachtete mich argwöhnisch.

»Na, komm schon her. Vielleicht hast du ja ein paar Beziehungstipps für mich.«

Wenigstens ließ das Tier sich jetzt dazu herab, probehalber an meinen Fingern zu schnuppern und einmal kurz an ihnen zu lecken.

»Verrat mir mehr über deinen Besitzer. Für wie verrückt hält er mich?«, fragte ich und stellte begeistert fest, dass Schröder zu mir kam und gekrault werden wollte.

»Für ziemlich verrückt«, erklang Frederiks trockene Stimme hinter mir und ich zuckte zusammen.

»Habe ich dich geweckt?« Schuldbewusst warf ich einen Blick über die Schulter.

»Nein. Hast du nicht.« Er kam zu mir geschlurft und brauchte Schröder nur anzusehen, damit dieser bereitwillig den Platz neben mir räumte. Allerdings nicht für lange, denn als Frederik saß, sprang der schwarze Kater auf seinen Schoß und machte es sich dort bequem. Das Gesicht zu mir gewandt, begann der Mann routiniert, den Kater zu streicheln. Zugegebenermaßen war ich in diesem Moment ziemlich neidisch auf das Vieh.

»Konntest du nicht schlafen?«

Ich schüttelte den Kopf und seufzte: »Zu viel Wodka, zu viele Gedanken.«

Frederiks Augen funkelten. »Träume von dir in einem weißen Kleid mit ganz vielen Rüschen?«

»Schön, dass du dich darüber lustig machen kannst.« Trotzig schob ich die Unterlippe vor.

Frederiks leises Lachen löste ein wohliges Gefühl in meinem Bauch aus. »Du willst zu viel zu schnell. Mich wundert ehrlich gesagt, dass du überhaupt strukturiert arbeiten kannst.«

»Was willst du? Dass ich dich wie ein Manuskript behandele?«, fragte ich verwirrt.

»Nein, du sollst dich mal entspannen. Du kannst nicht gestern versuchen, mich krampfhaft auf Abstand zu halten und am nächsten Tag von heiraten sprechen.«

Genervt schloss ich die Augen. »Das weiß ich selbst. Aber mein Gehirn will das irgendwie nicht akzeptieren.« Schnell fügte ich noch hinzu: »Andere Männer würden sich sicher geschmeichelt fühlen.«

»Andere Männer wären schon schreiend weggerannt, sobald sie dich in dieser umwerfenden Jogginghose gesehen hätten, die du dein Eigen nennst«, bemerkte er gelassen und ich stöhnte gequält auf.

»Okay, dann sag mir, was ich tun soll«, forderte ich von ihm und konnte nicht glauben, dass es schon so weit mit mir gekommen war.

Frederik schwieg einen Moment und sah nach unten zu Schröder, der seinen Blick gelangweilt erwiderte. »Wie lange kennen wir uns jetzt?«

Ich dachte kurz nach und kaute dabei auf meiner Unterlippe herum. Elenas Hochzeit! An dem Tag hatten wir uns zum ersten Mal gesehen und waren im Bett gelandet, aber wann war das gewesen? Gut, dass Elena gerade nicht hier war – sie wäre ausgeflippt, wenn sie mitbekommen hätte, dass ich das Datum bereits wieder vergessen hatte.

So sehr ich auch grübelte, ich kam einfach nicht darauf. »Ich weiß es nicht«, entgegnete ich verlegen.

»Drei Monate und elf Tage«, lautete die sehr präzise Antwort von Frederik, die mich für einen Moment sprachlos machte. Mir erschien der Zeitraum sehr viel länger als nur läppische drei Monate.

»Das hast du aber genau im Kopf«, brummte ich und versuchte so, meine Verlegenheit zu überspielen.

»In diesen drei Monaten und elf Tagen haben wir genau zwei Nächte miteinander verbracht. Wobei ich finde, dass die erste nicht wirklich zählt, weil du mich immerhin am frühen Morgen rausgeworfen hast.«

Ich errötete und wich seinem Blick aus.

»Also lass es mich so ausdrücken: Von 102 Tagen weniger als zwei Nächte miteinander verbracht sind nicht einmal zwei Prozent. Du findest mich sicherlich altmodisch, aber für eine Ehe finde ich das etwas dürftig.«

»Wie viele Nächte hältst du denn für angemessen?«, erkundigte ich mich interessiert.

Und schon wieder bekam ich von einem männlichen Wesen einen vorwurfsvollen Blick zugeworfen und schon wieder stellte ich fest, dass Schröder Frederik ähnelte. Wie war das möglich?

»Im Idealfall wohl 100 Prozent. Aber bei dir würde ich mich wahrscheinlich auch mit weniger zufriedengeben, wenn ich dafür mal durchschlafen dürfte.«

Ich stand auf und sofort beäugte Schröder mich misstrauisch. Sein Herrchen guckte nicht unbedingt anders. »Wohin willst du?«

»Mein Kissen holen, sonst kann ich nicht vernünftig schlafen. Außerdem hat diese ganze Prozentrechnung mich müde gemacht.«

Am nächsten Morgen kitzelte ein Sonnenstrahl mich an der Nase und ich machte mir sofort ernsthafte Sorgen um den Zustand meiner geistigen Gesundheit. War ich im Laufe der letzten Nacht zu einem emotionalen Wrack verkommen?

Vorsichtig öffnete ich ein Auge und stellte erleichtert fest, dass es sich bei dem Sonnenstrahl um Schröders Zunge handelte, die offenbar meine Nasenspitze lieb gewonnen hatte. Keine Ahnung, was ich getan hatte, doch kaum hatte ich beide Augen geöffnet, sprang Schröder mit einem schrillen Kreischen vom Bett. Ich zuckte zusammen und mit einem Ruck richtete Frederik sich auf.

Er sah einfach zu bezaubernd aus, wie er so verwirrt in die Welt blinzelte. »Um Himmels Willen! Was war das?«, keuchte er und seine Stimme klang vom Schlafen noch so rau, dass ich mich am liebsten auf ihn geworfen hatte.

Belustigt fragte ich: »Müsstest du das nicht am besten wissen?«

Sein Gesicht erinnerte mich prompt daran, dass er kein Morgenmensch war. »Woher bitte soll ich das wissen?«

»Na, das war immerhin dein Kater«, stellte ich klar.

Frederik zog eine Grimasse. »Sehr witzig. Jetzt sag schon, was war das?«

»Schröder! Ehrlich! Er saß gerade hier auf dem Bettrand und hat an meiner Nase geleckt. Als ich aufgewacht bin, hat er sich erschreckt oder so.« Ich sah mich um, aber natürlich fehlte von dem Vieh jede Spur.

»Ich habe noch nie gehört, dass Schröder so klingt. Außerdem weiß er, dass er nicht ins Schlafzimmer darf.« Langsam und mit einem sehr dramatischen Schnaufen ließ Frederik seinen Oberkörper wieder auf die Matratze sinken.

»Du wusstest ja auch, dass ich nur Sex will. Klär mich auf, hat dich das irgendwie abgehalten?«, entgegnete ich sarkastisch.

Sehr mit sich zufrieden schmunzelte der Mann mit geschlossenen Augen und klopfte sich schließlich auf die Brust. »Wenn du magst, darfst du dich hierhin legen.«

Stur schüttelte ich den Kopf und beäugte den mir angebotenen Platz. Eigentlich sah er von hier nicht schlecht aus und mein Kopfschütteln hatte Frederik nicht gesehen, weil er schon fast wieder schlief.

Die Verhandlung mit mir selbst dauerte nicht lang, dann schmiegte ich mich bereits an ihn und genoss, dass er so warm war. Daran konnte ich mich wirklich gewöhnen.

Als wir es schließlich aus dem Bett schafften und gemeinsam in die Küche gingen, um Kaffee zu kochen, saß Schröder in der Tür und leckte sehr konzentriert an seiner linken Vorderpfote. Vielleicht bildete ich mir das ein, aber ich war mir ziemlich sicher, dass der Kater mich mit seinem Blick verhöhnte.

Frederik bückte sich im Vorbeigehen und tätschelte Schröder, der sich das nur zu gern gefallen ließ. Als ich es meinem Freund gleichtun wollte, sprang der Kater prompt auf und tigerte davon. Dabei schwenkte er sein Hinterteil sehr ausladend. Wer nicht will, der hat schon.

Als ich Frederik ansah, bemerkte ich den äußerst vorwurfsvollen Ausdruck in seinen Augen. »Hast du Schröder verärgert?«

»Wie bitte?«, fragte ich empört.

»Sonst ist er nicht so«, stellte Frederik fest und machte sich an der Kaffeemaschine zu schaffen. Ich wurde prompt durch den Anblick seines Hinterteils unter der dünnen Pyjamahose abgelenkt.

»Ich habe dir doch gesagt, dass er an meiner Nase geleckt hat. Wer hat sich hier denn bitte daneben benommen?«

Frederik brummte zwar, aber ich hatte den Eindruck, dass er mir nicht glaubte. Also schmiegte ich mich von hinten an ihn und sagte: »Vielleicht ist Schröder eifersüchtig, weil du mich jetzt auch ab und zu streichelst.«

Gegen seinen Willen musste Frederik lachen. »Dann erzähl ihm bloß nicht, was ich sonst noch mit dir anstelle.«

Ich streichelte seinen Bauch und suchte nach einer Antwort, die unweigerlich zu Sex führen würde. Doch zu meinem Entsetzen schob Frederik meine Hand weg und murmelte: »Nicht, bevor ich nicht meinen Kaffee hatte.«

Oha. Was für eine Prinzessin! Da ich mir aber nicht die Chancen für den gesamten Tag vermiesen wollte, hielt ich lieber meine Klappe und nahm meine Tasse entgegen. Ich ging voraus und hockte mich wieder auf das Bett. Jetzt, da ich sein Schlafzimmer zum ersten Mal im Tageslicht betrachtete, fiel mir erst auf, dass es viel geräumiger wirkte als meins. Aber das konnte daran liegen, dass er nicht solch einen monströsen Kleiderschrank hatte wie ich. Dafür war sein Bett allerdings größer – nicht unbedingt ein Nachteil.

Frederik trank ruhig seinen Kaffee und folgte dabei meinem Blick. »Wenn dir gefällt, was du siehst, darfst du gern öfter hierher kommen.«

Ich verdrehte nur die Augen, musste aber trotzdem grinsen. Natürlich währte mein kleiner Seelenfrieden nicht lange, denn Elenas letzter Anruf kam mir wieder in den Sinn. »Sag mal«, fing ich an und streckte dabei die Hand aus, um kleine Kreise auf seine Brust zu malen, »was machst du eigentlich Silvester?«

Die Hand, die gerade die Tasse zum Mund führte, verharrte in der Luft und er schielte mich über den Rand an. »Mit dir feiern?«

Mein breites Grinsen ließ sich einfach nicht unterdrücken. »Sehr gute Antwort.«

»Ich nehme an, du hast auch schon einen Plan, was wir machen?«

Mit einem leisen Stöhnen ließ ich mich auf das Bett fallen. »Ich nicht, aber meine Schwester.«

»Okay«, sagte Frederik und stellte die Tasse weg. Er legte sich auf die Seite und betrachtete mich von oben. »Da wir gerade schon dabei sind: Verbringst du Weihnachten auch mit deiner Familie?«

Sofort klopfte mein Herz aufgeregt von innen gegen meine Rippen. »Nein. Ich bin haarscharf davongekommen. Meine Eltern fahren in den Urlaub, Daniel feiert bei Mo und Stephan und Elena zu zweit. Dafür musste ich dieser blöden Silvesterparty zustimmen. Was machst du?«

Frederik beugte sich näher zu mir. »Ich schätze, ich werde meine hübsche Freundin fragen, ob sie mit mir die Feiertage verbringt, wenn sie nicht arbeiten muss.« Dann begann er, sanft an meiner Unterlippe zu knabbern.

Ich erschauerte wohlig. »Ich glaube nicht, dass sie dir widerstehen kann, wenn du dein Angebot so wunderbar vorträgst.« Mit diesen Worten schlang ich die Arme um seinen Nacken und zog ihn zu mir hinunter.

12

Als es an der Tür klopfte, drehte ich mich schnell noch einmal um. Das Essen stand auf dem Herd, der Tisch war gedeckt und das Geschenk hatte ich sorgfältig versteckt. Stolz auf mich selbst öffnete ich schwungvoll die Tür.

Frederik stand mit großen Augen im Rahmen und starrte mich an. »Das riecht verdammt gut.«

Ich grinste selbstzufrieden und trat beiseite, um ihn hereinzulassen. Noch bevor er durch die Tür war, fragte er: »Hast du irgendwo bestellt?«

Beleidigt verschränkte ich die Arme und sah zu, wie Frederik seinen Kopf in die Küche steckte, den Herd musterte und sich verdutzt wieder zu mir drehte. »Kochst du etwa?«

»Jetzt reicht es aber! Ich habe mehr als einmal erwähnt, dass ich kochen kann.«

Frederik legte die Arme um mich und grinste breit. »Ja, ich weiß. Aber du sagst auch manchmal, dass du ein netter Mensch wärest und ich dachte, das mit dem Kochen würde in die gleiche Kategorie von Wahnvorstellungen fallen.«

Pah! Ich wand mich aus seiner Umarmung und schlug ihm mit aller Kraft auf den Oberarm. »Wenn du weiter so frech bist, behalte ich dein Geschenk und du kannst drüben essen. Vielleicht hast du Glück und Schröder gibt dir etwas von seinem Katzenfutter ab.«

Seine Augen funkelten. »Verzeihung, was hast du gesagt? Ich habe nach dem Wort ›Geschenk‹ irgendwie abgeschaltet.«

Mit einem Seufzen ging ich an den Herd und rührte die Sauce um. Neugierig schlich Frederik hinter mir her und sah über meine Schulter. »Nein, im Ernst, das riecht wirklich köstlich. Was gibt es denn?«

Ein wenig versöhnt zog ich den Kochlöffel aus der Sauce und ließ ihn probieren. »Kartoffel-Apfel-Soufflé, Schweine-Medaillons in Blätterteig und Pfifferlinge.«

Wenigstens zeigte der Mann sich jetzt angemessen beeindruckt und erkundigte sich pflichtbewusst: »Kann ich dir helfen?«

»Du kannst den Wein aufmachen und die Kerzen anzünden. Der Timer für das Soufflé sollte gleich ablaufen.«

Frederik legte die Gabel weg und sah mich merkwürdig verträumt an. »Es ist wirklich nicht nett, mir deine Kochkünste so lange vorzuenthalten. Ständig bestellen wir irgendetwas, obwohl du doch so großartig kochen kannst!«

Ich erlaubte mir ein kleines Lächeln, bevor ich sagte: »Jetzt im Ernst: Stell dir mal vor, ich hätte direkt für dich gekocht – ich bin dich ja so schon nicht wieder losgeworden.«

»Das heißt, ab jetzt kochst du für mich?«, erkundigte er sich so hoffnungsvoll, dass ich lachen musste.

»Wenn du brav bist, vielleicht...« Ich polierte mit dem letzten Stück Fleisch förmlich den Teller sauber. Meine Neugier, wie Frederik wohl auf sein Weihnachtsgeschenk reagieren würde, ließ sich nicht so leicht bezähmen und so hatte ich meine Ungeduld künstlich gezügelt, indem ich ganz langsam gegessen hatte.

»Ist noch etwas da?« Seine blauen Augen waren nahezu mitleiderregend weit aufgerissen und ich nahm ihm den Teller ab, den er mir bereits hinhielt.

»Natürlich.«

»Gott sei Dank«, rief er erleichtert und goss uns noch Rotwein in die Gläser. »Du hast wirklich einige versteckte Talente.«

»Hör auf zu schleimen«, bemerkte ich trocken und sah aus dem Augenwinkel sein Grinsen.

Glücklicherweise konnte ich ihm den Rücken zuwenden und so bekam er nicht mit, dass ich zufrieden lächelte. Obwohl ich wusste, dass ich ganz passabel kochen konnte, freute es mich natürlich, dass Frederik so begeistert war.

Ich stellte ihm den Teller hin und setzte mich wieder. Er hatte sein Besteck noch immer in der Hand und ich beobachtete ihn versonnen. Dieser Moment gerade war auf eine schöne Art und Weise entspannend. Dabei hatte ich den Nachmittag völlig aufgelöst in der Küche zugebracht und mehrfach mit dem Gedanken gespielt, meine Nerven mit dem gesamten Vorrat an Rotwein zu beruhigen, den ich besaß.

Weihnachten mit einem Mann zu verbringen war mir früher immer wie das Maß aller Dinge erschienen – ein gewaltiger Schritt eben. Und jetzt?

Sehr erwachsen saß ich an meinem Küchentisch und verbrachte Heiligabend mit meinem Freund, den ich vor ein paar Tagen erst betrunken gefragt hatte, ob er mich nicht heiraten wollte. Hätte mir das jemand an Elenas Hochzeitstag prophezeit, dass ich die Feiertage ganz verzückt mit einem Mann verbringen würde, hätte ich der betreffenden Person vermutlich den Inhalt meines Glases ins Gesicht gekippt.

Nachdem ich geduldig gewartet hatte, bis Frederik auch den zweiten Teller leer gegessen hatte, fragte ich: »Einen Kaffee oder Espresso?«

»Sehr gern«, sagte der Mann und lehnte sich entspannt im Stuhl zurück. »Ich muss schon sagen, ich fühle mich gut umsorgt.«

Ich freute mich, verdrehte dennoch die Augen und wurde mit einem Lachen belohnt.

»Was machst du denn sonst so an Weihnachten?«, wollte Frederik von mir wissen.

»Mich mit Daniel streiten«, grinste ich und füllte die Kaffeebohnen in der Maschine nach. »Meistens sind wir im Haus meiner Eltern, meine Mutter kocht übertrieben viel, danach gibt es Kuchen und wenn sich niemand mehr bewegen kann, weil wir alle so voll gefressen sind, werfen wir uns gegenseitig die Geschenke zu.«

»Das klingt nett.« Frederik schmunzelte und ich überlegte, was ich mit seiner Antwort anfangen sollte. In meinen Ohren klang es viel netter, mit ihm zu essen, ihm etwas zu schenken und danach hemmungslos über ihn herzufallen. Innerlich seufzte ich. Geduld war noch nie eine meiner Stärken gewesen.

»Wie verbringst du sonst Weihnachten?«, fragte ich vorsichtig. Ich wusste, dass seine Eltern schon länger tot waren. Bisher hatte ich mich aber noch nicht an das Thema herangetraut.

»In der Regel mit einer meiner zahlreichen Geliebten«, verspottete er mich.

Meine Augen wurden schmal. »Mit anderen Worten: Du möchtest keinen Nachtisch?« Ich knallte seine Kaffeetasse auf den Tisch und funkelte ihn dazu an.

Sofort setzte er sich wieder aufrecht hin. »Nachtisch?«

»Eigentlich schon«, sagte ich gedehnt und beobachtete seine Mienenspiel.

»Okay, ich muss das verifizieren. Bedeutet Nachtisch etwas Essbares oder impliziert es hübsche Unterwäsche mit – sagen wir – Schleifen zum Öffnen?«, wollte er jetzt von mir wissen und wirkte plötzlich wieder sehr interessiert.

»Etwas Essbares. Der Teil mit der Unterwäsche wurde soeben gestrichen«, verkündete ich und zwinkerte ihm zu.

»Ich bin dagegen«, sagte Frederik nur und zeigte mit dem Finger auf mich. »Hol den Nachtisch, Weib!«

Pah. Da konnte er lange warten. »Nur, wenn du meine Frage beantwortest.«

»Na schön. Meistens gehe ich mit meinem Bruder Essen. Wenn ich eine Freundin habe, gehe ich meistens mit zu ihrer Familie oder zu einer der unzähligen Anti-Weihnachtspartys in der Stadt. Es gibt ja genügend Leute, die mit diesem Spektakel nichts anfangen können.«

Erschrocken sah ich ihn an. »Dann feierst du gar nicht gern Weihnachten?«

Zugegebenermaßen war ich etwas schockiert, denn obwohl ich es gern verbarg, war ich doch ein großer Weihnachtsfreund. Ich konnte stundenlang über Weihnachtsmärkte schlendern und ich mich dabei mit Glühwein und gebrannten Mandeln vollstopfen. Wenn ich ganz sicher war, dass mich niemand beobachtete, guckte ich alle Weihnachtsfilme in einem ewig langen Film-Marathon und verspeiste dabei eine Menge Lebkuchen, die einer Großfamilie alle Ehre gemacht hätte. Wurde ich allerdings nach Weihnachten gefragt, zuckte ich unbeteiligt mit den Schultern.

»Keine Ahnung, für mich hat es jedenfalls nicht die große emotionale Bedeutung und Familienstreitigkeiten fallen aus den bekannten Gründen aus. Aber ich bin gerne bereit, mich überraschen zu lassen, was der Abend noch so mit sich bringt.«

Nervös biss ich mir auf die Unterlippe und überlegte, ob ich das Thema endlich ansprechen sollte. »Du redest nie über deine Eltern. Darf ich fragen, was mit ihnen passiert ist?«

Frederiks Miene verdunkelte sich leicht und ich wollte meine Frage sofort zurücknehmen, doch zu meinem Erstaunen winkte er ab. »Bist du sicher, dass ich dir damit nicht die Weihnachtsstimmung ruiniere?«

»Das glaube ich kaum. Aber ich möchte auch nicht, dass du gleich niedergeschlagen bist.«

Er lächelte mich leicht schief an. »Es ist alles so lange her. Mittlerweile kann ich ganz gut darüber reden. Die Wahrheit ist, dass wir nicht wissen, was eigentlich passiert ist. Sie sind einfach verschwunden.«

Mein Mund klappte auf und ich suchte nach den richtigen Worten, um mein Mitleid auszudrücken, Frederik redete jedoch gleich weiter: »Bertram und ich waren in den Herbstferien bei unserer Oma. Opa war vor Kurzem gestorben und meine Eltern wollten in den Anden Bergsteigen gehen. Sie dachten, Oma würde die Gesellschaft gut tun und wir könnten ihr helfen, ihren kleinen Garten winterfest zu machen. Das ist alles, woran ich mich noch erinnern kann. Aber ich war auch erst 13 oder 14 Jahre alt.«

Verlegen strich ich meine Locken hinter mein Ohr. »Wie können zwei erwachsene Menschen denn einfach so verschwinden?«

»Glaub mir, das hat Bertram auch versucht herauszufinden. Sie haben morgens das Hotel mit ihrer Ausrüstung verlassen und sind nicht mehr zurückgekommen. Nachdem es aufgefallen ist, hat man natürlich einen Suchtrupp losgeschickt, aber da waren sie schon sechs Tage verschwunden.«

Weil ich es nicht länger aushielt, stand ich auf und setzte mich stattdessen auf Frederiks Schoß, der dankbar die Arme um mich schlang. Ich hauchte unzählige Küsse auf sein Gesicht, weil ich einfach nicht wusste, was ich hätte sagen sollen und mit leeren Phrasen wollte ich ihn nicht beleidigen. »Was habt ihr denn dann gemacht? Seid ihr bei eurer Oma geblieben?«

Frederik schüttelte etwas unwirsch den Kopf. »Das erzähle ich dir ein anderes Mal, zu viele Depressionen an einem Abend sind nicht gut. Das Ganze ist fast zwanzig Jahre her und wir haben beide überlebt. So, jetzt hast du deine Antwort und ich will meinen Nachtisch.« Er küsste mich so hungrig, dass mir für einen Moment schwindelig wurde. Hatte er etwa nicht zugehört, als ich gesagt hatte, dass nicht ich als letzter Gang geplant war, sondern es ein richtiges Dessert gab?

»Dann fangen wir wohl besser gleich mit der Nougat-Torte an. Wenn der Zuckerrausch erst einmal einsetzt, wirst du dich in Weihnachten verlieben!« Ich hatte lange überlegt, was für ein Dessert ich ihm wohl vorsetzen sollte. Da ich wusste, dass er eine kleine Naschkatze war und ich persönlich ein Faible für Nougat hatte, war die Wahl schnell getroffen gewesen.

»Nougat-Torte?«, wiederholte Frederik fassungslos und sah mit großen Augen zu, wie ich den Kühlschrank öffnete. So wie er mich anstarrte, hatte der besagte Zuckerrausch wohl schon längst eingesetzt.

Ich stellte die Platte schwungvoll auf den Tisch und verbeugte mich leicht. Klugerweise war die Torte schon geschnitten, weil ich diese nervenzerfetzende Arbeit lieber alleine erledigte, damit niemand mein Fluchen hörte. War ich eigentlich der einzige Mensch auf diesem Planeten, der es unmöglich fand, gleich große Stücke zu schneiden?

Der Mann konnte seinen Blick nicht von der Torte lösen und ich befürchtete, dass er jeden Moment auf die Tischplatte sabbern würde. Hatte ich es übertrieben, indem ich jedes Tortenstück mit einem Toffifee garniert hatte? Ich wusste doch, wie sehr er die Dinger liebte.

»Bitte sag mir, dass du nicht auch noch backen kannst!«, flehte er mich an und an seiner Stirn konnte ich ablesen, dass er auszurechnen versuchte, wie viele Kilometer er laufen musste, um ein Stück Torte abzutrainieren – eine Frage, über die ich lieber nicht nachdenken wollte, wenn ich an die Kuvertüre, das Marzipan und den Zucker dachte, die maßgeblich an der Entstehung der Torte beteiligt gewesen waren.

»Keine Ahnung. Ich schätze, um das herauszufinden, müssen wir sie wohl oder übel probieren.«

Noch bevor ich die Chance hatte, sprang Frederik auf und sprintete praktisch zum Küchenschrank, um die Dessertteller zu holen. Ich konnte mir mein Lachen nicht verkneifen, doch als er mich mit hochgezogener Augenbraue ansah, blieb es mir fast im Hals stecken.

»Sollte sich heraus stellen, dass du wirklich backen kannst, lasse ich mir dein charmantes Angebot doch glatt noch einmal durch den Kopf gehen«, informierte er mich mit funkelnden Augen.

Ich schluckte schwer und der Tortenheber verharrte in der Luft. Mir war klar, dass er über meinen verkorksten und ziemlich betrunkenen Heiratsantrag sprach. Schweigend servierte ich den Kuchen und stand auf, um mir noch einen Kaffee zu machen. Das würde mir vielleicht die Zeit geben, das Zittern meiner Hände in den Griff zu bekommen.

»Oh mein Gott«, stieß Frederik mit vollem Mund aus.

Langsam drehte ich mich um. »Ja bitte?«

»Der ist gut«, brachte er schließlich hervor und schloss genießerisch die Augen.

Ich schaffte es, nur mit dem Kopf zu nicken – schließlich hatte ich nichts anderes erwartet, doch innerlich führte ich ein Freudentänzchen auf. Wenigstens konnte ich mir bei Frederik sicher sein, dass er nicht nur auf mich stand, weil er meine häuslichen Qualitäten so toll fand; bis vor zwei Stunden hatte er von ihnen ja noch nichts gewusst. Er hätte mich also auch genommen, wenn ich nicht kochen könnte.

Moment – wenn ich das so betrachtete, musste ich wohl ebenfalls ziemlich gut im Bett sein. Der Gedanke gefiel mir und zufrieden probierte ich nun ebenfalls den

Kuchen. Er war lecker, aber für meinen weihnachtlichen Geschmack hätte ich allerdings noch etwas mehr Zimt nehmen können.

»Worüber denkst du nach?«, fragte Frederik hastig zwischen zwei Bissen. Offenbar hatte er Angst, dass der Kuchen verschwinden würde, wenn er nicht schnell genug aß.

»Darüber, dass ich nie wieder für dich backen und du mindestens eine Woche lang keinen Sex bekommst, wenn du dieses Jahr noch ein einziges Mal diese beknackte Frage stellst.«

Seine Augenbrauen wanderten nach oben. »Eine ganze Woche? Meinst du, dass du das durchhältst?«

»Blödmann.«

Er lächelte nur und schaufelte weiter in Rekordgeschwindigkeit Kuchen in sich hinein. Fasziniert beobachtete ich ihn. »Sag mal, kaust du überhaupt?«

»Ich glaube, das ist der beste Kuchen, den ich in meinem ganzen Leben gegessen habe«, verkündete er nun und leckte theatralisch die Gabel ab.

Widerwillig musste ich grinsen. »Dann hast du vermutlich noch nicht allzu viele Kuchen in deinem Leben gegessen. Er ist nicht schlecht, aber *so* gut ist er auch wieder nicht.«

Mit einem schockierten Gesichtsausdruck zog Frederik die Torte zu sich und senkte den Kopf. »Hör nicht auf die böse Frau, meine kleine Torte. Du bist köstlich.«

Ich lachte, während ich die Augen verdrehte. »Du hast einen Knall. Außerdem glaube ich langsam, dass ich mir die Mühe mit der Unterwäsche hätte sparen können.«

Interessiert richtete Frederik sich wieder auf und blickte zwischen mir und der Torte hin und her. »Puh, das ist wirklich schwer.«

»Blödmann.«

»Ha! Einen Euro in das Glas.« Triumphierend zeigte Frederik mit dem Finger auf mich.

»Was für ein Glas?«, fragte ich verwirrt.

»Ach so, habe ich dir noch nichts von meinem brillanten Plan erzählt?«, wollte der Mann wissen.

»Nicht, dass ich wüsste.«

»Mir ist aufgefallen, dass du dazu neigst, deine Flüche zu wiederholen, wenn du dich aufregst. Aber ich finde, dein Job verpflichtet dich sozusagen dazu, solche Dopplungen zu vermeiden. Deswegen sollten wir ein Glas anlegen, in das du Strafe zahlen musst, wenn du dich nicht an die Regel hältst.« Stolz strahlte Frederik mich an.

Blödmann! Ich sprach es allerdings nicht aus, sondern sah ihn nur strafend an. »Dein Weihnachtsgeschenk rückt langsam aber sicher in immer weitere Ferne.«

Er winkte nur ab. »Sollen wir Geschenke austauschen?«

Neugierig musterte ich ihn, schließlich war er mit leeren Händen gekommen. »Von mir aus. Aber solltest du meins dann nicht holen gehen?«

»Okay«, sagte er mit einem Achselzucken und stand auf. Zu meiner Verwunderung ging er jedoch nicht in seine Wohnung, sondern in mein Wohnzimmer. Verblüfft folgte ich ihm und sah zu, wie er sich entspannt auf die Couch setzte. Hoffentlich hatte er sich keine Schleife um den Penis gebunden.

Als er sich sicher war, dass er meine volle Aufmerksamkeit besaß, beugte er sich nach vorne und griff unter die Couch. Ungläubig sah ich zu, wie er ein relativ großes Päckchen hervorzauberte und fragte erstickt: »Seit wann liegt das da?«

Zufrieden zwinkerte Frederik mir zu. »Bloß ungefähr zwei Wochen.«

»Ich glaube, ich sollte vermutlich öfter unter dem Sofa saugen«, erwiderte ich, bevor ich mich umdrehte, um Frederiks Geschenke aus dem Schlafzimmer zu holen.

»Vermutlich.«

Als ich zurückkam, war von dem Mann nichts zu sehen. Ich warf einen Blick in die Küche. »Bitte sag mir, dass du nicht noch mehr Torte futterst.«

Als Dank bekam ich einen entrüsteten Blick zugeworfen. Frederik hatte den Sekt aus dem

Kühlschrank geholt und öffnete gerade die Flasche. »So viel Torte habe ich auch nicht gegessen.«

»Noch nicht«, prophezeite ich und ging zurück ins Wohnzimmer. Der Mann folgte mir kurz darauf mit zwei gut gefüllten Gläsern.

Wir saßen beide und ich biss mir auf die Unterlippe, weil ich ab jetzt keine Ahnung mehr hatte, wie ich mich verhalten sollte. Ich hatte noch nie mit einem Freund Bescherung veranstaltet. Frederik löste mein Unbehagen auf, indem er mir den Karton hinhielt und sagte: »Ladies first.«

Ganz wohl war mir nicht bei dem Gedanken, mich jetzt anstarren zu lassen und so reichte ich ihm die zwei Päckchen, die ich für ihn hatte. »Zeitgleich?«

Zuerst zögerte er, doch dann griff er beherzt zu. »In Ordnung.«

Ich war tatsächlich aufregt, als ich das grüne Papier öffnete und die flache Schachtel zum Vorschein kam. Im ersten Moment fiel ich darauf herein und dachte, dass Frederik mir Unterwäsche gekauft hatte. Aber das Geschenk entpuppte sich als eine Decke, unglaublich weich und flauschig. Sofort vergrub ich meine Finger in dem zarten Stoff und versuchte meine Rührung zu verbergen, weil die Decke schwarz war. Dann fiel mir die Prägung im Deckel auf. Du liebe Güte, die Decke war aus Cashmere!

Neben mir stieß Frederik ein ersticktes Geräusch aus. »Wow, wo hast du die denn aufgetrieben?«

Zufrieden drehte ich mich zu ihm. »Ich musste meinen ganzen Charme spielen lassen.«

»Die armen Verkäufer«, murmelte Frederik und betrachtete wieder die Laufschuhe, die ich ihm geschenkt hatte.

»Probier sie an!«, forderte ich ihn auf. Die unfassbar bunten Schuhe in der richtigen Größe zu bekommen, war gar nicht so leicht gewesen. Natürlich hatte ich dem Verkäufer erst einmal eine Aussage dazu entlocken müssen, welchen Schuh er empfehlen würde. Der Gute hatte sich ganz schön geziert, weil er den Träger ja nicht kennen würde. Also hatte ich kurzerhand alle

Laufschuhe fotografiert, die Frederik besaß und war wieder in dem Laden aufgetaucht.

Mit einer Sorgfalt, die mir Kopfschmerzen verursachte, schnürte Frederik die Schuhe und machte ein paar Probeschritte.

»Und?«, fragte ich gespannt.

»Ha«, machte er nun und ging noch ein paar Schritte. Während ich ihm zusah, bemerkte ich plötzlich, dass ich noch immer völlig selbstvergessen die Decke in ihrem Karton streichelte. Andächtig zog ich sie nun aus ihrer Verpackung und stellte sofort fest, dass sie wirklich hervorragend auf die Couch passte.

Frederik machte wieder: »Ha!« Er blieb stehen und sah mich an. »Sie passen wie angegossen!«

Ich war wirklich erleichtert. Der Verkäufer hatte mich immerhin mehrfach gewarnt, dass es ein riskantes Unternehmen war, Laufschuhe zu verschenken. Mit einem Abwinken hatte ich seinen Vortrag unterbrochen und ihn gezwungen, die Filialen durchzutelefonieren, um herauszufinden, ob es die Schuhe noch irgendwo in 44,5 gab.

Mein Freund ließ die Schuhe direkt an und setzte sich wieder auf die Couch. »Sie sind toll, Helen. Danke.«

»Was?« Die Decke hatte mich abgelenkt und ich zog sie von meinem Kopf, denn ich hatte testen wollen, ob sie meine Haare statisch auflud. Natürlich war das nicht der Fall.

Frederik verdrehte die Augen und legte eine Hand um meine Wange. Dann küsste er mich und ich konnte seine Dankbarkeit deutlich spüren. Als er sich wieder von mir löste, sagte ich: »Ich glaube, ich habe zu danken. Die Decke ist ein Traum.«

Er lächelte mich an und ich erkannte, dass er genauso gespannt gewesen war, wie ich wohl auf sein Geschenk reagieren würde. Um mich angemessen erkenntlich zu zeigen, rückte ich näher an ihn heran und hob ihm mein Gesicht entgegen.

Meine Lippen waren einladend geöffnet und eine weitere Aufforderung brauchte er glücklicherweise nicht.

Nur wenig später saß ich atemlos auf seinem Schoß, meine Finger in seinen Haaren vergraben und genoss, wie seine Zunge mit meiner spielte, während seine Hände meine Taille umfasst hielten. Mein Körper schien zu vibrieren und ich musste meine gesamte Beherrschung aufbringen, um den Kuss zu unterbrechen. Leicht atemlos flüsterte ich: »Du hast das andere Geschenk noch gar nicht aufgemacht.«

»Hm«, lautete seine nichtssagende Antwort, doch sein Blick, der noch immer auf meinem Mund lag, machte deutlich, woran er gerade dachte.

»Pack es aus. Ich bin gleich zurück.« Schnell kletterte ich von seinen Beinen, bevor es noch um meine Disziplin geschehen war.

Auf dem Weg zum Schlafzimmer hörte ich das Geschenkpapier reißen und lächelte. Hoffentlich würde ihm auch das zweite Geschenk gefallen. Die hübsche Unterwäsche, von der wir bereits beim Essen gesprochen hatten, lag auf dem Bett bereit – zumindest ein Teil davon. Den Rest trug ich bereits drunter. Da ich aber eine Hose anhatte, waren die Strapse mir etwas übertrieben vorgekommen.

Doch ich hatte keine Zeit, meinen Plan überhaupt in die Tat umzusetzen, denn hinter mir erklangen Schritte. Frederik kam herein und präsentierte mir die ultraleichte Laufjacke, die ich ihm farblich passend zu den Schuhen gekauft hatte.

Ich gratulierte mir zu meiner Auswahl und war dankbar, dass die Sachen ihm passten. Frederiks Blick wanderte zu meinem Bett. Seine Augen verdunkelten sich. »Wo ist denn der Rest der Wäsche?«

»Es ist alarmierend, wie gut du dich mit Dessous auskennst«, bemerkte ich trocken.

»Du trägst sie also?«, stellte er befriedigt fest und plötzlich besaß ich seine sehr intensive Aufmerksamkeit.

Stumm nickte ich und er kam langsam auf mich zu. Da er aber eine neongelb und blau gemusterte Jacke trug, musste ich grinsen. »Ich schätze, da werde ich wohl erst dich ausziehen müssen. Das hatte ich mir irgendwie anders vorgestellt.«

Der leichte Polyesterstoff raschelte, als Frederik sich schnell aus der Jacke schälte.

Ich griff schon nach dem untersten Knopf meiner schwarzen Bluse, doch Frederik schüttelte den Kopf. Er setzte sich auf die Bettkante und winkte mich zu sich. »Lass mich das machen. Ich will meine Geschenke selbst auspacken.«

Eigentlich wollte ich die Augen angesichts von so viel Kitsch verdrehen, schaffte es aber nicht, weil ich mich doch irgendwie geschmeichelt fühlte.

Obwohl die Bluse erst halb aufgeknöpft war und Frederik meine Haut bist jetzt maximal gestreift hatte, ging mein Herzschlag deutlich schneller und die Erregung bahnte sich ihren Weg durch meinen Körper.

Wenn er sich weiter so viel Zeit beim Ausziehen lassen würde, würde ich tropfnass sein, bevor ich auch nur nackt war. Endlich streifte er den Stoff beiseite und ich brauchte nur die Schultern zu bewegen, damit die Bluse hinab fiel.

Frederik bewunderte den zarten, dunklen Stoff angemessen und murmelte dann: »Das ist wirklich hübsch.«

»Freut mich, dass es dir gefällt.«

Während er meine Hose öffnete, schielte er zu dem Strumpfgürtel, der noch immer auf dem Bett lag. Seufzend legte ich die Hände auf seine Schultern und sagte: »Wenn du möchtest, ziehe ich ihn gern für dich an.«

»Mein Gedankengang war in der Tat ziemlich ähnlich.« Dabei zog er meine Hose nach unten und ich stieg aus den Hosenbeinen.

Ziemlich? Fragend zog ich eine Augenbraue hoch und sein aufreizendes Lächeln ließ meine Nervenenden aufgeregt summen.

Wenig später lehnte Frederik den Oberkörper zurück und stützte sich auf den Ellenbogen ab. »Perfekt«, verkündete er zufrieden.

Ich schüttelte nur den Kopf. »Ehrlich gesagt fühle ich mich wie ein Luder.«

»Ja, aber du bist mein Luder. Komm her«, raunte er mir überaus verführerisch zu.

Nur zu bereitwillig kletterte ich auf das Bett und hockte mich mit gespreizten Beinen über seine Schenkel.

Meine Hände lagen auf seiner Brust und ich beugte mich nach vorne, um ihn zu küssen. Der leichte Nougat-Geschmack machte den Mann auf meinem Bett nur noch anziehender. Wie machte er das bloß?

Frederik konnte seine Hände nicht bei sich behalten und umfasste meine nackten Po-Backen, zog mich näher an sich. Die Berührung rief mir mein Outfit in den Sinn und ich fühlte mich noch verruchter. Der Mann hatte tatsächlich darauf bestanden, dass ich zwar die Strapse anzog, dafür aber das Höschen aus – und wer konnte bei diesen blauen Augen schon nein sagen?

Ich rieb meinen Venushügel über die verdächtige Beule in seinem Schritt und lauschte begeistert dem heiseren Keuchen.

»Das hier könnte das beste Weihnachten aller Zeiten werden«, sagte er dicht neben meinem Ohr und knabberte dann an meinem Ohrläppchen.

Noch bevor seine Hände meine Brüste erreichten, prickelten meine Nippel in freudiger Erwartung. Ich konnte nicht länger warten und beeilte mich, Frederik seine verdammte Hose auszuziehen. Sein harter Schwanz federte mir entgegen und für einen Moment war ich erleichtert, dass weit und breit keine Schleife zu sehen war.

Als ich mit der Zunge um seine Eichel strich, stöhnte Frederik laut auf und ließ sich endgültig in die Matratze sinken. Doch lange ließ er mich nicht gewähren, bevor er mich packte und sich mit einem heftigen Stoß in mir versenkte.

Ich schnappte nach Luft und genoss das Gefühl, wie meine Pussy sich um seinen Schaft weitete. Zuerst bewegte ich meine Hüften zögerlich, dann sah ich die Lust in seinen Augen und ließ mich gehen.

Wohlig keuchte ich auf, als ich Frederiks Berührung an meiner Klit spürte. Seine Finger glitten vor und zurück, meine Perle antwortete mit einem Pochen. Dann bewegte der Mistkerl sich langsamer und hielt mich kurz vor dem Höhepunkt gefangen.

Mit einem leisen Knurren schob ich seine Hand weg und ersetzte sie durch meine eigene. Ich legte den Kopf in den Nacken und während Frederik immer wieder in mich stieß, rieb ich über die kleine Knospe. Mein Bauch flatterte und die Muskeln in meinen Oberschenkeln zitterten.

Seine Hände umfassten meine Brüste und er flüsterte ehrfurchtsvoll: »Du sieht wunderschön aus.«

Der Orgasmus erfasste mich mit voller Wucht und für einen Moment schien ich keine Luft zu bekommen. Atemlos starrte ich auf Frederik hinab, der nun noch schneller in mich stieß und blinzelte träge. Die Lust, der Rausch und die Erlösung ließen mich bebend zurück.

Er schlang die Arme um mich und drehte sich um, sodass ich auf dem Rücken unter ihm lag. Ich hob ihm mein Becken entgegen, überkreuzte die Beine hinter ihm, zog ihn tiefer in mich hinein und genoss es vollkommen, ihn so zu spüren.

Frederik senkte den Kopf, suchte meine Lippen. Lüstern öffnete ich den Mund und saugte an seiner Unterlippe. Er reagierte mit purer Lust darauf und ächzte.

Kurze Zeit später riss der Höhepunkt ihn mit. Er zitterte leicht und ich umfasste seinen Nacken, zog seinen Kopf näher zu mir, küsste ihn noch intensiver – bis das süße Zittern bei uns beiden endlich nachließ.

Völlig überwältigt starrte ich noch eine Weile die Decke an. Irgendwann brummte Frederik neben mir. Ich drehte den Kopf zur Seite und bemerkte erst jetzt, dass er den Oberkörper aufgerichtet hatte. Offenbar hatte er mich die ganze Zeit angesehen.

»Was siehst du da eigentlich?«, fragte er.

Ich zuckte mit den Achseln. »Früher habe ich nichts gesehen, neuerdings habe ich ein leichtes Flimmern vor den Augen.«

Frederik schwieg kurz und überlegte einen Moment. »Du meinst nach dem Sex?«

»Klar.«

»Sollte ich mir deswegen Sorgen machen?«, erkundigte er sich mitfühlend.

Meine Mundwinkel hoben sich leicht. »Du kannst dich eher geschmeichelt fühlen.«

»Oh.« Es folgte wieder ein Augenblick der Stille, bevor er sich räusperte. »Ich dachte immer, du denkst über deine Romane nach oder so.«

Jetzt musste ich leise lachen. »Nein. Du bist so gut, dass ich die meiste Zeit danach gar nicht denken kann.«

»Oh.«

Das zweite »Oh« klang in meinen Ohren definitiv sehr erfreut und ich tätschelte seine Wange, bevor ich die Augen schloss.

»Hey! Du willst doch wohl nicht schlafen!« Empört stach Frederik mir seinen überaus spitzen Finger in die Seite.

»Wieso? Was willst du denn machen?« Ich sah ihn an und versuchte dabei, so wach wie möglich zu wirken.

»Na, ich dachte, wir gucken einen Film«, schlug der Mann jetzt vor.

»Aber welchen denn? Wir konnten uns doch schon nicht einigen, als du letztes Mal gefragt hast.«

»Zieh dir was an und staune!«, forderte er mich auf und griff nach seiner Hose.

Ein wenig neugierig folgte ich ihm schließlich ins Wohnzimmer und sah zu, wie er Apple TV anschaltete und stolz verkündete: »Ich habe den ultimativen Kompromiss gefunden. Du willst einen Weihnachtsfilm sehen, ich einen Horrorfilm – also gucken wir *Black Christmas*.«

Ungläubig trat ich näher an den Fernseher.

»Warte, ich lese dir die Beschreibung vor«, bot er an.

»Wieso? Ich kann selbst lesen.«

»Okay, dann lese ich sie dir vor, während du Torte aus der Küche holst.« Dazu sah Frederik mich aus so großen Augen an, dass ich lachend in die Küche ging.

»Dann lass mal hören«, forderte ich ihn auf.

»*Im einsam gelegenen Haus ihrer Verbindung möchte Kellie mit ihren Kommilitoninnen ein besinnliches Weihnachtsfest feiern. Doch das Haus hat eine dunkle Vergangenheit. Plötzlich verschwindet eines der Mädchen – und mysteriöse Anrufe beunruhigen die Studentinnen. Ein unbekannter Psychopath treibt mit ihnen ein heimtückisches Spiel, das blutiger Ernst wird, als man das erste Mädchen tot auffindet.*« Frederik garnierte diese Beschreibung mit einem grauenvollen Lachen, das erstaunlich gruselig klang.

Ich kam mit den Tellern zurück und reichte meinem Freund den heiß ersehnten Kuchen. »Ich bin mir nicht sicher, ob da richtige Weihnachtsstimmung aufkommen wird. Aber da ich bereit bin, meine Wertschätzung dafür auszudrücken, dass du dich um einen Kompromiss bemüht hast – meinetwegen.«

»Verarschst du mich?«, erkundigte Frederik sich liebevoll, die Gabel mit Torte bereits auf dem Weg zum Mund.

Grinsend erwiderte ich: »Natürlich. Ich gucke jetzt *Black Christmas* mit dir und morgen suche ich den kitschigsten Weihnachtsfilm heraus, den die Welt je gesehen hat.«

Der Mann verzog kurz das Gesicht und dachte nach, dann drückte er auf der Fernbedienung die Play-Taste. »Okay, ich denke, dass das nur fair ist.« Dazu klopfte er neben sich auf die Couch und ich setzte mich hin.

Während ich den Teller auf den Knien balancierte, zog ich sicherheitshalber die neue Decke näher zu mir heran. Ich würde sie gleich brauchen, um mich darunter zu verstecken. Horrorgeschichten und blutige Sachen lesen und schreiben? Kein Problem. Horrorfilme gucken? Großes Problem!

»Bäh!«, stieß ich angewidert hervor und rümpfte die Nase.

Frederik grinste mich an. »Du hast dich aber recht tapfer geschlagen.«

»Trotzdem! Für jedes Mal, dass ich zusammengezuckt bin, werde ich dich mit meiner Filmwahl bestrafen. Ob es wohl ein richtig schlimmes Weihnachtsmusical gibt?«

Er verzog gequält das Gesicht und streckte die Arme nach mir aus. Ich schmiegte mich an ihn heran und zog die weiche Decke über uns beide.

»War es wirklich so schlimm?« Sein Atem streifte über mein Haar und unter meinem Ohr schlug sein Herz fest und gleichmäßig.

»Quatsch, es geht hier nur ums Prinzip«, erwiderte ich vergnügt und streichelte mit den Fingerspitzen seine warme Haut.

»Das ist gut. Ich hätte nämlich noch einen zweiten auf Lager«, schlug er vorsichtig vor.

Ich stöhnte auf. »Noch einen Weihnachtshorrorfilm? Wie viele gibt es denn davon?«

»Eine Menge«, lachte er. »Und das sind nur die Horrorfilme! Es gibt ja auch noch Actionfilme wie *Stirb langsam*, die während der Feiertage spielen.«

»Wie heißt denn der nächste Klassiker auf deiner Liste?«, wollte ich wissen.

»Halt dich fest, denn romantischer und weihnachtlicher geht es kaum: *P2 – Schreie im Parkhaus*«, verkündete Frederik begeistert.

Ich verdrehte die Augen. »Dafür brauche ich jetzt aber noch ein Glas Sekt.«

Der Mann reckte seine Faust mit einer Siegesgeste in die Luft und ich lächelte nur. Irgendwie freute es mich, dass er Spaß hatte und es gab wirklich Schlimmeres, als ein paar Horrorfilme mit ihm zu gucken – zumal er es scheinbar sehr amüsant fand, wenn ich mich erschreckte und dann immer beruhigend meinen Rücken streichelte.

»Möchtest du auch noch Sekt?«, fragte ich und wollte schon aufstehen.

Frederik hielt mein Handgelenk fest und sagte: »Lass, ich geh schon. Ich denke, ich nehme ein Bier.«

Beim Aufstehen drückte er mir einen Kuss auf den Scheitel und ich sah ihm selig hinterher, als er in die Küche ging.

13

Da wir noch ein paar Stunden hatten, bevor wir zu der kleinen Silvesterfeier bei Daniel aufbrechen mussten, fragte ich Frederik: »Ist es okay für dich, wenn ich noch ein bisschen arbeite?«

Er zuckte mit den Schultern. »Ich wollte sowieso ein Nickerchen machen.«

Ach nein, damit hatte ich ja gar nicht gerechnet, so ausgestreckt wie er dort auf meiner Couch lag und sich mit der Cashmere-Decke zugedeckt hatte, die er mir zu Weihnachten geschenkt hatte. Jetzt stellte sich wohl heraus, dass es ein absolut eigennütziges Geschenk gewesen war.

Ich lächelte ihn einfach nur an und griff nach meinen Kopfhörern. Besser ich arbeitete, als über die anstehende Party nachzudenken. Ich würde dort immerhin offiziell als Frederiks Freundin auftauchen – mein Magen prickelte immer noch, wenn ich mich so bezeichnete.

Ich wollte gerade das Textdokument öffnen, als plötzlich ein merkwürdiges Symbol auf meinem Bildschirm auftauchte. Hatte ich das Handy nicht richtig angeschlossen? Es war an der Zeit, meine Notizen und meinen Kalender wieder einmal zu synchronisieren. Kritisch warf ich einen Blick über den Bildschirm. Nein, das weiße Kabel steckte korrekt in der Buchse und auch am Handy. Ich ließ mich wieder in den Stuhl sinken und brummte. Was hatte das zu bedeuten?

Aus dem Augenwinkel sah ich, dass Frederik sich aufgerichtet hatte. Seine Lippen bewegten sich, aber ich hörte nichts. Dann fiel mir ein, dass ich die Kopfhörer trug.

»Alles in Ordnung?«, wiederholte er seine Frage, nachdem ich sie abgezogen hatte.

»Keine Ahnung, hier ist so ein komisches Symbol, aber ich habe gar nichts gemacht.« Etwas überfordert blickte ich wieder auf den Bildschirm.

Frederik schlug die Decke zurück. »Ist es eine Pizza?«

»Ja! Woher weißt du das?«, fragte ich verblüfft.

Schnell sprang er auf. »Mach nichts. Mach bloß nichts!« Dann griff er nach seinem Handy.

Seine Miene machte mir Sorgen und ich fragte beunruhigt: »Was ist? Ist das ein Virus?«

»Schlimmer«, entgegnete er gequält. »Das ist mein Bruder.«

Mein Blick wanderte von Frederik zu meinem Bildschirm und wieder zurück. »Ähm? Bitte?«

Er schüttelte nur stumm den Kopf. Mit fest aufeinander gepressten Lippen, lauschte er in den Hörer. Dann nahm offensichtlich jemand ab. »Bertram! Hör sofort auf damit!« Wieder lauschte er. »Nein. Ja, aber-« Frederik seufzte tief. »Sie ist nicht komisch.«

Skeptisch zog ich die Augenbraue hoch und verstand noch immer nicht, was hier eigentlich gerade passierte.

»Nein! Nein! Auf keinen Fall.« Frederik schien sich regelrecht aufzuregen und begann damit, durch das Wohnzimmer zu marschieren. »Ja, ich hätte es dir sagen sollen. – Nein, das halte ich für keine gute Idee.«

Ich verschränkte die Arme und ignorierte das ungute Gefühl, dass das Gespräch mit mir zu tun haben könnte.

Plötzlich blieb Frederik wie angewurzelt stehen. »Wunderbar«, brüllte er mit einem Mal in den Hörer und legte dann auf. Keine Sekunde später verschwand die Pizza von meinem Bildschirm.

»Sie ist weg«, verkündete ich leise.

»Gut.« Frederik funkelte mich an. »Wir essen morgen mit meinem Bruder zu Mittag. Er will dich kennenlernen.«

»Okay. Ich freue mich«, entgegnete ich und verstand noch immer nicht, wo genau das Problem war.

»Ich mich nicht. Es wird grauenvoll werden.« Wieder hatte er angefangen, Kreise auf meinem Teppich zu ziehen.

»Warum?«, wollte ich wissen.

»Mein Bruder ist- sagen wir- äh- besonders.«

»Frederik?«, sagte ich mit meinem verführerischsten Tonfall.

»Ja?«

»Setz dich hin! Du machst mich wahnsinnig! Wie wäre es, wenn du mich einfach über deinen Bruder aufklärst?« Mein bohrender Blick machte ihm hoffentlich klar, dass er keine Wahl hatte. »Und erklär mir die Pizza«, fügte ich noch hinzu, bevor mir bewusst wurde, wie schwachsinnig das klang, wenn man es laut aussprach.

Frederik setzte sich zum ersten Mal in den Sessel. Er legte den Kopf in den Nacken, lehnte sich an und rieb sich kräftig über die Augen. »Das ist nicht so einfach. Mein Bruder ist komisch.«

Sofort wurde ich neugierig. »Jetzt spuck es schon aus. Du hast letztes Mal schon so merkwürdige Andeutungen gemacht.«

Der Mann seufzte und rieb sich zum wiederholten Male über den Hinterkopf. »Ich weiß nicht, wo ich anfangen soll.«

»Hm. In eurer Kindheit?«, schlug ich vor und hoffte, ihm damit nicht irgendwie zu nahe zu treten.

Wieder ein schwerer Seufzer. »Mein Bruder ist echt speziell.«

Ich konnte mir das Grinsen nicht verkneifen. »Noch spezieller als ich?«

Frederik warf mir einen vielsagenden Blick zu. »Sehr viel spezieller als du, deshalb kann ich es auch kaum erwarten, mit euch beiden in einem Raum zu sein. Ich bin mir ziemlich sicher, dass ihr euch hassen werdet.«

Ich verschränkte pikiert die Arme. Was sollte das denn heißen? Ich war unter meiner rauen Schale ja wohl absolut bezaubernd und liebenswert!

»Also Bertram ist etwas älter als ich und äh-« Mein neuer fester Freund brach ab und warf entnervt die Arme in die Luft.

»Okay, fangen wir simpel an. Was macht er denn beruflich?«, schlug ich vor, um Frederik das Gespräch zu erleichtern. Er stöhnte nur gequält auf.

»Du behältst alles für dich, was ich dir jetzt erzähle. Sonst kommen wir beide in Teufels Küche!«

Belustigt rollte ich mit den Augen. »Wieso? Ist das BKA hinter deinem Bruder her?«

»Unter anderem.«

Ich wollte lachen, doch so trocken wie Frederik geklungen hatte, blieb das Geräusch auf halber Strecke stecken und ich schluckte nur.

Frederik räusperte sich. »Bertram ist- nun jageschickt im Umgang mit Computern. Schon immer gewesen. Manchmal glaube ich, er ist mit einer Tastatur unter den Fingern geboren worden. Er hat sich schon in Chatrooms herumgetrieben, als wir Normalsterblichen noch nichts vom Internet wussten. Als unsere Eltern gestorben sind, wollte er auf keinen Fall in ein Kinderheim und unsere Großeltern waren nicht in der Lage, zwei pubertierende Jungs aufzunehmen. Also hat mein Bruder uns sozusagen aus dem System gelöscht.«

Es dauerte ein bisschen, bis ich mit dieser Information etwas anfangen konnte. »Wie meinst du das? Ihr existiert nicht?«

»Doch, schon. Er hat nur für drei Jahre an unseren Geburtsdaten gedreht – oder so etwas in der Art. Ich bin mir nicht sicher und seit ich alt genug war, um das gesamte Ausmaß zu verstehen, wollte ich es gar nicht mehr genau wissen. Meine Devise ist sozusagen: Je weniger ich weiß, desto weniger muss ich im Ernstfall vor Gericht aussagen.«

»Du nimmst mich doch auf den Arm«, murmelte ich unsicher.

»Ich wünschte, es wäre so. Das kleine Programm, mit dem du jetzt jeden Monat deine Steuern machst? Rate mal, wo ich das herhabe.« Frederik grinste mich schwach an.

Ich schüttelte den Kopf. »Also ist dein Bruder ein Computerexperte. Und was macht er dann so – wenn er nicht deine Freundinnen ausspioniert?«

Frederik blinzelte langsam und bedachte mich anschließend mit einem merkwürdigen Blick. »Ich weiß es nicht – und will es nicht wissen. Aber wenn du ihn ärgerst, dann macht er dir echt das Leben schwer. Mir hat er früher regelmäßig das Konto oder das Handy gesperrt, wenn ihm meine Noten beispielsweise nicht gepasst haben. Am Anfang habe ich nicht verstanden, dass er dahinter steckt und bei der Bank angerufen, um mir sagen zu lassen, dass ich doch gar kein Kunde bei ihnen sei.«

Um meine Belustigung zu verbergen, hielt ich meine Hand vor den Mund und schüttelte nur ungläubig den Kopf. Dann wandte ich vorsichtig ein: »Aber vielleicht ist das eine gute Methode gewesen. Immerhin bist du recht anständig geraten.«

»Helen«, warnte Frederik mich, »nimm das nicht auf die leichte Schulter. Mein Bruder ist eine Nummer für sich und dazu noch leicht paranoid. Du findest, dass das gerade unterhaltsam klingt, aber dir sollte bewusst sein, dass es das nicht ist. Bertram weiß inzwischen vermutlich alles über dich, hat deine Emails und SMS gelesen, deinen Kontostand überprüft und deine Online-Käufe nachverfolgt. Es tut mir leid.«

Ich dachte nach. »Meinst du? Ich finde mich eher uninteressant, deswegen stört mich der Gedanke irgendwie nicht.«

Ungläubig sah Frederik mich an. »Wie kann dich das nicht stören, wenn jemand so bei dir herumschnüffelt? Du bist doch sonst so verschlossen.«

»Ja, aber das ist anders. Mir ist ohnehin klar, dass sich alles, was ich im Internet mache, irgendwie zurückverfolgen lässt. Er wird wohl kaum mein Konto leer räumen, oder?«

»Ich wünschte, das könnte ich dir versprechen. Sei morgen einfach nett zu ihm, okay?«

Verächtlich kräuselten meine Lippen sich. »Bin ich jemals nicht nett?«

Statt einer Antwort stand Frederik auf, legte die Hände um mein Gesicht und küsste mich sanft. Erst dann sagte er mit funkelnden Augen: »Natürlich nicht.«

Erleichtert lehnte ich mich zurück. Mein Bruder würfelte gerade und ich war erstaunt, wie harmonisch der Abend bisher verlaufen war. Als Elena vorgeschlagen hatte, Silvester gemeinsam zu feiern, war ich natürlich zunächst skeptisch gewesen. Aber da Frederik ganz vernarrt in meine Familie zu sein schien, hatte er so lange genervt, bis ich schließlich nachgegeben hatte.

Wir hatten recht ausgiebig den Fondue-Topf glühen lassen und dann eine geradezu epische Runde Monopoly gestartet. Scheinbar war ich allerdings die Einzige, die das Spiel nicht absolut ernst nahm. Mo und mein Bruder spielten, als hinge ihr Leben davon ab und ich konnte mich des Eindrucks nicht erwehren, dass die beiden ganz eigene Regeln dabei befolgten und Elena wollte sowieso immer gewinnen. Wenigstens Frederik und Stephan schienen halbwegs entspannt zu sein.

Um Mitternacht hatten wir die Runde unterbrochen und die obligatorische Flasche Sekt geköpft. Dabei waren so viele Umarmungen ausgetauscht worden, dass ich kurzzeitig den Überblick verloren hatte, wen ich bereits gedrückt hatte und wen nicht. Glücklicherweise störte es Frederik nicht, dass ausgerechnet er zwei Umarmungen bekam, während Daniel noch immer schmollte, weil ich ihn vergessen hatte.

Eigentlich war ich schon ziemlich müde, aber so wie es aussah, würde sich diese Runde Monopoly noch bis Mitte Februar hinziehen, denn keiner wollte aufgeben.

Ich schielte zu der Uhr über Mos Kopf und fragte mich, ob ich heute noch sehen würde, wie die Sonne aufging.

Plötzlich ertönte die Melodie von Britney Spears' *»Crazy«*. Daniel grinste schief und kicherte wie ein kleines Mädchen. Mo sah ihn strafend an. »Hast du schon wieder meinen Klingelton geändert?«

Sie stand auf und fischte ihr Handy vom Wohnzimmertisch. »Frohes neues-« Weiter kam sie nicht, denn sie brach verwundert ab und reichte Daniel das Telefon. »Es ist Don und offenbar will er mit dir reden.« Verstimmt ließ sie sich auf ihren Stuhl fallen.

Daniel kam auch nicht viel weiter mit seinen Neujahrswünschen, bis er abbrach und mit gerunzelter Stirn lauschte. Schließlich stand er abrupt auf und verließ den Raum. Zwar war seine Stimme gedämpft zu hören, aber egal, wie sehr wir alle neugierig die Ohren spitzten, es war unmöglich zu verstehen, worum es ging. Doch die Geheimnistuerei machte mich neugierig und ich konnte Elena an der Nasenspitze ablesen, dass es ihr nicht anders ging.

Mo verzog den Mund, als Daniel zurückkehrte und ihr wortlos das Handy reichte. »Willst du uns nicht sagen, worum es geht?«

»Ich kann und darf nicht. Don hat mich zu Stillschweigen verpflichtet.« Während er Mo entschuldigend ansah, fügte er noch hinzu: »Immerhin ist er mein Freund.«

»Aber ich bin deine Freundin! Meine Rechte gehen ja wohl sehr viel weiter als die meines Bruders«, stellte Mo fest und erdolchte Daniel fast mit ihrem stechenden Blick. Elena hatte mittlerweile fasziniert ihr Kinn auf ihrer Hand abgestützt und beobachtete den Schlagabtausch. Ich ahnte schon, dass sie Mo in wenigen Augenblicken zu Hilfe kommen würde.

Dann durchbrach mein Klingelton die Stille und ich zog das Handy aus der Hosentasche. Verblüfft betrachtete ich das Display. »Es ist dein Bruder«, sagte ich zu Mo gewandt.

Sie warf die Arme in die Luft. »Toll! Don redet also mit jedem, aber nicht mit mir? Los, geh ran. Ich will wissen, worum es geht!« Sie wedelte bestimmend mit der Hand und ich drückte tapfer den grünen Hörer.

»Hi Don.« Zwei Sekunden später hielt ich Frederik das Handy hin. »Ich bin verwirrt. Er will mit dir reden.«

Überrascht starrte mein Freund mich an, nahm dann aber zögerlich das Telefon. »Hallo?«

Und schon wieder wurden wir Zeugen des gleichen Schauspiels. Frederik warf mit hochgezogenen Augenbrauen einen Blick zu Daniel, der recht schief grinste und stand dann ebenfalls auf, um den Raum zu verlassen.

»Wow. Also jetzt bin ich wirklich verdammt neugierig«, verkündete Elena. Mo starrte Frederik hinterher und ich verschränkte die Arme.

»Don weiß nicht, dass wir Silvester zusammen feiern, oder?«, fragte ich interessiert.

Mo schüttelte den Kopf. »Nein, ich denke nicht. Er hasst Silvester und entscheidet sich erst in letzter Minute, ob er überhaupt etwas macht. Ich habe schon vor Jahren aufgehört, ihn überhaupt zu fragen.«

Frederik kam wieder und reichte mir das Handy. Sofort hob er abwehrend die Hand. »Bevor ihr fragt: Ich bin genau wie Daniel zu Stillschweigen verpflichtet worden und habe vor, mich daran zu halten.« Er sah kurz zu Daniel, der nachdrücklich nickte.

Obwohl es mich nicht einmal sonderlich interessierte, kam ich in diesem Moment vor Neugier fast um.

»Ha!« Elena stieß diesen triumphierenden Laut aus. »Es geht um eine Frau, nicht wahr?«

Schuldbewusst blickten Daniel und Frederik zeitgleich auf den Tisch, weigerten sich aber beharrlich, etwas zu sagen. Mo runzelte die Stirn. »Das kann ich mir nicht vorstellen. Ich meine, es ist immerhin Don. Er hat doch wirklich genug Erfahrung – oder nicht?«

Daniel wich Mos forschenden Augen aus und tippte stattdessen auf das Spielbrett. »Helen, du schuldest mir Miete.«

Mit einem Seufzen begann ich, die bunten Papierscheine abzuzählen und ahnte schon, dass das Thema erledigt war. Wenig später gab auch Mo ihren Versuch auf, noch etwas aus den Männern herauszuholen.

Wir spazierten durch die kalte Nachtluft und ich hielt Frederiks Hand. Die Wirkung des Sekts hatte schon lange nachgelassen und mittlerweile war ich nur noch müde. Nachdem ich demonstrativ gegähnt hatte, fragte ich: »Wann kommt dein Bruder morgen?«

»Zum Mittagessen, gegen eins.«

»Was wollte Don?«, schloss ich nahtlos die nächste Frage an.

Frederik lachte und sein Griff um meine Hand wurde fester. »Was für eine elegante und geschickte Überleitung, Frau Autorin.«

»Ach komm, jetzt erzähl es mir schon! Ich sterbe vor Neugier«, bettelte ich.

Der Mann blieb stehen und sah mich eindringlich an. »Bedaure. Ich habe Don versprochen, meine Klappe zu halten und wenn ich ein Versprechen gebe, dann halte ich mich daran.«

Ich blinzelte wie hypnotisiert durch Frederiks blauen Augen und murmelte nur: »Oh.« Dann stellte ich mich auf die Zehenspitzen und küsste ihn. Ganz im Ernst, was gingen mich Dons Probleme an, wenn ich etwas sehr viel Besseres zu tun hatte?

Wie von selbst legte meine Hand sich um seinen Nacken und ich fühlte seine warme Haut unter meinen Fingerspitzen. »Frohes neues Jahr, mein fester Freund.«

Frederik grinste mich an und drückte einen kurzen Kuss auf meine Nasenspitze. »Dir auch ein frohes neues Jahr.«

Ich lächelte selig und wollte gerade weitergehen, doch Frederik hielt mich zurück. Der Schnee knirschte unter meinen Sohlen, als ich mich wieder zu ihm drehte. Unser Atem kondensierte in der kalten Nachtluft und obwohl es die Neujahrsnacht war, herrschte inzwischen Stille um uns herum.

»Helen, ich liebe dich«, sagte Frederik ganz ruhig.

Für einen Moment wogte die alte Panik in mir auf und ich spielte mit dem Gedanken, ihn niederzuschlagen und davonzurennen. Doch ich zwang mich, einmal tief durchzuatmen. Dann schob ich meine Hand in seine und verschränkte meine Finger mit seinen. »Ich dich auch.«

Zufrieden lächelte er mich an und nickte.

»Helen, ich meine es ernst.« Frederik klang inzwischen erbost und ich rollte mit den Augen.

»Ist ja gut. Ich verspreche es«, murrte ich und ließ mich recht unelegant auf das Sofa fallen. »Obwohl ich finde, dass du gnadenlos übertreibst.«

Ich hatte gerade das Versprechen abgeben müssen, seinen Bruder nicht zu verärgern. Dabei war ich doch grundsätzlich so charmant. Also wirklich.

Schröder stolzierte langsam durch das Wohnzimmer und sprang neben mir auf die Couch. Erfreut streckte ich die Hand aus und wollte ihn streicheln, doch er wich mir natürlich aus. Innerhalb von Sekunden war er in die Küche geflitzt und ich folgte ihm. Im Türrahmen blieb ich stehen und sah zu, wie das Vieh um Frederiks Beine strich und dabei herzzerreißend miaute.

Sofort bückte der Mann sich und kraulte Schröder hinter den Ohren. »Na, hast du Hunger, mein Lieber?«

Ich verdrehte die Augen und sparte mir einen Kommentar. Der Kater hatte Frederik total im Griff und mein Freund merkte nicht einmal, was für ein durchtriebenes Tier er beherbergte.

Vorwurfsvoll schaute Frederik mich an. »Du könntest ihn ruhig gelegentlich mit Streicheleinheiten belohnen. Er beißt doch nicht.«

Auch Schröder sah mich an, als würde er Frederik zustimmen, dabei wussten wir beide es besser; immerhin war es keine Minute her, dass ich ihn hatte streicheln wollen. Also nickte ich nur ergeben, damit Frederik nicht noch schlechtere Laune bekam.

Frederiks Blick glitt zu der Digitaluhr, die in seiner Küche stand. Es war 12:59 Uhr. Er nickte in Richtung Uhr. »Schnell, sieh hin.«

Konzentriert starrte ich die Uhr an und fragte mich, was ich hier gerade beobachtete. Die Uhr sprang auf 13:00 Uhr und es klingelte an der Tür. Überrascht rief ich: »Du willst mich verarschen!«

Frederik grinste schief. »Ich habe doch gesagt, dass Bertram speziell ist.«

»Hat er jetzt wirklich so lange vor der Tür gestanden?«, wollte ich wissen.

»Vermutlich. Aber in der Regel ist sein Timing recht gut. Er wird also nicht lange in der Kälte gewartet haben. Benimm dich, Helen.«

Prompt klopfte es an der Tür und ich stand pflichtbewusst auf. Frederik öffnete und sein Bruder spazierte ohne die geringste Begrüßung hinein. Einen letzten mahnenden Blick warf mein Freund mir zu, dann richtete ich meine Aufmerksamkeit auf seinen Bruder. Es war sofort deutlich, dass sie Geschwister waren. Die Ähnlichkeit war beeindruckend – und meine Messlatte lag dabei wirklich hoch, immerhin hatte ich eine Zwillingsschwester. Die gleichen Haare, die gleiche Nase und sie waren sogar fast gleich groß. Der einzige Unterschied war, dass Bertram etwas älter aussah und ganz offensichtlich zu wenig schlief.

Skeptisch betrachtete er meine ausgestreckte Hand und ignorierte sie, während er an mir vorbei spazierte und damit begann, das Besteck auf dem Esstisch in Augenschein zu nehmen. Frederik betrachtete mich besorgt, doch ich grinste nur. Wie diplomatisch er war – er hätte mir doch einfach sagen können, dass sein Bruder wie ich war.

Bertram hatte seine Inspektion beendet, zog den Stuhl am Kopfende zurück und nahm Platz, bevor er mit akribischer Genauigkeit die Serviette auf seinem Schoß ausbreitete. Offenbar war jetzt Essenszeit. Frederik verschwand in der Küche und ich setzte mich zu seinem Bruder.

»So, Bertram. Mit Höflichkeit hast du es wohl nicht so«, sagte ich gelassen und schenkte ihm dazu ein herzliches Lächeln. Frederik gab in der Küche ein ersticktes Geräusch von sich.

Bertram legte den Kopf schief, sah mich an und blinzelte langsam. »Du gibst neuerdings sehr viel Geld für Unterwäsche aus.«

Aus dem Augenwinkel konnte ich sehen, dass Frederik sich bestürzt an der Arbeitsplatte festhielt, doch ich zuckte nur lässig mit den Achseln. »Was soll ich machen? Ich möchte eben deinem Bruder gefallen.«

»Helen!«, rief Frederik aufgebracht aus der Küche.

Da bemerkte ich etwas Interessantes: War das möglicherweise ein leichtes Lächeln, das dort um Bertrams Mundwinkel spielte?

»Das ist gut«, bemerkte er und richtete erneut das Besteck aus. »Du schreibst sehr viel.«

»Ich weiß«, entgegnete ich trocken und griff nach meinem Wasser. Das Weinglas war leider noch leer.

»Warum hast du nichts unternommen, als Ole Bochers dir das Manuskript gestohlen hat?« Wieder blinzelte er langsam – wie eine Amphibie.

»Aus dem gleichen Grund, aus dem ich dir jetzt nicht mit der Gabel ins Auge steche: Ausgezeichnete Selbstbeherrschung.«

Bertram sah fragend zu Frederik, der inzwischen am Tisch Platz genommen hatte und verzweifelt wirkte.

»Woher weißt du davon?«, fragte ich Bertram jetzt.

»Überprüfung.«

»Aha«, erwiderte ich sarkastisch und nahm mein Messer in die Hand. »Ein paar mehr Worte dazu wären nett.«

Bertram strich sich nachdenklich über das Kinn. »Nach dem Essen. Klöße werden so schnell kalt.«

Fassungslos sah ich zu, wie Frederiks älterer Bruder begann, seine Klöße in exakt gleich große Stücke zu zerteilen und diese allesamt mit der gleichen Menge an Sauce begoss. Frederiks Miene drückte aus, dass er mich in aller Deutlichkeit vorgewarnt hatte.

Es folgte das vermutlich merkwürdigste Familienessen, an dem ich jemals teilgenommen hatte. Frederik unterhielt sich mit mir, als wäre sein Bruder nicht anwesend. Als ich versuchte, Bertram irgendwie mit in das Gespräch einzubeziehen, erläuterte Frederik mir schlicht, dass sein Bruder beim Essen nicht redete. Dafür lauschte er allerdings interessiert unserem Geplänkel und sah wie beim Tennis zwischen uns hin und her. Mir blieb nichts anderes übrig, als mit dem Kopf zu schütteln.

Nach dem Essen fragte Frederik: »Kaffee?«

Ich nickte und Bertram sagte: »Wie immer.«

»Was bedeutet das?«

Obwohl ich Bertram ansah, antwortete Frederik: »Eine halbe Tasse Kaffee, einen Teelöffel Zucker, einen Esslöffel Milch und zwar genau in dieser Reihenfolge.«

Ich wollte fragen, aber ich ahnte schon, dass das kein Scherz war. Bertram stand auf, nahm die schwarze Tasche, die er mitgebracht hatte, und hockte sich auf die Couch – aber erst, nachdem er die Kissen sorgfältig aufgeschüttelt und ausgerichtet hatte. Der Mann machte mich wirklich fertig.

Er öffnete den Reißverschluss der Tasche und zog einen Laptop hervor. Mich wunderte, dass er sich vorher keinen Hut aus Alufolie aufgesetzt hatte, ich verkniff mir diesen Kommentar allerdings wohlweislich.

Bertram klappte den Laptop auf und dann flogen seine Finger über die Tastatur. Beeindruckt starrte ich ihn an. Ich wusste wirklich, dass ich schnell tippen konnte, aber Bertram hätte einen Roman sicherlich in einer Woche komplett fertig.

Er drehte den Bildschirm und zeigte mir einen Ordner mit meinem Namen. »Überprüfung.«

»Warum hast du mich denn überprüft, mein Lieber?«

Zum ersten Mal schien ich Bertram aus dem Konzept gebracht zu haben und er blinzelte zweimal ganz schnell. »Um Bescheid zu wissen.«

»Du hättest mich einfach fragen können.«

»Statisch gesehen ist es unwahrscheinlich, dass du die Wahrheit gesagt hättest.«

Ich dachte kurz nach und nickte: »Auch wieder wahr.«

Damit hatte der Gute offenbar nicht gerechnet, denn er reckte den Kopf und rief aufgebracht: »Frederik, du hast gesagt, sie sei nicht merkwürdig.«

Mein Freund erschien in der Küchentür. »Wie du gerade so schön mit deiner Statistik belegt hast: Ich habe gelogen.«

Leise lachte ich und Bertram betrachtete mich verwundert. Frederik reichte erst mir, dann seinem Bruder eine Kaffeetasse und fragte dann: »Was hat deine Überprüfung denn ergeben? Wird Helen uns eines Tages alle umbringen?«

Bertram wägte seine Antwort ab. »Schwer zu sagen, bei einer Wahrscheinlichkeit von 32,7 Prozent kann alles passieren.« Mein Mund klappte auf und Frederik zwinkerte mir belustigt zu. Doch Bertram redete weiter: »Eine Heirat würde sich für dich lohnen, Helen hat mehr Geld als du und gibt verhältnismäßig wenig aus. Außerdem telefoniert sie im Schnitt nur 26 Minuten pro Monat. Statistisch gesehen wenig für eine Frau.«

Vielleicht hätte ich mich aufregen sollen, aber ich fand irgendwie, dass ich bei dieser Überprüfung bisher ganz gut davongekommen war. »Von mir aus – aber woher weißt du von Ole?«

Bertram lächelte jetzt sehr zufrieden und lehnte sich zu mir. Nicht weit, nur ein paar Zentimeter, sodass wir uns auf keinen Fall berührten und raunte: »Ich bin gut.«

Weil ich beim besten Willen nicht hätte antworten können, ohne laut loszulachen, nickte ich nur stumm.

Wieder flogen seine Finger über die Tasten und der Bildschirm wurde kurz schwarz, bevor eine beeindruckende Animation erschien. Meine Bücher waren zu sehen, sie klappten auf, die Seiten wurden durchgeblättert und immer wieder schwebten Worte über das Display.

Schließlich gipfelte das Ganze in einem komplizierten Diagramm mit unzähligen Spalten. Bertram erläuterte: »Ich habe deine Bücher analysiert und dabei eine deutliche Übereinstimmung mit der Wortwahl in diesem Buch festgestellt. Das erschien mir statistisch gesehen doch sehr unwahrscheinlich.«

Für mich stand fest, dass ich laut schreien würde, sollte ich heute noch einmal das Wort »statistisch« hören.

Frederik betrachtete seinen Bruder jetzt aufmerksam. »Was hast du gemacht?«

Tatsächlich zuckte Bertram leicht zusammen und sah schuldbewusst nach unten. »Nichts Schlimmes.«

Frederik stöhnte auf und rieb sich über das Gesicht. »Dass es für dich nichts Schlimmes ist, bedeutet noch lange nicht, dass wir das genauso sehen. Also erzähl es uns lieber.«

»Die einfache Version?«, fragte Bertram kleinlaut und sein Bruder nickte.

Ich legte Frederik eine Hand auf die Schulter. »Was unterscheidet die einfache von der komplizierten Version?«

Mein Freund winkte ab. »Unverständliches Kauderwelsch, das rein gar nichts mit den Informationen zu tun hat, die wir gern hätten.«

Bertram teilte die Ansicht seines Bruders ganz offensichtlich nicht und rümpfte pikiert die Nase. »Ich habe Oles Festplatte durchsucht und sogar noch das Originaldokument mit Helens Namen gefunden. Die Chancen für eine erfolgreiche Klage liegen bei 97 Prozent.«

Da er offenbar glaubte, dass ich ihn anstarrte, weil ich ihn nicht verstanden hatte, fügte er noch gutmütig hinzu: »97 Prozent bedeutet, dass es statistisch gesehen sehr gute Chancen sind, Helen.«

Ich musste mir ernsthaft auf die Zungenspitze beißen.

Den Rest der Zeit saß ich da und meine Gedanken ratterten. Immer wieder ertönten Bertrams Worte in meinem Kopf – er konnte beweisen, dass Ole mein Buch gestohlen hatte. Besser noch, er hatte es herausgefunden, ohne dass er überhaupt gewusst hatte, dass mir ein Roman gestohlen worden war.

Ohne Vorankündigung stand Bertram auf und zog die Mundwinkel hoch – offenbar seine Versions eines Lächelns. »Bis nächstes Jahr.«

Er nickte Frederik und mir zu, dann packte er in Rekordgeschwindigkeit seinen Laptop ein. Bevor ich reagieren konnte, war er bereits zur Tür hinaus und ich wandte mich verblüfft an Frederik: »Bis nächstes Jahr? Meint er das ernst?«

Frederik nickte. »Er bleibt nie lange an einem Ort. Ehrlich gesagt habe ich nicht einmal seine Adresse, nur ein Emailpostfach, falls etwas sein sollte und für ganz dringende Fälle eine Handynummer, die sich alle paar Wochen ändert. Allerdings ist Bertram so nett, sie in meinem Handy aktuell zu halten.«

»Du machst Witze.« Ich strich mir durchs Gesicht. »Wow. Du hast tatsächlich nicht übertrieben, als du gesagt hast, dass er besonders ist.«

»Natürlich nicht. Aber er legt Wert darauf, dass wir uns mindestens einmal im Jahr sehen. Er sagt, es sei am unauffälligsten zu solchen Stoßzeiten zu reisen.«

Geschafft sank ich wieder tiefer in das Polster der Couch. »Ich glaube, das muss ich erst einmal verdauen.«

Frederik setzte sich neben mich, griff nach meiner Hand und streichelte sie. »Du schlägst dich sehr tapfer, wenn man bedenkt, was Bertram gemacht hat. Ich glaube nicht, dass viele Leute so ruhig bleiben würden, wenn jemand in ihren persönlichen Daten geschnüffelt hätte.«

»Er will dich doch nur beschützen und ich finde es beruhigend, dass ich nur zu 32,7 Prozent übergeschnappt bin. Ich hätte schwören können, dass es mehr ist.«

Am nächsten Nachmittag klopfte ich bei Frederik, weil ich ihn aus einer spontanen Laune heraus fragen wollte, ob wir gemeinsam laufen gehen sollten. Allerdings stand ich vor einer verschlossenen Tür und bekam keine Antwort. Leicht verstimmt, weil mein Angebeteter nicht zu Hause war, beschloss ich, alleine in den Park zu gehen.

Auf dem Weg durch das Treppenhaus überlegte ich, dass es gewisse Vorzüge haben könnte, mit Frederik zusammen zu wohnen. So müsste ich mir dann zum Beispiel nicht mehr vor seiner Tür die Beine in den Bauch stehen, weil ich nicht wusste, dass er nicht zu Hause war. Er bestand doch ohnehin darauf, dass ich ständig bei ihm schlief. Neuerdings schleppte ich sogar schon meine Zahnbürste mit.

Der Gedanke, noch mehr Zeit mit Frederik zu verbringen, besserte meine Laune schlagartig und ich trabte entspannt los. Wie sollte ich ihm die Idee nur unterjubeln? Am besten wäre es vermutlich, wenn ich es irgendwie so drehen könnte, dass er glaubte, es wäre sein Einfall gewesen. Oder ich würde es so machen, dass ich nach und nach meine Sachen in seiner Wohnung unterbrachte und ihn überrumpelte.

Diese Variante gefiel mir sogar noch besser – so oft, wie Frederik mich bisher ausgetrickst und aus dem Hinterhalt überfallen hatte, würde ihm das recht geschehen.

Die Frauenstimme in meinem Ohr informierte mich darüber, dass ich bereits anderthalb Kilometer zurückgelegt hatte, so sehr war ich mit Phantasieren beschäftigt gewesen.

Die Sonne stand recht tief am Himmel und blendete ein wenig. Trotz der frischen Temperaturen waren viele Leute im Park unterwegs. Auch den einen oder anderen Läufer konnte ich ausmachen. Die Frau gab mir weiter meine Statistiken durch und ich stellte fest, dass ich vor lauter schwerwiegender Gedanken langsamer lief als sonst.

Also konzentrierte ich mich auf das Laufen und versuchte, so gleichmäßig wie möglich zu atmen. Dann erregte ein Läuferpaar meine Aufmerksamkeit. Die bunte Jacke des Größeren kam mir doch reichlich bekannt vor. Meine Augen glitten nach unten – was für ein Zufall: Die Schuhe kannte ich auch.

Das war ja die Höhe! Frederik ging nicht mit mir, sondern mit jemand anderem laufen. Ich war sofort beleidigt und legte einen Zahn zu. Das wollte ich mir aus der Nähe ansehen. Je näher ich kam, desto aufgeregter wurde ich. Zumindest bis ich beruhigt feststellte, dass es sich bei dem zweiten Läufer auch um einen Mann handelte.

Die beiden trabten in einem gemütlichen Tempo vor mir her und ich konnte sehen, dass sie sich angeregt unterhielten. Ich musste tatsächlich sehr viel langsamer werden, um sie nicht zu überholen. Du meine Güte, die beiden konnten einem Seniorenlaufverein beitreten!

Ich zerrte die Kopfhörer aus meinen Ohren und erkannte die zweite Stimme auf Anhieb, weil sie meinem Bruder gehörte. Fassungslos umrundete ich die beiden und blieb vor ihnen stehen, die Arme stilecht in die Hüften gestützt. Dazu rümpfte ich die Nase. Badehosen! Die beiden Männer schlichen im Zeitlupentempo durch den Park und redeten über Badehosen – war das zu glauben? Und ich musste meine Runde alleine drehen.

Sich keiner Schuld bewusst grinsten sie mich an. »Hi!«

Frederik beugte sich vor und wollte mir einen Kuss geben, doch ich drehte mit einem verächtlichen Geräusch den Kopf weg.

»Nur zu deiner Information. Ich habe gerade ganz verzweifelt und einsam an deiner Tür geklopft, weil ich mit dir laufen wollte«, rief ich anklagend und mein Bruder gab sich nicht einmal die Mühe, sein Grinsen zu unterdrücken.

»Ach? Interessant. Ich habe dich heute Morgen gefragt, ob du laufen gehen willst«, stellte Frederik belustigt fest und tauschte einen Blick mit Daniel.

Empört schnipste ich mit den Fingern vor seiner Nase. »Das stimmt doch überhaupt nicht!«

»Klar! Zugegeben: Ich bin vermutlich selbst Schuld, denn immerhin war dein Computer an und du hast kaum vom Bildschirm aufgesehen.« Wieder sah er zu meinem Bruder.

»So ein Unsinn!«, protestierte ich aufgebracht.

»Doch, es ist die Wahrheit«, widersprach mein Freund mir. »Ich habe mit dir gesprochen und du hast diese Handbewegung gemacht.«

»Was für eine Handbewegung?«, wollte ich wissen und spürte, wie sich Falten auf meiner Stirn bildeten.

»Oh, warte. Die kenne ich!« Mein Bruder wedelte mit seinem Arm, als würde er einen Schwarm Mücken vertreiben wollen.

»Das mache ich nicht«, behauptete ich und verschränkte die Arme. Langsam wurde es mir nämlich zu bunt.

»Doch, hast du. Ich war dabei«, sagte Daniel jetzt und grinste breit dabei.

»Wie bitte? Daran könnte ich mich ja wohl erinnern!« Meine Stimme klang fest, aber wirklich sicher war ich mir nicht. Wenn ich arbeitete, neigte ich durchaus dazu, unaufmerksam zu sein. Doch es wäre mir sicherlich aufgefallen, wenn mein Freund und mein Bruder zur gleichen Zeit vor meinem Schreibtisch gestanden hätten. Oder? Ein Hauch von Unwohlsein wogte in mir auf.

Dann sah ich das verschwörerische Blinzeln, das die beiden tauschten und rief triumphierend: »Ha! Ich wusste es, ihr versucht nur, mich zu ärgern.«

Ernst sah Frederik mich an. »Bist du dir da sicher?«

Schnell nickte ich und versuchte dabei, nicht allzu schuldbewusst auszusehen.

»Wie sicher bist du dir denn?«, hakte mein blöder Bruder nach und ich überschlug im Kopf die Prozentzahlen.

Mit hängenden Schultern gab ich schließlich zu: »So ungefähr vierzig Prozent?«

»Das heißt«, analysierte Daniel knapp, »dass es so passiert sein könnte, wie Frederik und ich sagen – weil du das Gegenteil nicht beweisen kannst.«

Aus schmalen Augen funkelte ich die beiden an. Sie besaßen tatsächlich noch die Frechheit, einen High Five auszutauschen. Ich versuchte das Beste daraus zu machen: Die beiden verstanden sich. Das war doch immerhin etwas.

Nachdem ich mich vergewissert hatte, dass niemand mich beachtete und ich keine Omas oder Kinder schockieren konnte, zeigte ich Frederik und Daniel den Mittelfinger.

Dann drehte ich mich auf dem Absatz um und lief los, schob mir wieder den Kopfhörer ins Ohr. Die Frau informierte mich, dass meine Zeit unter der Pause gelitten hatte. Wütend beschleunigte ich mein Tempo.

Nach einer Weile warf ich einen Blick über die Schulter und stellte mit Entzücken fest, dass die Männer ihre liebe Mühe hatten, mit mir mitzuhalten – besonders bei meinem Bruder, dem doofen Triathleten, freute mich das immens. Sofort verlieh das Wissen mir den nötigen Motivationsschub, um noch schneller zu laufen.

Lässig stand ich vor der Haustür und wartete geduldig, bis Frederik und Daniel endlich auftauchten. »Na, wart ihr noch einen Kakao trinken?«

Daniel warf mir einen finsteren Blick zu. »Ich hätte nicht gedacht, dass du das Tempo wirklich hältst, Schwesterherz.«

Frederik lächelte nur und kam auf mich zu. Dieses Mal erlaubte ich ihm, mir einen Kuss zu geben. Dann drehte er sich zu Daniel um. »Also dann Donnerstag um 17 Uhr?«

Mein Bruder nickte aufgeregt und ich konnte es nicht fassen. »Schon wieder eine Verabredung?«

Daniel strahlte mich an. »Wir gehen schwimmen.« Dabei leuchteten seine Augen förmlich. Wunderbar. Wenigstens hatte er endlich jemanden gefunden, mit dem er seiner Sportsucht frönen konnte! Er hatte es ja lang genug bei Stephan, unserem Schwager, versucht. Aber genau wie für den Sportmuffel Elena bestand für Stephan das Höchste der Gefühle darin, samstags auf der Couch Fußball zu schauen.

Ich wiederum würde mir lieber den Fuß abhacken, als mich gefühlte 18 Mal in der Woche mit meinem kleinen Bruder zu treffen und Sport zu treiben. Ein bisschen freute ich mich ja für ihn, dass er jemanden gefunden hatte – aber musste es unbedingt mein Freund sein?

Ich überlegte gerade, wie ich meine Drohung sanft verpacken konnte, dass ich Daniel dafür verantwortlich machen würde, wenn Frederik demnächst zu müde war, um Sex zu haben. In diesem Moment verabschiedete sich mein Bruder schon.

Frederik hielt mir die Haustür auf und ließ mir den Vortritt. Ich stiefelte die Treppe hinauf und fragte dabei: »Starrst du mir schon wieder auf den Hintern?«

»Jepp.«

»Gut, dann versuch am besten, dir das Bild genau einzuprägen. Bis du mir verrätst, ob du und Daniel heute wirklich in meiner Wohnung wart, gibt es nämlich keinen Hintern mehr für dich.«

Frederik machte ein betroffenes Geräusch und ich nickte zufrieden.

»Heißt das, dass ich jetzt bei mir duschen muss?«, wollte der Mann wissen und ich konnte mich des Eindrucks nicht erwehren, dass er meine Drohung nicht für voll nahm.

Ich drehte mich um und wollte ihm klar machen, dass es genau das bedeutete. Doch ich erschrak, weil ich nicht damit gerechnet hatte, dass er so nah hinter mir stand. Sofort umfasste er meine Taille und drängte mich nach hinten gegen meine eigene Wohnungstür. Sein Kuss war alles andere als zurückhaltend und ich schmolz sofort dahin – was mich nur noch wütender machte.

Energisch legte ich meine Hand auf seine Brust und wollte ihn von mir schieben, stattdessen stibitzte Frederik mir den Schlüssel aus den Fingern. Er schob ihn ins Schloss und ich klammerte mich panisch an meinen Freund, als die Tür hinter mir aufschwang und ich Gefahr lief, einfach ins Leere zu fallen.

»Danke für die Einladung«, raunte Frederik an meinen Lippen und schob mich in die Wohnung. Hinter uns stieß er die Tür mit der Ferse zu, während ich nicht einmal dazu kam, Luft zu holen.

Seine Zunge drang wieder zwischen meine Lippen und spielte aufreizend mit meiner. Ich unterdrückte mein Stöhnen und tastete nach dem Saum von Frederiks Laufjacke. Meine Hände glitten unter den Stoff und ich erschauerte, als meine Fingerspitzen auf seine heiße Haut trafen.

Erst als ich mit dem Rücken gegen die Badezimmertür stieß, fand ich die Kraft, mich von ihm zu lösen. Er trat zurück und zog seine Schuhe aus. Ich sah auf ihn herab und überlegte, ob ich jetzt eine Diskussion darüber anfangen sollte, dass ich eigentlich nein gesagt hatte. Die Mühe konnte ich mir sparen – immerhin wussten wir beide, dass ich es nicht ernst gemeint hatte. Als Frederik sich wieder aufrichtete, war ich bereits nackt und hatte das Licht im Bad eingeschaltet.

Er warf einen Blick auf seine Pulsuhr. »Erstens: Das ist eine neue Rekordzeit für dich. Zweitens: Mein Puls ist zu hoch.«

Ich lachte und packte seine Hand, um ihn mit mir in die Duschkabine zu ziehen. Unterwegs streifte er sich das Shirt ab und zog die Uhr aus. Ich half ihm mit der Hose und schlüpfte dann unter die Dusche. Als er endlich nackt war, stieg er zu mir und hob sein Gesicht dem Wasserstrahl entgegen.

»Ich habe irgendwie den Eindruck, dass ich heute die ganze Zeit herumstehe und auf dich warte«, zog ich ihn auf und ließ meinen Fingernagel um seine harte Brustwarze kreisen.

»Dann sollte ich dich wohl nicht länger warten lassen...«, sagte er und legte seine Hände um meine Hüften.

Für einen Moment wollte ich protestieren, dass ich zu schwer wäre, doch Frederik hob mich einfach hoch. Die kalten Fliesen hinter meinem Rücken ließen mich nach Luft schnappen, machten jeden Einwand unmöglich.

Meine Beine waren weit gespreizt und er drängte sich unmittelbar dazwischen, presste mich dabei gegen die Wand. Ich schlang die Arme um seinen Nacken, die Beine um seine Taille und im gleichen Moment glitt Frederik in mich.

Ich wollte ihm sagen, wie unglaublich sexy ich ihn fand, wie gut der Sex mit ihm war, wie gern ich ihn nackt sah – doch als ich den Mund öffnete, brachte ich nichts als ein heiseres Keuchen hervor.

Meine Fersen drückte ich gegen ihn; versuchte auf diese Weise, ihn noch tiefer in mich hineinzuziehen. Dann beugte ich mich vor und küsste seine Schulter. Seine Muskeln zeichneten sich deutlich ab und sahen unter dem prasselnden Wasser noch verlockender aus als ohnehin schon. Wenn ich gekonnt hätte, hätte ich jeden einzelnen Wassertropfen mit meinen Lippen weggeküsst.

Ein feines Prickeln durchströmte meine Nippel, die bei jedem Stoß seiner schmalen Hüften über seine Brust rieben. Endlich konnte ich meine Lust zum Ausdruck bringen und stöhnte ganz leise dicht neben seinem Ohr: »Oh Gott!«

Frederiks Bewegungen wurden unmissverständlich schneller und ich ließ meine Hand zwischen unsere Körper gleiten, reizte mit kurzen, beinahe ruppigen Berührungen meine empfindliche Klit. Tief in meinem Unterleib zuckte es und meine Pussy zog sich zusammen, umklammerte Frederiks Schwanz.

Als ich schließlich kam und meine Lippen wieder auf Frederiks Haut presste, um den Schrei zu unterdrücken, dauerte es nur noch ein paar Sekunden, bis er mir folgte und ich das heiße Pulsieren seines Schafts in mir spürte.

Zögerlich hob ich den Kopf, mein Herz raste noch immer und meine Beine fühlten sich weich an. Wenn Frederik mich gleich herunterließ, musste ich aufpassen, dass die Knie nicht nachgaben wie bei einem jungen Fohlen. Oder bei einer betrunkenen Antilope...

Endlich gab Frederik mich langsam frei und ich sah ihn an. Die Intensität der Gefühle, die sich in seinen Augen spiegelte, überraschte mich. Wie hatte er sie so lange verbergen können? Seit er mir Silvester gesagt hatte, dass er mich liebte, erwischte ich ihn immer wieder dabei, dass er mich eindringlich musterte. Doch ich wagte es nicht, mich danach zu erkundigen.

Ich war tief im Inneren noch immer ein kleines verängstigtes Mädchen, das einmal verletzt worden war und der ganze Gefühlskram jagte mir eine Menge Angst ein. Aber ich arbeitete daran – das tat ich wirklich.

»Pst«, flüsterte Frederik leise neben meinem Ohr und ich öffnete schlaftrunken ein Auge und nahm verschwommen das blaue Flimmern des Fernsehers wahr. Abgesehen von der kleinen Stehlampe in der Zimmerecke war es dunkel.

Der Fuß der Lampe wurde immer leicht warm und so war es nicht verwunderlich, dass Schröder dort zusammen gekringelt lag. Seine Augen waren schmal und auf ungeübte Betrachter – sein Herrchen trotzdem eingeschlossen – wirkte es sicherlich so, als ob der Kater vollkommen entspannt dort lag, aber ich wusste es besser. Wie schon seit Tagen behielt Schröder mich auch in diesem Moment im Auge. Jeder Top-Spionage-Agent wäre stolz auf die zurückhaltende Methode des Haustiers gewesen. Aber ich ahnte, dass Schröder nur darauf wartete, mich anzufallen und mir dann wieder die Schuld dafür in die Schuhe zu schieben. Wie das eine Mal, als er an meiner Nase geleckt hatte – Frederik wollte mir bis heute nicht glauben.

»Worüber denkst du nach?«, erkundigte Frederik sich nun und mir fiel auf, dass ich seit bestimmt zwei Minuten den Kater aus nur einem Auge anstarrte und dabei nicht einmal geblinzelt hatte. Doch Schröder hielt meinem Blick mühelos stand.

»Nichts«, murmelte ich.

»Komm, kleine Schriftstellerin, es ist Zeit fürs Bett.« Frederik hielt seine Stimme immer noch gesenkt und ich war dankbar dafür.

Ich nuschelte: »Okay«. Dann schob ich die Decke von mir und fröstelte sofort. Das blaue Flimmern verschwand, als Frederik seinen Fernseher ausschaltete und ich hievte mich mühsam von der Couch. Langsam trottete ich zur Wohnungstür und gähnte dabei. Meine Hand lag schon auf der Klinke, als der Mann von hinten einen Arm um mich schlang. Sein warmer Körper fühlte sich so dicht hinter mir wirklich unverschämt gut an und ich seufzte leise.

Sein Atem kitzelte mein Ohr, als er belustigt fragte: »Wo willst du denn hin?«

Verwirrt sah ich an mir herunter und kniff die Augen zusammen. Ich hatte meinen Schlafanzug und dicke Socken an. »Ins Bett?«, schlug ich vor.

»Gute Idee«, sagte Frederik und zog mich mit sich. Er stieß die Schlafzimmertür auf und schob mich in den Raum. Dankbar kletterte ich in das Bett. Richtig, ich hatte vor lauter Müdigkeit ganz vergessen, dass ich neuerdings andauernd bei ihm schlief.

»Schlaf gut«, raunte der Mann mir zu und drückte einen Kuss auf meine Schläfe.

Meine Antwort war so leise und ich nuschelte dermaßen müde, dass ich selbst nicht verstand, was ich entgegnete, bevor ich sofort einschlief.

14

Ich hatte bereits meinen Pyjama an und saß im Schneidersitz auf Frederiks Bett. Stolz schielte ich in seinen Kleiderschrank und fragte mich, wann ihm wohl auffallen würde, dass ich dort schon ein paar meiner Sachen deponiert und im Badezimmer einige Kosmetika verteilt hatte.

Frederik kam herein und trug nur diesen wunderbaren Bademantel, der mich einen Blick auf seine nackte Brust erhaschen ließ. Er reichte mir die Tasse und sagte: »Hier, allerdings ist das koffeinfreier Kaffee – du bist mir sonst zu aufgekratzt.«

Ich zog eine Schnute, zuckte dann aber mit den Schultern. »Also, sollen wir den Film gucken, den du unbedingt sehen wolltest?«

»Gleich. Vorher will ich mit dir reden.« Frederik sah mich über den Rand seiner Tasse an und trank einen Schluck.

Oh oh. Der Tonfall bedeutete nichts Gutes. Ob er meine Sachen entdeckt hatte und mich gleich hinauswerfen würde?

»Ich habe mit einem Anwalt gesprochen.« Frederik machte eine Pause und suchte wohl nach den richtigen Worten.

Mit einem Anwalt? Mein Blutdruck schoss in die Höhe und ich hatte nicht die geringste Ahnung, worauf dieses Gespräch hinauslaufen würde.

»Er ist Anwalt für Urheberrecht, Bertram hat ihn mir empfohlen. Gut, ›empfohlen‹ ist das falsche Wort. Es war eher eine beeindruckende Statistik, die mein lieber Bruder mir gemailt hat. Bertram scheint dich wirklich zu mögen, Helen.«

In meinen Ohren rauschte es dermaßen, dass ich Mühe hatte, ihm zu folgen. Bis gerade war mir nicht bewusst gewesen, wie wenig Lust ich hatte, mich überhaupt mit diesem Themenkomplex auseinander zu setzen.

»Jedenfalls geht der Anwalt davon aus, dass deine Chancen ausgezeichnet sind. Aber das wussten wir ja schon von Bertram.« Frederik legte eine Hand auf mein Knie und lächelte mich aufmunternd an. »Helen? Ist alles in Ordnung?«

Ich hob den Blick und schaute in Frederiks besorgtes Gesicht. »Hm.«

»Was ist denn los?«, wollte er wissen und legte die Hände um meinen Kopf. Dieser Mistkerl wusste ganz genau, dass ich sonst das Gesicht weggedreht hätte, doch so hinderte er mich daran. Stattdessen spürte ich ein vertrautes Brennen in den Augen. Ich wollte unter gar keinen Umständen heulen.

»Hey, nicht weinen.« Frederik zog mich an seine Brust und streichelte meinen Rücken. »Warum nimmt dich das so mit?«

»Keine Ahnung«, murmelte ich erstickt und begleitete meine Antwort mit einem Schulterzucken. »Ich schätze, ich habe es sehr erfolgreich vermieden, darüber nachzudenken.«

»Okay, dann lass es dir erst einmal in Ruhe durch den Kopf gehen. Aber Bertram hat- beim Verlag- wie soll ich sagen- *nachgeschaut*, was Ole bisher mit deinem Buch verdient hat und nachdem ich dem Anwalt über diese- äh- *Schätzung* informiert habe, hielt er 500.000 Euro für eine realistische Summe, die du einklagen könntest.«

Ich erstarrte und löste mich aus seinen Armen. »Du machst Witze!«

Frederik schüttelte nachdrücklich den Kopf.

»Das kann doch unmöglich sein!«, erwiderte ich matt. Das Chaos in meinem Kopf hatte definitiv seinen Höhepunkt erreicht und machte sich in Form von starker Migräne bemerkbar. »So viel kann er damit doch gar nicht verdient haben! Hat Bertram wirklich den Server des Verlags gehackt?«

Mein Freund zuckte zusammen, als würden wir belauscht werden und sah sich paranoid um. »So würde ich das jetzt nicht nennen.«

»Sondern?«, erkundigte ich mich interessiert und genoss, wie Frederik sich verlegen wand.

Leider fiel ihm wieder ein, worüber wir gesprochen hatten und er blickte mich aus seinen blauen Augen an. »Helen?«

»Ja?«, fragte ich.

»Überlegst du dir das mit dem Anwalt? Du solltest das wirklich nicht auf dir sitzen lassen.«

»Du willst doch nur einen Anteil von dem Geld«, sagte ich leichthin.

Plötzlich umfasste Frederik wieder mein Gesicht, seine Augen bohrten sich in meine. »Nein, will ich nicht. Das Geld ist dein Geld und du hast ein Anrecht darauf, weil du verdammt talentiert bist. Dieses Arschloch hat es bestimmt nicht verdient, sich auf deiner Leistung auszuruhen.«

Die Eindringlichkeit seiner Worte berührte mich und ich versuchte, das merkwürdige Gefühl mit einem Witz zu vertreiben. »Können wir nicht einfach ein paar Schläger engagieren, die ihn verprügeln? Wir könnten ja zusehen.«

Frederik schüttelte den Kopf. »Oh nein. Das mit dem Geld wird ihm viel mehr weh tun!«

»Judith!« Der heimatlose Hans strahlte mich an und erhob sich eilig von der Parkbank. Dabei entging mir nicht, dass seine Körperhaltung irgendwie merkwürdig war.

»Ist alles in Ordnung?«, wollte ich von ihm wissen.

Er winkte nur ab. »Wir werden alle nicht jünger, Mädchen.«

Ich seufzte sehr lang und sehr tief. Es wurmte mich, dass ich bestimmte Dinge einfach nicht aus Hans herausbekam. »Bist du sicher, dass es dir gut geht?«

Eine geraume Weile starrten wir uns stumm an und maßen unsere Kräfte. Hans gewann, weil er nicht einmal mit der Wimper zuckte. Mit einem Schulterzucken reichte ich ihm die Einkaufstüten, die ich für ihn mitgebracht hatte. Die eine enthielt wie immer Lebensmittel, die andere ein paar warme Sachen, die er sicherlich gut gebrauchen konnte. Der Januar sollte noch verdammt kalt werden, wenn man den Meteorologen glauben schenken konnte.

»Ach, Judith. Du sollst dich doch nicht immer so in Unkosten stürzen«, sagte er zaghaft und nahm mir ehrfürchtig die Tüte ab.

Ich grinste nur schief. Wenn es nach Frederik und meinem Fast-Schwager Bertram ging, würde ich bald keine Geldsorgen mehr haben – nicht, dass ich momentan in finanziellen Schwierigkeiten steckte. Trotzdem war es der Grund, weshalb ich mich für einen Besuch bei Hans entschieden hatte. Eine unabhängige Meinung war genau das, was ich gerade brauchte.

Natürlich hätte ich meine Familie fragen können, doch das hätte auch bedeutet, ihnen überhaupt von Ole erzählen zu müssen und diesen Programmpunkt wollte ich gern noch etwas vor mir herschieben.

»Warum so traurig, Mädchen?«, fragte der heimatlose Hans und begutachtete dabei eine Packung Spekulatius. Weihnachten war zwar schon vorbei, aber ich war mir sicher gewesen, dass Hans das relativ egal sein würde.

»Eigentlich bin ich eher wütend als traurig, dabei aber auch etwas unentschlossen – und ein bisschen Angst habe ich ebenfalls.« Verwirrt rieb ich mir mit der Hand über die Stirn; dazu schob ich die Wollmütze, die ich trug, etwas hoch. Wie sollte ich Hans erklären, was mein Problem war, wenn ich nur Unsinn von mir gab?

Ruhig riss Hans die Kekstüte auf und steckte die Nase tief hinein, um den Duft zu inhalieren. »Judith hat Weihnachten immer geliebt«, sagte er plötzlich und starrte versonnen in die Tüte. Überrascht wandte ich den Kopf und sah ihn an.

Doch genauso schnell, wie er gekommen war, verschwand der kurze Moment wieder und Hans schob sich mehrere Kekse auf einmal in den Mund. Während er kaute, legte er den Kopf in den Nacken und betrachtete den Himmel. Schließlich sagte er: »Das sind ganz schön viele Emotionen für deinen kleinen Kopf.«

»Ich habe keinen kleinen Kopf«, erwiderte ich empört und betastete verlegen meinen Hinterkopf. Dann holte ich den Bilderrahmen aus meiner Tasche und reichte ihn Hans. »Das Buch hier habe ich geschrieben. Es ist mir vor langer Zeit gestohlen worden, doch jetzt hat mein Freund Beweise dafür aufgetrieben, dass es mein Buch ist. Er und sein Bruder haben mir nahegelegt, den Dieb zu verklagen. Aber ich weiß nicht, was ich davon halten soll.«

Das war natürlich eine etwas vereinfachte Version der Geschichte, aber ich wollte nicht vier Stunden damit verbringen, Hans in alle komplizierten Einzelheiten einzuweihen. Der Kern blieb ohnehin der gleiche.

Mein obdachloser Freund betrachtete den Bilderrahmen ausführlich, allerdings die Rückseite. Dabei strich er immer wieder mit dem Daumen über den Rand. »Du bist ein nettes Mädchen und ein guter Mensch. Was dieser Dieb getan hat, ist ganz und gar nicht in Ordnung, da hat dein Mann schon recht.«

Automatisch korrigierte ich Hans: »Frederik ist nicht mein Mann. Noch nicht jedenfalls.«

Hans gackerte leise. »Lange wird das bestimmt nicht mehr dauern, so wie er sich um dich kümmert.«

Aus irgendeinem Grund lösten Hans' Worte ein verdächtig warmes Gefühl in meinem Bauch aus, das sich in Wellen durch meinen Körper bewegte.

»Aber es kommt mir irgendwie nicht richtig vor, die Geschichte nach so langer Zeit wieder aufzuwärmen. Ich habe die ganze Zeit das Gefühl, dass ich schon früher etwas hätte unternehmen sollen und es jetzt verjährt ist.«

Hans schüttelte den Kopf. »Für feige hätte ich dich gar nicht gehalten – und wenn du das Geld nicht willst, kannst du es mir geben.« Er strahlte mich gutmütig an und schob sich dabei weitere Kekse zwischen die Lippen. Während er kaute, dachte er nach und fügte schließlich noch an: »Wobei, meine Enkelin könnte wahrscheinlich mehr damit anfangen. Um wie viel geht es denn?«

Für einen Moment dachte ich, mein Herz würde stehenbleiben. Der heimatlose Hans hatte noch nie etwas von sich preisgegeben! »Der Anwalt schätzt 500.000 Euro.«

Leise pfiff der heimatlose Hans durch die Zähne. »Und da zögerst du noch?«

Ganz beiläufig sah ich zu Hans und nickte. Ich wusste, dass dies möglicherweise meine einzige Chance war, etwas über ihn zu erfahren. »Du hast recht. Aber ich kann das Geld unmöglich komplett behalten. Ich bringe dir dann etwas davon.«

Er winkte ab. »Nah! Was soll ich mit so viel Geld? Schreib meiner Anika einen Scheck, aber sag ihr nicht, dass ich dich darum gebeten habe.«

Ich wagte es kaum, zu atmen. Sollte Hans mir gerade wirklich etwas aus seinem Privatleben erzählt haben? Dann musste diese Anika seine Enkelin sein!

»Wenn du das so möchtest, gern. Aber ich kann ja nicht in der Stadt herumlaufen und jede Frau fragen, ob sie zufällig Anika ist.«

»Eigentlich wollte Kurt sie ja Judith nennen, nach seiner Mutter. Aber meine Judith hat gesagt, dass das doch kein zeitgemäßer Name sei, dann hat sie Anika vorgeschlagen. Was für ein schöner Name für ein kleines Mädchen habe ich gesagt.« Hans starrte in die Ferne und mein Herz zog sich zusammen, als ich den Schmerz in seinen Augen sah.

»Dann ist Kurt dein Sohn?«, fragte ich sanft und hoffte, dass ich mir das richtig zusammengereimt hatte.

»Ja, das sollte reichen. Mich erwähnst du mit keinem Wort.« Hans funkelte mich sehr eindringlich an und ich nickte.

»Versprochen. Vorausgesetzt natürlich, dass ich überhaupt vor Gericht gewinne.« Ich verschränkte meine Arme und atmete die kalte Winterluft ein. Mit so vielen Informationen hatte ich gar nicht gerechnet. Die Gedanken jagten durch meinen Kopf. Allein für seinen Rat hatte Hans meiner Meinung nach eine Beteiligung an dem Geld verdient und wenn es sein Wunsch war, dass ich das Geld seiner Enkelin gab – dann sollte es so sein. Ich fragte mich nur, ob er überhaupt die Wahrheit gesagt hatte und welche Begründung ich Anika für den Geldsegen nennen sollte.

Hans klopfte sanft auf mein Knie und riss mich aus dem Grübeln. »Sag, Judith, habe ich dir schon einmal die Geschichte erzählt, wie ich die Gebrüder Grimm getroffen habe?«

Da wusste ich, dass der lichte oder offene Moment von Hans vorbei war und schüttelte den Kopf. »Nein, die kenne ich wohl noch nicht.«

Der heimatlose Hans lächelte zufrieden und holte tief Luft, um seinen Bericht zu beginnen.

Ich klopfte an Frederiks Tür und hörte nur ein Maunzen. Großartig, der Kater war da, aber der Mann nicht? Die Hand hatte ich schon an meiner Türklinke, als die andere Wohnungstür sich doch öffnete. Frederik war tropfnass und hatte ein Handtuch um die Hüfte geschlungen.

Bei diesem Anblick bekam ich sofort gute Laune und konnte mein Lächeln nicht unterdrücken. Frederik trat zur Seite und ließ mich herein. »Erinnere mich daran, dass ich dir einen Schlüssel für die Wohnung gebe«, sagte er lässig und ging wieder ins Badezimmer.

Ich streifte die Mütze und Handschuhe ab und folgte ihm. »Du willst mir einen Schlüssel geben?«

»Natürlich! Warum nicht?«, erwiderte er und verschwand in der Duschkabine. Ich setzte mich auf den Wannenrand und beobachtete ihn. Ja, warum eigentlich nicht?

»Hm«, machte ich. »Einen Schlüssel zu meiner bescheidenen Unterkunft könnte ich dir auch geben.«

»Das würdest du tun?«, fragte Frederik, streckte seinen Kopf hinter der gläsernen Wand hervor und wirkte ehrlich überrascht. »Dann könnte ich Elena ihren zurückgeben.«

»Warum denn nicht? Du hast es doch gerade vorgeschlagen«, erwiderte ich irritiert.

Er lachte leise. »Ja, aber ich bin nicht ganz so scheu und panisch wie du.«

Ich verdrehte nur die Augen und schwieg. Dann sah ich interessiert zu, wie Frederik sich einschäumte und ließ meine Gedanken dabei ein wenig schweifen.

»Erde an Helen!«, rief Frederik grinsend. Er musterte mein Gesicht. »Du kleines Luder, du hast an Sex gedacht.«

Eine zarte Röte überzog meine Wangen. »Aber nur ganz kurz. Ehrlich gesagt hat mich etwas anderes beschäftigt.«

Frederik ging ins Schlafzimmer und ich hockte mich auf die Bettkante. »Ich glaube, ich bin mit der ganzen Sache um die Urheberrechtsklage einverstanden.«

Verblüfft drehte der Mann sich um und setzte sich neben mich. »Wie kommt's?«

Ich verschränkte meine Finger im Schoß, um meine Nervosität zu vertuschen. »Du hältst mich ja eh schon für ein bisschen verrückt, deswegen macht es eigentlich keinen Unterschied: Ich habe den heimatlosen Hans gefragt und er ist auf deiner Seite.«

Frederik zog die Nase kraus. »Ist das der Obdachlose aus dem Park?«

Eifrig nickte ich. »Er hat außerdem gesagt, dass du ein guter Mann bist, weil du dich um mich kümmerst.« Ich biss mir auf die Unterlippe, weil ich auf Frederiks Reaktion gespannt war.

Für einen Moment starrte Frederik mich an. »Zumindest versuche ich, mich um dich zu kümmern – wenn du mich mal lässt.« Dann strich er meine Haare hinter mein Ohr.

»Er hat recht«, murmelte ich. »Und du auch, genau wie Bertram. Ich habe die ganze Sache schon viel zu lange mit mir herumgeschleppt und mich davon vergiften lassen.«

Frederik nickte zufrieden und gab mir einen schnellen Kuss, bevor er aufstand, um sich weiter anzuziehen.

Ich räusperte mich verlegen und Frederiks Gesichtsausdruck war leicht angespannt, als er sich umdrehte. »Also, einen Haken hat die Sache noch. Der heimatlose Hans hat mir heute zum ersten Mal etwas über sich erzählt, weil ich ihm einen Teil des Geldes angeboten habe. Doch er will nichts davon, sondern, dass ich es seiner Enkelin gebe.«

»Okay«, erwiderte Frederik schlicht und zuckte mit den Achseln.

»Das war es? Du regst dich nicht auf?«, fragte ich und stand auf. Von hinten schlang ich die Arme um meinen wunderbaren Freund, schmiegte meine Wange an seinen warmen Rücken.

»Warum sollte ich mich denn aufregen?«, fragte er verwundert.

»Na, weil ich etwas von dem Geld weggeben will.«

»Ich habe dir schon einmal gesagt, dass es dein Geld ist und du kannst damit machen, was du willst, Helen.«

»Hm.« Ich schwieg und dachte darüber nach, wie gern ich das Geld – und überhaupt alles in meinem Leben – mit Frederik teilen wollte.

»Helen?«

»Hm?«, machte ich und schnupperte an ihm.

»Ich kann mich so beim besten Willen nicht weiter anziehen.«

Grinsend schnurrte ich: »Hm« und meinte eigentlich »Das ist dein Pech.«

Ungeduldig trommelte ich mit den Fingern auf meinem Oberschenkel herum. Wie lange konnte es eigentlich dauern, das richtige Paar Laufschuhe auszusuchen? Du meine Güte, wir wollten doch nur eine kurze Runde durch den Stadtpark drehen! Der Plan war gewesen, das zu tun, bevor die Sonne unterging und es wieder furchtbar kalt wurde – aber wenn ich noch länger auf Frederik warten musste, hatte sich das erledigt.

Schritte polterten die Stufen hoch und ich schickte ein Stoßgebet in Richtung Himmel, dass Frederik nicht schon wieder meinen Bruder eingeladen hatte. Die letzte Begegnung mit den beiden Spaßvögeln hatte mir gereicht.

Als jedoch Ole um die Ecke bog, wünschte ich mir an seiner Stelle prompt meinen Bruder herbei. Mein Ex-Freund sah mich und sein Gesicht verfärbte sich sofort rot.

»Da bist du ja!«, stieß er hervor und wies dabei mit dem Finger auf mich. Erbost stiefelte er auf mich zu und blieb so dicht vor mir stehen, dass ich kurz befürchtete, er könnte geplant haben, mich mit dem Finger zu erdolchen.

»Wie hast du mich gefunden?«, wollte ich von ihm wissen und ignorierte dabei die Tatsache, dass mein Puls merklich nach oben geschnellt war.

»Fangen wir lieber damit an, was du Schlampe dir dabei gedacht hast, mich ruinieren zu wollen!«, zischte er und kam näher.

Ich zuckte bei seiner Beschimpfung zusammen und konnte mir den sarkastischen Gedanken nicht verkneifen, dass die Papiere vom Anwalt wohl bei ihm eingetroffen waren. Trotzdem versuchte ich, ruhig zu bleiben. »Wieso dein Leben ruinieren? Du hast doch mich verlassen. Ist dir etwa jetzt erst aufgegangen, was du dabei aufgegeben hast?«

Wütend packte er meinen Oberarm und schüttelte mich. »Sehr witzig, du Miststück! Du weißt genau, wovon ich rede. Ich habe erst Post vom Anwalt und dann einen sehr unfreundlichen Anruf von meinem Verlag bekommen.«

Obwohl seine Finger ziemlich fest drückten, zwang ich mich, nicht noch weiter zurückzuweichen. »Was hast du erwartet? Dass du einfach damit durchkommst?«

»Ich will, dass du deinen Anwalt zurückpfeifst«, verlangte Ole und schob dabei sein Gesicht so nah an meines heran, dass ich seinen Atem spüren konnte. Angeekelt drehte ich den Kopf zur Seite und fragte mich ernsthaft, was ich jemals an ihm gefunden hatte.

Über Oles Schulter, der mich inzwischen bis an die Wand gedrängt hatte, sah ich, wie Frederiks Wohnungstür sich öffnete. Frederiks Augen weiteten sich, als er die Situation erfasste und mit zwei Schritten war er bei uns. Er legte seine Hand auf Oles Schulter und noch während er ihn von mir weg zog, fragte er: »Kann ich irgendwie behilflich sein?«

Ich nutzte die Gunst der Stunde und stellte mich sofort neben meinen Freund. Okay, vielleicht versteckte ich mich auch halb hinter seinem Rücken – aber wozu hatte ich ihn mit seinen prächtigen ein Meter neunzig denn?

Ole hatte den Nerv, die Augen zu verdrehen und dabei gequält zu stöhnen. »Der schon wieder? Wer ist das? Dein neues Schoßhündchen?«

Fassungslos schnappte ich nach Luft und sah, dass Frederik nur belustigt die Augenbraue hob. Ole schien den Ernst der Lage nicht ganz zu erfassen und streckte einfach den Arm aus, um an Frederik vorbei nach mir zu greifen. »Wir sind noch nicht fertig, Fräulein!«

Noch bevor er mich anfassen konnte, schnellte Frederiks Arm vor und er packte Oles Handgelenk, der überrascht aufjaulte. »Doch. Diese Unterhaltung ist beendet. Wenn du noch irgendetwas mitzuteilen hast – die Adresse von Helens Anwalt sollte bekannt sein.«

Mein Ex-Freund funkelte Frederik von unten an und unternahm den lächerlich Versuch, sich aus dem harten Griff zu befreien. »Halt dich da raus, du Idiot! Du bist lediglich ihr Nachbar und hast hier gar nichts zu melden.«

»Ole, halt die Luft an und hör auf, meinen Ehemann zu beleidigen! Du hast genau zwei Sekunden, um dich zu verpissen oder ich rufe die Polizei. Bitte bleib, ich sehe schon den nächsten Brief vom Anwalt vor mir – das Detail mit dem Hausfriedensbruch macht sich darin bestimmt gut.«

Dazu legte ich einen Arm um Frederik und warf Ole einen herausfordernden Blick zu. Doch wie erwartet trat er unverzüglich zurück. Er zog eine herablassende Grimasse, betrachtete Frederik noch einmal von oben bis unten und ging dann davon.

Erst jetzt bemerkte ich, wie mein Herz raste. Obwohl Frederik da war, traute ich mich erst wieder, Luft zu holen, als Ole um die Ecke verschwunden war.

Frederik drehte sich zu mir und umfasste meine Schultern. »Alles okay? Der Gute neigt ein wenig zur Selbstüberschätzung, nicht wahr?«

Stumm nickte ich und löste mich aus Frederiks Griff. Ich wollte jetzt endlich laufen gehen – mehr noch als zuvor, denn es würde sicherlich meinen Kopf klären. Meine Gedanken standen offenbar auf meiner Stirn geschrieben, denn mein Freund trat zur Seite, deutete eine Verbeugung an und sagte: »Nach Ihnen, Mylady.«

Erleichtert ging ich an ihm vorbei und schaffte es genau bis zur Treppe, bevor er mir den Todesstoß versetzte und völlig beiläufig fragte: »Möchtest du jetzt oder lieber später darüber reden, dass du mich als deinen Ehemann bezeichnet hast?«

»Scheiße. Scheiße. Scheiße!«, rief ich und stampfte dazu mit dem Fuß auf. »Ich dachte, du hättest es vielleicht nicht bemerkt.«

Statt einer Antwort bekam ich ein breites Grinsen zu sehen.

In diesem Moment schnaufte Frau Bergmann aus dem Stockwerk über uns um die Ecke und an ihrer verkniffenen Miene konnte ich erkennen, dass mein Fluch wohl deutlich zu hören gewesen war.

Ich rang mir ein höfliches Lächeln ab. »Guten Abend, Frau Bergmann.«

Ihre hochgezogene Augenbraue sagte alles und wie immer wurde sie von ihrem verzogenen weißen Pudel begleitet, der ähnlich verkniffen guckte.

»Guten Abend, Frau Bergmann«, strahlte mein Freund.

Im Gegensatz zu mir, wurde er mit einer Antwort gewürdigt. »Guten Abend, Herr Kaspers«, säuselte die Alte und strich sich dabei durch die grauen Haare.

Ich schnitt hinter ihrem Rücken eine Grimasse und Frederiks Mundwinkel zuckten.

Dann kam mir eine Idee, wie ich vielleicht doch noch das Thema wechseln konnte. »Danke, dass du mich so tapfer vor Ole beschützt hast.«

»Nimmst du mich etwa nicht ernst? Ein Kleinkind könnte diesen Pimpf verprügeln.«

Ich eilte vor ihm die Stufen hinab. »Natürlich nehme ich dich ernst. Ich meine es auch wirklich so: Dankeschön.« Dazu klimperte ich mit meinen Wimpern.

»Na ja, ich kann doch nicht zulassen, dass jemand meine Lieblingsautorin anpöbelt.«

Draußen vor der Tür blieb ich stehen. Die Sonne versank gerade hinter den Bäumen auf der anderen Straßenseite. Leise seufzte ich, durch Oles Auftauchen war unser Timing vollkommen durcheinander geraten!

Frederik wartete geduldig, bis ich meinen komplizierten Gedankengang beendet hatte und mich zu ihm umdrehte. Ich musterte sein gut geschnittenes Gesicht und die klugen Augen, die gerade wissend auf mir lagen. Erneut fragte ich mich, wie er es schaffte, so mühelos hinter mein Pokerface zu schauen.

Da ich um das Gespräch ohnehin nicht herumkommen würde, konnte ich es auch direkt hinter mich bringen. »Also das gerade mit dem Ehemann, ich weiß nicht – es ist mir so herausgerutscht.«

»Macht ja nichts«, sagte Frederik wohlwollend. »Du hast mich immerhin schon mit viel weniger schmeichelhaften Kosenamen bedacht.«

»Du findest das also schmeichelhaft?« Ich war bereit, mich an jeden Strohhalm zu klammern, den ich bekommen konnte.

Er verschränkte die Arme und sein Lächeln vertiefte sich. »Sagen wir so, ich kann damit leben.«

Toll, so viel zu meinen hilfreichen Strohhalmen. Er hatte mir so eben den Boden unter den Füßen weggezogen. Aus Nervosität begann ich, mit der Schuhspitze durch den sauber geharkten Kies der Auffahrt zu scharen. Die alte Bergmann würde einen Anfall bekommen, wenn sie das sehen könnte.

»Ich weiß nicht warum, aber in deiner Gegenwart muss ich in letzter Zeit ständig an das Wort mit H denken.«

»Höhepunkte?«, fragte der Blödmann doch tatsächlich sehr selbstgerecht.

Statt einer Antwort bedachte ich ihn mit einem abgrundtief bösen Blick. Dann warf ich genervt die Arme in die Luft. »Ich meine, ich schlafe immerhin schon jede Nacht bei dir und das obwohl Schröder praktisch permanent mein Leben bedroht. Also, was sagst du?«

»Höhenangst?«, erkundigte sich Frederik mit gespielt besorgtem Gesichtsausdruck.

Der Sonnenuntergang tauchte den Hof in goldenes Licht und ich hoffte, dass Frederik genau sah wie unglaublich unlustig ich ihn in diesem Moment fand.

Doch er wollte einfach nicht aufhören. »Hochdruckgebiet? Hochgefühl? Hochstapler? Holzplatte? Ich kann ewig so weitermachen. Hörbücher? Hohlköpfe?-«

Mit einer energischen Handbewegung schnitt ich ihm das Wort ab. Ich konnte tatsächlich die Ader auf meiner

Stirn vor Wut pochen spüren. Wie konnte er es wagen, mich so hinzuhalten und es mir so schwer zu machen?

»Heiraten, okay? Heiraten! Verdammte Scheiße!«, schrie ich lauthals und schlug beinahe im gleichen Moment die Hand vor den Mund. Vollkommen ertappt starrte ich auf den Boden und fragte mich, ob ich gerade tatsächlich den schlimmsten Hochzeitsantrag der Welt gemacht hatte. Ich räusperte mich, weil meine Stimme sich doch am Ende etwas überschlagen hatte. Schüchtern fügte ich hinzu: »Jedenfalls dachte ich, wir könnten das vielleicht machen.«

Frederik verbarg sein Grinsen, indem er sich hinkniete und seine Schuhe neu schnürte. »Vielleicht.«

Fast hatte ich seine Antwort nicht gehört. Das lag unter anderem daran, dass das Blut laut in meinen Ohren rauschte; mein hämmerndes Herz war dabei keine große Hilfe. Ich musste den Verstand verloren haben.

Allerdings war ich mit Frederiks Entgegnung trotzdem nicht wirklich zufrieden und wollte ihm gerade eine Antwort abnötigen, als er sich aufrichtete und über meine Schulter strahlte. »Da ist ja dein Bruder. Habe ich gesagt, dass er mit uns kommt?«

Ganz großartig. Während ich mich umdrehte und mir ein gequältes Lächeln für Daniel abrang, nahm ich mir fest vor, dieses Gespräch noch an diesem Abend zu beenden. So leicht würde mir der liebe Frederik nicht davonkommen.

»Seid ihr fertig?«, fragte Daniel, während er uns entgegen kam.

Mit einem vielsagenden Blick in Richtung Frederik verkündete ich: »Also, ich bin bereit!« Vielleicht verstand er den winzigen Wink mit dem Zaunpfahl ja...

Zwei Tage später passierte etwas Merkwürdiges: Ich konnte mein Handy-Ladegerät nicht finden. Normalerweise lud ich es immer am Computer, da dieser aufgrund der Arbeit ohnehin den ganzen Tag an war. Doch heute hatte ich es vergessen und suchte nun in der Küchenschublade nach dem Kabel, um das Handy ganz konservativ an der Steckdose zu laden.

Überhaupt schienen immer mehr Dinge spurlos zu verschwinden. Mein Parfüm hatte ich gestern Morgen schon nicht gefunden und davor waren es meine dicken Lieblingssocken gewesen.

Noch einmal wühlte ich ratlos durch die Schublade, dann warf die Erkenntnis mich fast um. Mit spitzen Fingern nahm ich den Schlüssel zu Frederiks Wohnung vom Brett und machte mich auf den Weg in die Höhle des Feinds.

Im Wohnzimmer blieb ich stehen und wartete darauf, dass Schröder sich auf mich stürzte. Stattdessen hockte er auf der Sofalehne und beobachtete mich. Aus einem Impuls heraus ging ich in die Küche und zog die oberste Schublade auf.

Ich biss mir auf die Unterlippe und starrte mein Ladegerät an. Mein Weg führte mich ins Bad, wo ich das Parfüm im Schrank fand. Ins Schlafzimmer ging ich nicht einmal mehr, denn mir war klar, dass ich die Socken dort finden würde. Benutzte Frederik etwa die gleiche Taktik wie ich?

Während ich so damit beschäftigt gewesen war, meine Sachen heimlich bei ihm unterzubringen, war mir nicht aufgefallen, dass er offenbar ebenfalls alles aus meiner Wohnung mitgehen ließ, was nicht niet- und nagelfest war. Dieses kleine, geschickte Schlitzohr.

Grinsend stand ich in seinem Wohnzimmer und dachte darüber nach, dass ich wusste, warum ich ihn so liebte. Der Gedanke schockierte mich zwar von Zeit zu Zeit immer noch, aber langsam gewöhnte ich mich daran.

Zuerst wollte ich das Ladekabel wieder mit zu mir nehmen, doch dann entschied ich mich spontan dazu, das Handy hier zu laden. Als ich vor der Steckdose stand, sprang Schröder elegant von der Sofalehne und begann damit, um meine Beine zu streichen. Ich sah nach unten und fragte mich, woher der plötzliche Anflug von Zuneigung kam. Da hörte ich den Schlüssel im Schloss.

Erstaunt sah ich zu dem Kater. »Das ist jetzt nicht wahr, oder?«

Frederik war nicht einmal sonderlich überrascht, mich in seiner Wohnung zu finden. »Hi.«

»Hi.«

Vielsagend blickte der Mann nach unten, wo sich das durchtriebene Tier an meinem Bein rieb. »Ich weiß gar nicht, was du hast. Offensichtlich mag Schröder dich doch.«

Ich war sofort bereit, zu schwören, dass der Kater mich angrinste. Schröder war unglaublich. Er musste gehört haben, dass Frederik kam. Das Ganze war einfach zu unrealistisch.

»Ja, ich glaube, du hast recht.« Damit bückte ich mich und kraulte Schröder hinter den Ohren. Ruhig fuhr ich fort: »Kannst du dir vorstellen, dass ich jetzt wohl schon vergesslich werde? Statt in meine Küchenschublade habe ich mein Handyladegerät in deine gelegt. Gerade habe ich mir gedacht: So oft wie ich hier bin, könnte ich das Handy doch hier laden.«

Langsam drehte ich mich um und Frederik grinste mich an. In diesem Moment wusste ich, dass er genau wusste, dass sein kleines Spiel aufgeflogen war – und er wusste auch, dass ich es ebenfalls wusste. Trotzdem grinste er nur. »Das ist eine gute Idee. Hast du Hunger?«

»Und wie. Lass mich nur noch schnell meine Emails checken, dann koche ich uns etwas. Pasta?«, fragte ich über die Schulter und hatte mein Handy schon in der Hand.

»Gerne. Hast du schon wegen dem Manuskript von deiner Agentin gehört? Wie heißt sie noch? Becky?«

»Becca, kurz für Rebecca. Nein, habe ich nicht. Deswegen gucke ich ja gerade.«

»Okay.« Frederiks Stimme klang gedämpft, weil er gerade hinter der Schlafzimmertür verschwunden war, um sich umzuziehen. Dabei bewunderte ich ihn so gerne im Anzug. Als er wieder aus dem Schlafzimmer kam – in T-Shirt, einen Pullover in der Hand – nahm ich natürlich auch mit diesem Anblick vorlieb.

»Ha«, machte ich und starrte auf das Display.

»Was heißt ›Ha‹? ›Ha‹ klingt eher nicht so gut.« Frederik kam näher.

»Hat dein Bruder eigentlich eine Vorliebe für Pizza?«, erkundigte ich mich.

»Wieso?« Mein Freund klang sofort alarmiert.

»Weil ich glaube, dass der Newsletter von der Pizzavereinigung eine Email von deinem Bruder sein könnte.«

Mit einem Stöhnen nahm Frederik mir das Handy aus der Hand und öffnete die Email. Doch der Inhalt bestand nur aus Hieroglyphen und war beim besten Willen nicht zu lesen. »Bingo, die Email ist von Bertram.«

»Aha, kannst du sie lesen? Ich erkenne da nichts«, verkündete ich.

»Dafür werden wir wieder den kleinen USB-Stick und deinen Computer brauchen «, klärte der Mann mich auf.

»Okay, ich gehe ihn anmachen und setze Wasser für die Nudeln auf.« Damit marschierte ich zur Tür.

»Warte mit dem Wasser noch. Wer weiß, was mein Bruder will.«

»Ein guter Punkt, mein Lieber.«

Ich schaltete den Computer an und wartete auf Frederik. Er zog sich im Gehen den Pullover über den Kopf und stieß die Tür hinter sich mit dem Fuß zu. Dann stöpselte er den USB-Stick in meinen Computer und öffnete das Emailprogramm.

Stumm saß ich in meinem Schreibtischstuhl und beobachtete das Schauspiel gebannt. Kaum hatte Frederik die Email angeklickt, zog sich ein Regenbogen über meinen Bildschirm, der sofort wieder verschwand.

»Also Humor hat dein Bruder ja irgendwie«, kicherte ich vergnügt. Frederik bedachte mich nur mit einer hochgezogenen Augenbraue. Der unverständliche Kauderwelsch aus der Email verwandelte sich vor unseren Augen in lesbaren Text und ich klatschte begeistert in die Hände. »Wow, das ist ja wie im Film.«

»Schön, dass du dich darüber so freuen kannst. Ich finde das eher zum Heulen«, maulte Frederik und überflog die Email.

»Ich weiß nicht, irgendwie finde ich Bertram sehr inspirierend. Als Romanfigur wäre er großartig.«

Frederik schüttelte den Kopf. »Schlag ihm das bloß nicht vor.«

Schnell las ich die Email, dabei klappte mein Mund diverse Male auf. Bertram hatte wieder einmal völlig hemmungslos in der internen Kommunikation des Verlags geschnüffelt und dabei einige Emails abgefangen, die recht interessant waren. Um einen Gerichtsprozess zu vermeiden, würden sie mir demnächst einen Vergleich vorschlagen und hofften inständig, dass ich darauf einging, denn der Verlag war sich sicher, dass ich vor Gericht gewinnen würde. Außerdem fürchteten sie natürlich die negativen Schlagzeilen.

Ganz am Ende hatte Bertram noch angefügt, dass er dem Vergleich an meiner Stelle zustimmen würde. Der Verlag würde sich ohnehin bald von Ole trennen und dann würde Bertram den Rest übernehmen.

Ich wandte mich zu Frederik. »Was meint Bertram damit, dass er sich um den Rest kümmern wird?«

Mein Freund zuckte mit den Achseln. »Das musst du ihn schon selbst fragen.«

»Sehr witzig. Soll ich ihn vielleicht auf einen Kaffee einladen? Warte, ich rufe ihn kurz an. Ach nein, da war ja was!« Vorwurfsvoll starrte ich Frederik an.

Er lachte nur. »Mein Bruder weiß mit Sicherheit schon, dass du die Email gelesen hast. Du brauchst vermutlich nur die Kamera anzuschalten.« Er deutete auf meinen Bildschirm und die kleine Webcam, die oben in der Mitte eingebaut war.

Zwar runzelte ich die Stirn, war aber nicht abgeneigt, es auszuprobieren. Kaum hatte ich das Programm für die Kamera geöffnet, tanzte wieder ein kleiner Regenbogen über den Screen.

Zwei Sekunden später blickte ich geradewegs in Bertrams Gesicht. Sofort nutzte ich die Gelegenheit und studierte seine Umgebung – bevor er noch in meinem Schlafzimmer saß. Allerdings schien er sich in einem schicken Appartement zu befinden.

»Helen?«, fragte er und klang reichlich pikiert. »Du wolltest mich sprechen?«

»Ja. Also irgendwie. Danke«, brachte ich hervor und versuchte, mich wieder auf Bertram zu konzentrieren, aber der Hintergrund lenkte mich zu sehr ab. War das etwa-?

Bertram verschränkte seine Arme, seufzte schwer und legte den Kopf schräg. »Frederik?«

»Bruderherz, Helen möchte sich für deine informative Email bedanken und fragt sich, was du damit meinst, dass du dich um Ole kümmerst.«

Mit einem leichten Schulterzucken antwortete Bertram: »Das Übliche: Konto sperren, Anrufe umleiten, die Emailadresse an möglichst viele Unternehmen für Spam-Mails verteilen.«

Frederik nickte, als hätte er nichts anderes erwartet.

Endlich konnte ich meine Aufmerksamkeit wieder auf Bertram richten. »Ich bin mir noch nicht sicher, was ich davon halten soll. Aber es ist wirklich nett, dass du dich um all das gekümmert hast. Möchtest du einen Anteil vom Geld?«

Bertrams Augen wurden groß und er blickte schockiert zu Frederik, dabei bewegte er sich ein Stück. »Ist sie betrunken?«

Ich starrte auf den neugewonnenen Bildausschnitt und zupfte Frederik am Ärmel, während ich dezent auf den Bildschirm deutete. Das war wirklich-!

»Nein ist sie nicht, sie hat nur immer noch nicht das gesamte Ausmaß deines Jobs begriffen, schätze ich.« Das Wort »Job« betonte Frederik mit Anführungszeichen in der Luft.

»Ist sie vielleicht doch verrückt?«, erkundigte Bertram sich mit einem letzten kritischen Blick auf mich.

»Gut möglich. Aber ich denke, ich werde sie trotzdem heiraten.« Frederik klang furchtbar trocken.

Doch er hatte mit einem Mal meine ganze ungeteilte Aufmerksamkeit. Ich drehte meinen Kopf so schnell zu ihm, dass mein Genick knackte. »Was?«

Bertram klatschte in die Hände. »Wunderbar, dann abonniere ich einen Feed vom Standesamt und lasse euch zum gegebenen Zeitpunkt ein Geschenk zukommen. Ich hoffe, du weißt, worauf du dich einlässt.«

Der Bildschirm wurde schwarz und ich wusste nicht einmal, für wen von uns beiden der letzte Kommentar gedacht gewesen war.

Ich zeigte noch immer verwirrt auf den Computer. »Hast du das gesehen? Was hast du gesagt? Warum ist dein Bruder so ein Freak? War das wirklich die Schauspielerin?«

Abwehrend hob Frederik die Hände. »Langsam.«

»Du hast recht«, sagte ich triumphierend und zog meine Schreibtischschublade auf. Ich schnitt einen schmalen Streifen Papier zurecht und klebte ihn über die Kameralinse. Zufrieden betrachtete ich mein Werk. »Schon besser. So kann er wenigstens nichts mehr sehen. Bei dir weiß man ja nie.«

Frederiks Hände legten sich um meine Schultern und er fragte dicht neben meinem Ohr: »Was weiß man bei mir nicht?« Dabei löste sein warmer Atem eine Gänsehaut an meinem Hals aus.

»Wann du das nächste Mal an meinem Schreibtisch über mich herfällst«, raunte ich leise.

»Ah, darauf spielst du an. Das hat dir gefallen, nicht wahr?« Seine Hände wanderten nach vorne, umfassten meine Brüste. Ich stöhnte auf.

»Ich schätze schon«, entgegnete ich und erhob mich aus dem Stuhl, den Frederik sofort achtlos zur Seite schob. Ich stand noch immer mit dem Rücken zu ihm und begann damit, meinen Hintern an ihm zu reiben – nur für den Fall, dass er noch nicht verstanden hatte, dass ich jetzt gern Sex wollte.

Er zerrte mein Shirt nach oben und ich half ihm erfreut dabei, mich auszuziehen. Mein Puls schnellte sofort in die Höhe, als Frederik meine nackte Haut streichelte. Der raue Stoff seiner Jeans rieb über die Rückseite meiner Oberschenkel, dann spürte ich seine Hand zwischen meinen Schulterblättern. Unmissverständlich drückte er meinen Oberkörper auf die Schreibtischplatte, bis ich auf ihr lag und das kühle Holz unter meiner Wange fühlte.

Er presste einen Kuss auf meinen Rücken und glitt gleichzeitig mit den Fingern zwischen meine Schenkel und stieß in meine Pussy; prüfte, ob ich bereit war.

Und ich war bereit. Mein ganzer Körper schien in Flammen zu stehen und meine Hüften zuckten tatsächlich, als er mich berührte. Ich wartete darauf, dass er seine Finger mit seinem Schwanz ersetzte, doch das tat er nicht.

Frederik ließ sich Zeit; erforschte mich, mein Inneres und genoss meine Lust. Mit dem Fuß schob er meine Beine weiter auseinander und die Feuchtigkeit, die aus mir perlte, breitete sich auf meiner Klit aus, als Frederik sie mit dem Daumen streichelte.

Wimmernd holte ich Luft und wackelte aufreizend mit dem Hintern. Ich wollte, dass er mich nahm, seinen Schwanz in mir versenkte und mich ausfüllte.

Stattdessen ging er hinter mir in die Knie und ich schloss die Augen, als ich seinen warmen Atem verdächtig nah an meiner verräterischen Feuchtigkeit spürte. Du meine Güte! Er würde doch nicht etwa-

Einen Herzschlag später spürte ich seinen Mund auf mir, seine Lippen legten sich um meine Perle und er begann, sie mit der Zunge zu reizen. Mein ganzer Unterleib pulsierte und ich schien überhaupt nicht genug Luft holen zu können.

Frederik saugte stärker an meiner Klit, seine Finger stießen immer wieder in mich hinein und er trieb mich rasend schnell auf den Höhepunkt zu. Funken stoben vor meinen Augen auseinander und ich schrie laut auf, erkannte meine Stimme dabei fast nicht wieder.

Dieses Mal wartete Frederik nicht, bis das unkontrollierte Zittern geendet hatte, stattdessen richtete er sich auf und drang mit einem harten Stoß in mich ein. Seine Hand lag wieder auf meinem Rücken, die Finger gespreizt.

Meine inneren Muskeln hörten einfach nicht auf, sich immer wieder zu verkrampfen und zu entspannen, der Höhepunkt schien kein Ende zu nehmen. Frederiks intensive Stöße verlängerten meine Lust nur noch und mein ganzer Körper zuckte unter ihm.

So lange, bis ich keinen klaren Gedanken mehr fassen konnte und nur noch seinen Namen flüsterte. Zwei, drei schnelle Bewegungen später erschauerte Frederik und kam mit einem sehr befriedigten Stöhnen tief in mir.

15

Als mein Atem nicht mehr rasselnd ging, sagte ich zu Frederik: »So, jetzt noch einmal in Ruhe.«

Frederik lachte und strich ein paar Haarsträhnen aus meinem Gesicht. Nach dem kurzen Intermezzo am Schreibtisch hatten wir uns auf der Couch niedergelassen. Frederik saß und hatte die Füße auf dem Wohnzimmertisch abgelegt, während ich ausgestreckt lag, den Kopf auf seinen Beinen gebettet.

»Ja bitte?«, fragte Frederik.

»Wir sind uns einig, dass das Sidney war, wo Bertram ist, oder? Ich meine, das war doch eindeutig das Opera House vor dem Fenster und das Glitzern, das muss das Wasser gewesen sein«, sinnierte ich.

Der Mann hustete dezent. »Ich muss zugeben, dass ich von der nackten Frau etwas abgelenkt war.«

»Du meine Güte! Männer! Ich meine, das war eine deckenhohe Fensterfront und von dem Bett war vielleicht ein Drittel zu sehen – du musst wirklich an deinem Fokus arbeiten, mein Lieber. Mir ist zum Beispiel entgangen, dass sie nackt war.«

»Ich würde sagen, dass uns das zu einem Spitzenteam macht, dem kein Detail entgeht«, versuchte Frederik, mich zu beschwichtigen.

Meine Augen taten schon weh, so oft hatte ich heute damit gerollt. »Klar, ein super Team. Das war doch diese australische Schauspielerin, oder? Ich komme nicht auf den Namen.«

»Leider kam die Dame mir überhaupt nicht bekannt vor, da kann ich dir nicht helfen.«

»Hm. Ich hätte Bertram gar nicht zugetraut, dass er weiß, wie man Frauen abschleppt«, sagte ich.

»Was soll ich dazu sagen? Ich bin irgendwie froh, dass er wenigstens in dem Punkt normal zu sein scheint. Von mir aus könnte er auch schwul sein, aber ich wusste nicht, dass er sich überhaupt etwas aus Frauen macht, geschweige denn aus Sex.« Frederik spielte weiter mit meinen Haaren – das schien er sehr gern zu machen.

»Na ja, immerhin ist er sehr attraktiv.«

Die Hand verharrte auf meinem Kopf. »Du findest meinen Bruder gut aussehend?«, fragte Frederik und klang dabei unfassbar beleidigt.

»Dir ist klar, dass ihr Brüder seid und euch sehr ähnlich seht, nicht wahr? Ich meine, das wäre ja, als würdest du mich hübsch finden, aber Elena nicht. Mit der Nummer brauchst du mir gar nicht erst zu kommen, mein Freund.«

Offenbar war dem Mann der Fehler in seiner Argumentation aufgegangen und er lenkte ein: »Dich finde ich aber viel hübscher als Elena.«

Widerwillig schmunzelte ich. »Das will ich dir auch raten. So, nun zum letzten Programmpunkt: Wir heiraten?«

»Jepp.«

»Cool«, sagte ich lässig und bemühte mich, das Zittern in meiner Stimme zu unterdrücken.

»Helen?«

»Hm?« Ich war eindeutig nicht mehr in der Lage, in ganzen Sätzen zu kommunizieren.

»Helen, heulst du etwa schon wieder?«

»Mhmh«, machte ich wenig überzeugend.

Mit einem Seufzen beugte Frederik sich nach vorne und küsste mich zärtlich auf die Lippen. »Aber nicht, dass das mit dem Weinen jetzt zur Gewohnheit wird. Immerhin hast du doch deinen Willen bekommen.«

Ich schniefte leise und sagte dann stolz: »Ich bekomme immer meinen Willen.«

Frederik biss in meine Unterlippe, entlockte mir einen kleinen Schrei.

»Was für ein Zufall«, neckte er mich. »Ich auch.«

Helen Kaspers. Helen Kaspers. Helen Kaspers. Helen Kaspers. Helen Kaspers.

»Was machst du da?«, fragte Frederik und sah über meine Schulter.

Verlegen versuchte ich, das Blatt mit meinen Händen zu bedecken. »Nichts«, krächzte ich ertappt.

»Übst du etwa deine Unterschrift mit meinem Nachnamen?«, lachte er.

»Möglich. Blödmann«, murmelte ich.

»Ha!«, triumphierend zeigte Frederik auf mich und wies dann auf das große Glas, das auf der Küchenanrichte stand. »Einen Euro! Das war heute schon der zweite ›Blödmann‹, mit dem du mich bedacht hast. Wenn du so weitermachst, reicht das Geld bald für einen Urlaub auf den Bahamas.«

Ich verdrehte nur die Augen und stand auf. Unter seinem strengen Blick warf ich meinen letzten Euro in das Glas. Wenn ich das nächste Mal bei der Bank war, musste ich mir unbedingt so eine doofe Rolle mit Ein-Euro-Stücken besorgen.

»Hier, du hast Post.« Frederik hielt mir den Umschlag hin und grinste dabei verdächtig breit.

Neugierig nahm ich den Umschlag und erkannte mit klopfendem Herzen den Absender: Es war der Verlag, mit dem der Anwalt eine Einigung erzielt hatte.

Darin musste der Scheck sein, ein Scheck über 350.000 Euro – ich konnte noch immer nicht glauben, was der Anwalt herausgeholt hatte. Das Ganze war einfach zu unrealistisch.

Frederik setzte sich auf die Sofalehne und sah mich auffordernd an. Selbst Schröder kam interessiert in unsere Richtung geschlendert.

Mit klopfendem Herzen und leicht zitternden Fingern riss ich den Umschlag auf. Das Begleitschreiben war gerade nicht relevant und ich suchte den schmalen Streifen Papier. Es war der Scheck und mein Magen machte einen Satz.

Als ich jedoch die Summe sah, hätte ich mich beinahe übergeben. »Das muss ein Missverständnis sein!«

Frederik trat neben mich und wirkte genauso verblüfft. Statt der erwarteten 350.000 Euro stand auf dem Scheck ganz eindeutig 700.000 Euro. Ich sah den Mann an, als hätte er eine Erklärung parat, doch er war ebenso überrascht wie ich.

Dann bemerkte ich die Büroklammer, die an der Seite des Schecks befestigt war. Sie diente dazu, einen winzigen Fetzen Papier zu fixieren, der ähnlich klein war wie die Streifen aus Glückskeksen. Die Aufschrift war hellgrün und schlecht zu lesen.

Ich brauchte drei Anläufe, um die Botschaft zu verstehen, dann reichte ich den Fetzen wortlos an Frederik weiter. Er kniff die Augen zusammen und las: »Aber nicht alles für Pizza ausgeben!«

Ich rieb mir über den Hinterkopf. »Gut, dass ich deinem Bruder einen Anteil von dem Geld anbiete und unser Hochzeitsgeschenk daraus besteht, dass er offensichtlich die Vergleichssumme vom Verlag verdoppelt hat.« Zischend stieß ich Luft aus.

Frederik rieb sich über die Augen und schien es genauso wenig glauben zu können wie ich.

»Ist das sein Geld? Weißt du das?«, wandte ich mich zu dem Mann und hatte ein wenig Angst vor der Antwort.

Er sah mir direkt in die Augen. »Einem geschenkten Gaul...«

Ich nickte schnell. »Ja, so etwas in der Art hatte ich mir auch gedacht. Dein Bruder ist echt die Härte.« Noch einmal blickte ich auf den Scheck und überlegte, dass Bertram sicherlich der richtige Ansprechpartner war, um die Enkelin vom heimatlosen Hans aufzuspüren. Ich hatte durchaus vor, mein Versprechen einzulösen – vorausgesetzt der Scheck platzte nicht.

Wir mussten den Schock beide erst einmal verdauen und setzen uns auf die Couch. Nach einer Weile grinste Frederik mich schief an. »Ich denke, Daniels Hochzeitsgeschenk wird nicht so großzügig ausfallen.«

Ich lachte. »Vermutlich nicht, aber dazu müssten wir ja erstmal heiraten.«

Frederik winkte ab. »Das machen wir schon noch. Meine Güte, Bertram hat entweder den Verstand verloren oder er ist total vernarrt in dich.«

»Aber warum sollte er das sein, wenn er mich doch für übergeschnappt hält?«, wollte ich wissen.

Der Mann hatte ganz selbstvergessen begonnen, Schröder zu streicheln und dachte nach. »Hm, vielleicht ist das bei dir und Bertram so ein Fall von ›Gleich und gleich gesellt sich gern‹.«

So fest ich konnte schlug ich auf Frederiks Oberarm. Der Kater warf mir daraufhin einen empörten Blick zu, weil Frederik für einen kurzen Moment die Streicheleinheit unterbrochen hatte.

Ich zog mein Handy aus der Hosentasche. »Ich schreibe Bertram eine Email, um danke zu sagen und frage, ob ich meinen nächsten Protagonisten nach seinem Vorbild gestalten darf.«

»Das würde ich nicht tun«, riet Frederik mir.

»Warum nicht?«, wollte ich wissen.

Der Mann zuckte mit den Schultern. »Wie du dir vorstellen kannst, ist Bertram etwas pingelig, wenn es um die Benutzung der Emailadresse geht. ›Im Notfall‹ bedeutet für ihn: Ausschließlich im Notfall.«

»Papperlapapp, ich will mich doch nur bedanken!«, entgegnete ich und tippte bereits.

Mit klopfendem Herzen richtete ich mich ruckartig im Bett auf. Mein rechtes Auge wollte sich erst nicht öffnen, mit dem linken schielte ich zum Nachttisch. Frederik neben mir stöhnte leise.

Warum zum Henker klingelte jetzt mein Wecker? Es war drei Uhr morgens und ich hatte ihn mit Sicherheit nicht gestellt. Es dauerte ein bisschen, bis ich die Tastensperre lösen konnte.

Das Menü mit den gestellten Alarmzeiten leuchtete auf und ich stieß einen erstickten Schrei aus. Frederik drehte sich unwillig um und fragte nuschelnd: »Was ist los?«

»Der Wecker ist so programmiert, dass er alle zehn Minuten klingelt – und zwar bis morgen nachmittag! Wenn ich ihn ausstelle, springt er sofort wieder um!«

»Ich habe dir gesagt, du sollst meinen Bruder nicht ärgern«, bemerkte Frederik trocken und kuschelte sich wieder ins Kissen.

Wutentbrannt sprang ich aus dem Bett, griff meinen Bademantel und rannte in meine Wohnung. Das durfte doch nicht wahr sein! Nur weil ich ihm eine witzige Email geschrieben hatte, führte diese Zicke sich so auf? Der konnte vielleicht was erleben.

Bevor ich meinen Computer anschaltete, fummelte ich den Papierstreifen von der Kamera ab. Ich brauchte das Programm der Kamera nur zu öffnen, da blickte ich bereits in Bertrams zufriedenes Gesicht.

»Helen. So früh schon wach?«, erkundigte er sich ruhig.

»Sehr witzig. Was soll der Unsinn?«, fauchte ich ihn an.

Bertram legte den Kopf schräg und sah mich aufmerksam an. Da ich meine Hände auf den Schreibtisch gestützt hatte, blickte ich von oben auf den Bildschirm und brauchte eine Weile, bis ich bemerkte, dass Bertram nicht in mein Gesicht schaute.

Ich senkte den Kopf. Den Bademantel hatte ich nicht zugeknotet und mein Nachthemd bot ziemlich tiefe Einblicke. Wutentbrannt klopfte ich auf den Bildschirm. »Hier ist mein Gesicht, Blödmann!«, knurrte ich.

Bertram zog eine Augenbraue hoch, sah mir aber wieder ins Gesicht. Für den Bruchteil einer Sekunde hätte ich schwören können, ein Grinsen erkannt zu haben. »Wenigstens bietest du auch ungeschminkt einen netten Anblick. Frederik hat dich darüber informiert, dass meine Email-Adresse nur für Notfälle reserviert ist.«

»Okay«, sagte ich und rollte mit den Augen. »Die Botschaft ist angekommen.« Dann kniff ich die Lider zusammen und starrte Bertram finster an. »Warte mal, mein Freund. Als Frederik mir das gesagt hat, warst du gar nicht da.«

Schuldbewusstsein schlich sich in Bertrams Miene, doch dann entgegnete er schnippisch: »Wenn du ein sicheres technisches Gerät für deine Notizen und zum Schreiben suchst, empfehle ich dir eine Schreibmaschine.«

Ich holte tief Luft. »Du hörst mir jetzt genau zu: Ich hätte dir nicht diesen lächerlichen Cartoon schicken sollen, aber wenn du uns noch einmal belauschst, komme ich und finde dich! Verstanden?« Immer näher brachte ich mein Gesicht an den Bildschirm und funkelte Bertram an.

»Verstanden«, nickte Bertram schnell.

Erst jetzt riskierte ich einen Blick hinter Bertram und mein Mund blieb offen stehen. »Ist das Japan? Tokio? Du bist in Tokio?« Meine Stimme überschlug sich fast.

Dann hörte ich das Flüstern – es war eindeutig japanisch und weiblichen Ursprungs. Auch wenn ich nicht eine Silbe verstand, klang es selbst für meine Ohren verlockend. Bertrams Augenbrauen glitten ein kleines Stück in die Höhe und sofort erinnerte er mich noch stärker an seinen Bruder.

Bertram deutete eine Verbeugung an und sagte: »Ich muss gehen.«

Sofort darauf wurde der Bildschirm schwarz.

Frederiks leises Lachen erschreckte mich. »Hast du es gerade etwa wirklich gewagt, meinen Bruder zu maßregeln?«

»Ich denke schon. Wie viel hast du gehört?«, wollte ich wissen und richtete mich auf. Sicherheitshalber klebte ich den kleinen Papierstreifen trotzdem wieder über die Kamera.

»Genug, um beeindruckt zu sein und mich zu fragen, ob mein Bruder schon immer so ein Frauenheld war.« Frederik klang beinahe neidisch.

Nachdenklich sah ich auf meinen Computer. »Dann habe ich mir den verführerischen Tonfall nicht eingebildet?«

Frederik kam zu mir und legte die Arme um mich. »Nein. Das war auf jeden Fall ein erotisches Angebot.« Er gab mir einen Kuss auf die Stirn. »Und du bist dir sicher, dass es Tokio im Hintergrund war?«

»Ziemlich. Es sei denn, dein Bruder sitzt in Paderborn und hat eine Auswahl an beeindruckenden Foto-Tapeten im Schrank.«

Er lachte. »Weißt du, was das Schlimmste ist?«

»Dass wir es nie erfahren werden?«, fragte ich und grinste.

Frederik nickte und sah dann von oben in meinen Ausschnitt. Ich schickte ein Stoßgebet zum Himmel, dass er nicht mitbekommen hatte, dass sein Bruder gerade erst die gleiche Aussicht genossen hatte.

Offenbar hatte bereits ein anderes Körperteil das Denken für Frederik übernommen und seine Augen verdunkelten sich merklich. Nachdem ich mich ein letztes Mal vergewissert hatte, dass die Kamera auch wirklich bedeckt war, bewegte ich meine Schulter mit einer anmutigen Bewegung und der Bademantel fiel zu Boden.

Frederik missverstand die Geste und wollte ihn aufheben, doch ich legte die Hand auf seine Brust. »Schon gut, dann habe ich gleich etwas Weiches unter den Knien.«

»Oh Gott«, murmelte er erstickt, als ihm aufging, was ich vorhatte.

Unter seinem Blick streifte ich die dünnen Träger des Nachthemds von meiner Schulter und der seidige Stoff glitt von meinem Körper. Ich streckte die Hand aus und berührte die warme Haut an Frederiks Bauch. Mit den Fingern fuhr ich unter den Stoff der Pyjamahose und zog sie hinunter. Dabei ließ ich mich auf die Knie sinken.

Sein harter Penis federte mir entgegen und Frederik sah fasziniert zu, wie ich ihn in den Mund nahm. Dabei streichelte ich seine Oberschenkel. Mit der Zunge liebkoste ich seinen Schaft, ließ seinen Schwanz dabei so tief wie möglich, ohne dass ich würgen musste, in meine Kehle gleiten.

Frederiks Atem ging verdächtig schnell und ich war mir sicher, dass es ihn enorm anmachte, mich bei dem zu beobachten, was ich hier gerade tat. Ich war nur zu gern bereit, ihm dieses Vergnügen zu gönnen. Seine Hand legte sich um meinen Hinterkopf und er ächzte kehlig.

Ich bewegte meinen Kopf vor und zurück, konzentrierte mich darauf, mein Zungenspiel nicht zu vernachlässigen.

Plötzlich wurde Frederiks Griff für einen Moment fester. Sofort saugte ich intensiver, presste meine Lippen fest zusammen, streichelte ihn zusätzlich mit meiner Zunge.

Warm und leicht salzig landete sein Sperma in meinem Mund und sein Stöhnen klang äußerst befriedigt in meinen Ohren. Ein letztes Mal glitt ich an dem Schaft entlang, bevor ich mich langsam zurückzog, dabei strich ich zärtlich über seine angespannten Oberschenkelmuskeln.

»Jetzt verrat mir mal, wie du es geschafft hast, meinem Bruder Angst einzujagen? Das versuche ich seit 34 Jahren erfolglos.« Frederik zeichnete mit der Fingerkuppe mein Schlüsselbein nach und ich kuschelte mich näher an ihn.

»Das ist ganz einfach: Ich bin eine Frau. Meine Theorie ist, dass es egal ist, welchen Beruf ein Mann ausübt – selbst wenn er Bomben entschärft – vor einer wütenden Frau hat jeder Angst.«

Frederik brummte etwas und sagte dann langsam: »Ich werde darauf ganz diplomatisch am besten nicht antworten.«

»Vermutlich besser so«, lachte ich und streichelte seine Brust. »Diese Decke war wirklich eine gute Anschaffung.«

Wir lagen immer noch auf dem Boden, aber Frederik hatte die Cashmere-Decke über uns ausgebreitet und wir betrachteten den Nachthimmel durch mein Wohnzimmerfenster.

»Wenn jetzt eine Sternschnuppe fallen würde, was würdest du dir wünschen?«, wollte der Mann von mir wissen.

»Dass du endlich mal die Klappe hältst!«

16

»So weit ist es jetzt also schon gekommen«, murmelte ich düster und Frederik lachte neben mir. Sein Arm lag um meine Schulter und erheitert grinste er zu mir hinunter. »Komm, ich bin viel schlimmer dran als du.«

»Aber es sind meine Eltern«, protestierte ich der Form halber.

»Ja, gerade deswegen. Dich kennen sie schon, aber sie müssen doch glauben, dass ich verrückt bin, weil ich es mit dir aushalte«, witzelte er.

Ich wollte gerade ausholen, um ihn zu schlagen, da wurde die Tür aufgerissen. Meine Mutter grinste schuldbewusst. »Wirklich!«, rief sie und knetete nervös ihre Hände. »Ihr steht jetzt seit einer Viertelstunde vor der Tür. Ich habe es einfach nicht mehr ausgehalten.«

Dann trat sie eilig zur Seite, um uns hereinzulassen. »Ich bin Eva«, strahlte sie Frederik an. Überhaupt schien sie ganz hingerissen von seiner bloßen Anwesenheit zu sein. Ich verdrehte nur die Augen und zog meine Jacke aus. Selbst mein Vater drückte sich verdächtig im Türrahmen herum. Das konnte ja heiter werden.

Frederik schüttelte ihre Hand und sagte: »Frederik. Schön Sie kennenzulernen.«

Mit roten Wangen winkte meine Mutter ab und sagte: »Duzen reicht.«

Ich befürchtete, dass sie ihm gleich das Haus überschreiben würde, nur weil er mich hierher begleitet hatte.

Jetzt kam auch mein Vater zu uns hinüber und ergriff Frederiks Hand. Er wurde zwar nicht so rot wie meine Mutter, schien aber auch nicht recht glauben zu können, dass ich es geschafft hatte, einen Mann einzufangen.

Genervt ließ ich die drei stehen und stieß die Tür zum Esszimmer auf. Ich stöhnte gequält auf. »Was für eine große Überraschung!«

Brav und ordentlich aufgereiht saßen ganz zufällig meine Schwester und mein Bruder samt jeweiligem Anhang am Tisch. Keiner gab sich die Mühe so zu tun, als wäre das hier ein Zufall.

Nein, die Familie hatte sich versammelt, um die neuste Zirkusattraktion zu bestaunen: Den Mann in Helens Leben. Nun führte meine Mutter Frederik herein und er blieb hinter mir stehen. Sein Blick glitt über den gedeckten Tisch. Er seufzte und seine Schultern sanken deutlich sichtbar nach unten. Grinsend hielt ich die Hand auf und er zückte seine Geldbörse.

Meine ganze Familie sah erstaunt zu, wie Frederik mir äußerst widerwillig einen 20-Euro-Schein aushändigte, den ich mir zufrieden in die Hosentasche schob.

Daniel räusperte sich vielsagend und ich strahlte zufrieden in die Runde. »Ich habe gewettet, dass ihr alle hier sein würdet, aber Frederik wollte mir nicht glauben.«

Die Wangen meiner Mutter färbten sich intensiver und sie senkte verlegen den Blick. Mo biss sich auf die Unterlippe und versuchte auf diese Weise, ihr Lachen zu unterdrücken. Ich hatte mir schon gedacht, dass sie vermutlich am ehesten nachempfinden konnte, wie ich mich fühlte. Immerhin war ich vor nicht allzu langer Zeit hierher beordert worden, um Daniels neue Freundin zu bestaunen.

Um ihre Verlegenheit zu kaschieren, schnitt meine Mutter den Kuchen an und beauftragte meinen Vater damit, den Kaffee aus der Küche zu holen. Ein Seitenblick auf Frederik bestätigte mir, was ich längst wusste: Er war viel entspannter als ich und schien sich nicht im Mindesten unwohl zu fühlen.

»Damit sind dann wohl endgültig alle Hoffnungen für Don zu begraben, nicht wahr?«, frotzelte mein Bruder und bekam dabei direkt einen bösen Blick von meiner Mutter zugeworfen.

Bevor ich antworten konnte, machte Mo eine wegwerfende Handbewegung. »Ich glaube, Don hat im Moment genug eigene Probleme, zumindest verhält er sich ziemlich merkwürdig. Wenn ich es nicht besser wüsste, würde ich sagen, dass dahinter eine Frau steckt. Doch andererseits: Es ist Don, der alte Frauenheld.«

Ich lächelte nur und erinnerte mich daran, wie er mich bei unserer ersten Begegnung angebaggert hatte. Nur mit Mühe war ich ihm entkommen. Zwar würde ich es nicht öffentlich zugeben, aber er war überraschend sensibel und charmant gewesen. Vermutlich war es an diesem Tag nur meine schlechte Laune gewesen, die mich zurückgehalten hatte.

»Warum grinst du so?« Frederik stieß mich mit dem Ellenbogen an und ich zuckte ertappt zusammen.

Aufgrund meiner Gedanken zog ich es vor, zu schweigen. Doch mein entzückender Schwager kam Frederik zu Hilfe: »Das, mein Lieber, ist das Gesicht, das die Damen machen, wenn sie an einen anderen Mann denken.«

Elenas Wangen röteten sich und Daniel zog die Augenbrauen hoch. Wieder biss Mo sich auf die Unterlippe und unterdrückte ein Prusten. Wenn sie so weitermachte, würde sie in kürzester Zeit eine blutige Lippe haben – der Tag schien nämlich mit Peinlichkeiten gespickt zu sein.

Leider waren weder Elena noch ich geistesgegenwärtig genug, einfach zu protestieren und so kam es einem Schuldeingeständnis gleich.

»Interessant«, sagte Frederik und griff nach seiner Kaffeetasse. Dann wandte er sich an Stephan: »Hast du noch ein paar Tipps auf Lager?«

Endlich löste Elena sich aus ihrer Erstarrung und zeigte auf ihren Ehemann: »Untersteh dich!«

Stephan grinste entschuldigend zu Frederik, der nur mit den Schultern zuckte. »Darauf kommen wir bestimmt noch einmal zurück.«

Selbst mein Vater lachte jetzt und ich war erleichtert, dass sie sich zumindest alle zu verstehen schienen.

Schon an der Art, wie Daniel seine Gabel demonstrativ auf den leeren Teller legte, konnte ich erkennen, dass er etwas sagen würde, das ich nicht hören wollte. »Ich denke, jetzt stellt sich nur noch die Frage, welche Hochzeit Mama als nächstes planen wird.«

Ich blitzte ihn aus schmalen Augen an und erwiderte ruhig: »Wenigstens wird Frederik bei der Vorstellung nicht weiß wie die Wand.«

Irritiert drehte Daniel sich um und blickte geradewegs in Mos aufgerissene Augen. Der Schuss war wohl nach hinten losgegangen.

»Junge, Junge«, sagte Frederik jetzt und fragte dann: »Wo finde ich denn die Toilette?«

»Wieder durch die Tür und dann direkt rechts«, erläuterte ich und Frederik stand auf.

Er war noch nicht ganz aus dem Raum, da rief Daniel ihm hinterher: »Jetzt aber nicht panisch aus dem Fenster flüchten.«

Wütend warf ich meine Kuchengabel nach meinem Bruder, der sich lachend duckte.

»Helen! Daniel! Man sollte nicht meinen, dass ihr älter als zehn Jahre seid! Benehmt euch – und zwar beide!«, wies Mama uns sofort zurecht. Dann räumte sie mit einem Kopfschütteln die Teller zusammen. »Wenigstens Frederik scheint wohlerzogen und nett zu sein.«

Mein Herz begann ein wenig schneller zu schlagen. »Ach, dann findet ihr ihn nett?« Ich schob die Serviette auf dem Tisch umher.

Kritisch beäugte Elena mich. »Seit wann interessiert dich denn unsere Meinung?«

Auch mein Bruder ließ mich jetzt nicht mehr aus den Augen und mein Vater hatte vor Aufregung offensichtlich vergessen, dass er Kaffee hatte trinken wollen. Seine Tasse schwebte vor dem aufgeklappten Mund in der Luft.

Ich winkte ab. »Da habt ihr natürlich recht. Ich dachte nur, dass es praktisch wäre, wenn ihr ihn mögen würdet. Wir haben nämlich schon vor drei Wochen geheiratet.«

Die Stille war ohrenbetäubend. Alle starrten mich an, aber niemand wusste, wie er reagieren sollte. Genau in diesem Moment kam Frederik wieder herein und blieb sofort misstrauisch stehen. Die Augen meiner Mutter füllten sich mit Tränen.

Mein Mann seufzte und sagte vorwurfsvoll: »Helen, du kannst das doch nicht einfach so ohne Vorwarnung erzählen. Du hast versprochen, dass du es sanft einleitest!«

»Hab ich doch«, maulte ich und fügte leiser hinzu: »Mehr oder weniger.«

Daniel schüttelte noch immer fassungslos den Kopf und ich konnte sehen, dass er fest damit gerechnet hatte, vor mir zu heiraten. Zufrieden schnitt ich ihm eine Grimasse, die er nur mit einem spöttischen Lächeln erwiderte. Dann beugte er sich zu Mo und flüsterte etwas in ihr Ohr. Ihre Augen wurden daraufhin so groß, dass ich Angst hatte, sie würden aus ihrem Kopf fallen und über den Boden davon rollen.

Elena verschränkte zufrieden die Arme. »Ich habe es gleich gewusst und auch gesagt.«

»Halt die Klappe!«, wies ich sie zurecht.

»Helen!« Wieder ermahnte meine Mutter mich und ich zuckte schuldbewusst zusammen.

»Ich glaube, es ist Zeit für eine Flasche Sekt«, verkündete mein Vater und stand auf.

»Oder mehrere«, schlug zu meinem großen Erstaunen Mo vor. Daniel grinste und erhob sich ebenfalls, um meinem Vater beim Tragen zu helfen.

Ich konnte meine Neugier nicht länger beherrschen und beugte mich ganz weit über den Tisch, Mo saß mir gegenüber. Niemand beachtete uns; Elena und meine Mutter waren zu sehr damit beschäftigt, Frederik zu verhören.

»Pst!«

Mo erwachte aus ihrer Starre, sah sich einmal kurz um und beugte sich mir entgegen.

»Was hat Daniel gerade zu dir gesagt?«, zischte ich leise.

Sie schluckte schwer und flüsterte kaum hörbar: »Tick tack, deine Zeit läuft ab.« Dabei schien sie noch blasser zu werden. Mit einem Mal konnte ich mir das Grinsen nicht verkneifen.

Mo zeigte mit dem Finger auf mich. »Das ist alles deine Schuld! Du Verräterin! Ich dachte, ich könnte auf dich zählen. Aber vielleicht kann ich es noch herauszögern, bis Don verheiratet ist. Immerhin ist er mein älterer Bruder – dem darf ich doch nicht zuvorkommen, oder?«, fragte sie hoffnungsvoll in meine Richtung.

Ich lachte nur. »Weiß Don überhaupt, was heiraten ist? Die Ausrede lässt Daniel dir bestimmt nicht durchgehen.«

Im gleichen Moment wuchs Daniel hinter seiner Freundin aus dem Boden. »Was für eine Ausrede?« Mo zuckte zusammen und wagte es nicht einmal, sich umzudrehen.

Stephan tätschelte meine Schulter und lenkte mich so ab. Pflichtbewusst erhob ich mich und ließ mich umarmen. Obwohl – so schlecht fand ich das gar nicht mehr!

»Zieht ihr denn zusammen?«, wollte Elena jetzt wissen.

Stolz grinste Frederik. »Sind wir schon. Ich bin sehr geschickt vorgegangen und habe Helen ausgetrickst.«

»Was?« Beeindruckt zog mein Vater die Augenbrauen hoch.

»Ja«, bestätigte ich. »Meine Wohnung ist jetzt so eine Art Arbeitszimmer, in dem ein paar Sportgeräte stehen.«

»Also wie vorher«, lautete Daniels blöder Kommentar dazu. Ich warf ihm einen bösen Blick zu. Da bekam ich aus dem Augenwinkel mit, wie meine Mutter, die sich offenbar unbeobachtet fühlte, Frederik umarmte. Währenddessen besaß sie doch tatsächlich die Frechheit, ihm leise »Danke« zuzuraunen. War das zu glauben?

Ich wollte sie gerade zurechtweisen, da legte Daniel einen Arm um mich. »Lass sie«, murmelte er leise und drückte mich leicht. Er hatte recht, meine Mutter wirkte gerade sehr gelöst. »Sie ist glücklich, denke ich«, versicherte Daniel mir und gab mir einen seiner brüderlichen Küsse auf die Haare.

»Ich auch«, sagte ich leise und sah sein Grinsen.

»Na dann«, sagte er, zwinkerte mir zu und reichte mir eine Sektflasche.

Kaum hatte ich die Flasche an den Lippen, hörte ich schon wieder die vorwurfsvolle Stimme meiner Mutter. »Helen! Also wirklich, haben wir keine Gläser? Und du brauchst gar nicht so zu grinsen, Daniel! Ich habe genau gesehen, dass du ihr die Flasche gegeben hast. Was haben wir bei eurer Erziehung nur falsch gemacht?«

Demonstrativ nahm ich einen großen Schluck Sekt aus der Flasche und reichte sie an Daniel weiter, der es mir gleich tat. Dabei fing ich ein liebevolles Grinsen von Frederik auf, das ich mit einem leichten Flattern im Magen erwiderte.

ENDE

Liebe Leserin, lieber Leser,

danke, dass Du Dir die Zeit genommen hast, mein Buch zu lesen. Ich hoffe, es hat Dir gefallen und ich konnte Dir ein paar nette Stunden bescheren – denn darum geht es mir, wenn ich schreibe.
Vielleicht hast Du an der einen oder anderen Stelle gedacht, dass eine bestimmte Figur noch gar keinen Abschluss, gar kein Happy End bekommen hat. Deswegen möchte ich Dir an dieser Stelle versichern: Es wird ein Wiedersehen geben. Versprochen.

Die nächste Geschichte aus dieser Reihe wird Ende Januar 2014 unter dem Titel *»Desaster Nummer Drei«* erscheinen. Angefangen hat sie mit *»Das erste Date«*.

Bis dahin bleibe ich natürlich nicht untätig. Alle Neuigkeiten von meinen Büchern und mir findest Du

auf **facebook**
https://www.facebook.com/rabengut

auf meinem **Blog**
http://rabengut.blogspot.de

auf **twitter**
https://twitter.com/rabengut

Ach ja: Das Zitat, das Helen in einem Gespräch mit Frederik benutzt, um nicht über ihre Gefühle reden zu müssen, stammt aus *»Der gute Mensch von Sezuan«* von Bertolt Brecht.

2783045R00162

Printed in Germany
by Amazon Distribution
GmbH, Leipzig